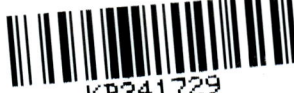

석헌 정규복 총서 7

구운몽 자료 집성 2

방각본 을사본

방각본 계해본

보고사

방각본 을사본

【해제】

방각본 을사본

<구운몽> 乙巳本은 상하 2권으로 된 한문 목판본을 말한다. <구운몽>의 이본에 있어서 이 을사본이 지닌 이본적 가치에 대하여는 필자가 이미 『고대신문』(594호)에 그 개요를 소개한 바 있고, 또 1971년 11월 초순에 대구 어문학회 주최로 열린 전국 어문학대회에서도 구술 발표한 바 있다.

을사본 곳곳에서 나타난 類似字의 혼동과 板刻者의 부주의에서 오는 誤刻과, 노존본의 만연체가 을사본의 간결체로 다듬어짐에 따라 컨텍스트의 不備를 초래한 것 등을 통해 볼 때, 을사본은 노존본을 대본으로 하여 판각되었음을 알 수 있다.

또한 을사본은 가장 많은 독자를 가졌을 것으로 생각되는 계해본의 모본이 된다는 점에서 이본으로서의 의의가 있다.

이 을사본의 體裁는 縱이 25㎝, 橫이 18㎝로 되어 있으며, 행수는 각 장 10행, 자수는 20자로 되어 있고, 그 장수는 상권이 84장, 하권이 84장이다.

간행연도는 이 책 말미에 "崇禎後再度乙巳"로 판각된 것으로 보면, 李朝 영조 1년(1725)에 해당하며, 西浦가 沒한지 불과 30여년 만에 출간된 셈이며, 그 간행지는 "錦城午門新刊"으로 된 것으로 보아 지금 羅州 南門에 해당한다.

이 판본은 『구운몽 원전의 연구』(일지사, 1977)에 영인된 바 있다.

九雲夢 卷之一

蓮花峯大開法宇 眞上人幻生楊家

天下名山曰有五焉東曰東岳卽泰山西曰西岳卽
華山南曰南岳卽衡山北曰北岳卽恒山中央之山
曰中岳卽嵩山此所謂五岳也五岳之中惟衡山距
中土最遠九疑之山在其南洞庭之湖經其北湘
之水環其三面若祖宗儼然中處而子孫羅立而
揖焉七十二峯或騰上而矗天或斬截而嶄嶻
標發秘之義丈夫之氣象包[illegible]無非元
所鍾也其中最高[illegible]

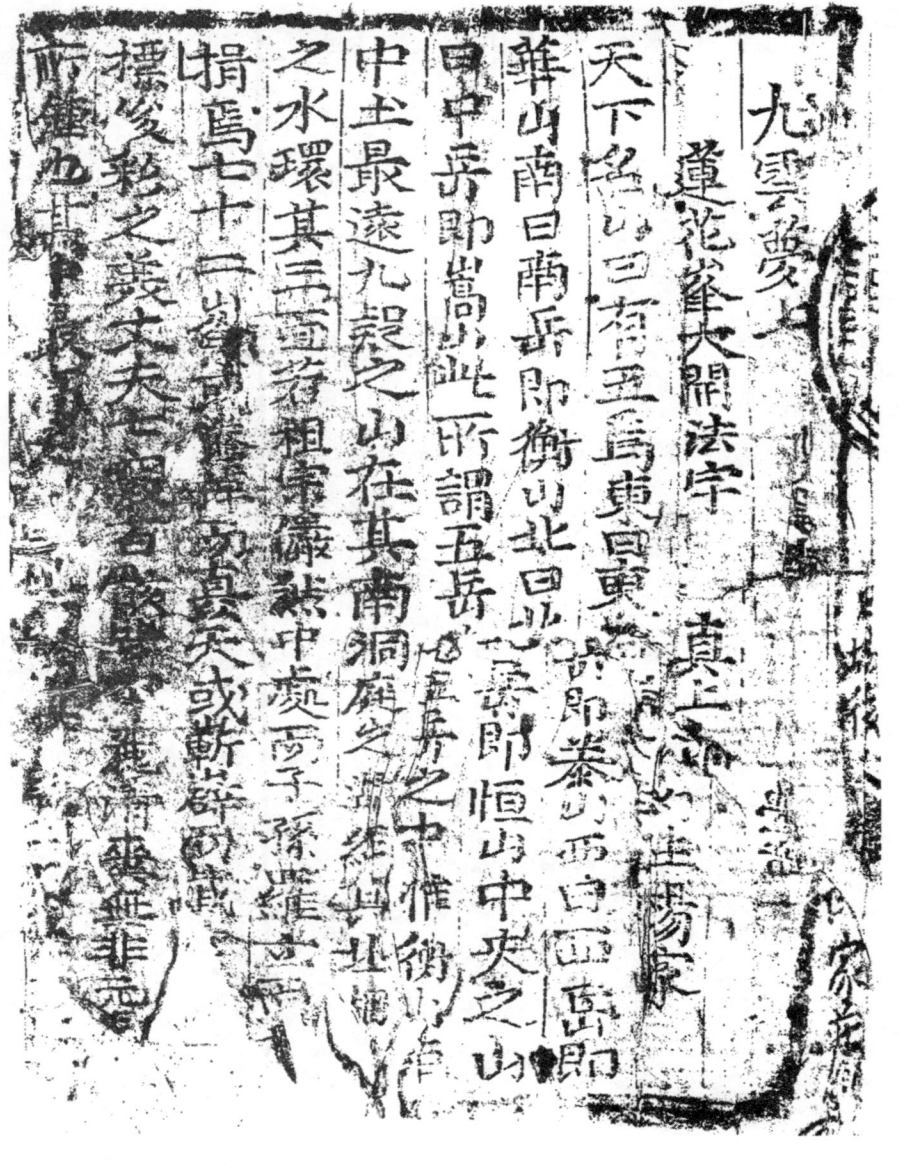

廩曰蓮花五峯而其形擁立其勢張揖雲霄撐漢其
面霞氣咸蔵其半腹非天氣廓掃色晴朗則人不能
得其彷彿焉昔大禹氏治洪水登其上立石記功德
天書雲篆歷千萬古而尚存秦時仙女衛夫人修鍊
得道受上帝之職爲仙童玉女來鎮此山即所謂南
岳衛夫人也盖自古昔以來靈異之蹟瓌奇之事不
可殫記唐時有高僧自西域天竺國入中国愛衡岳
秀色就蓮花峯上結草庵以居講大乘之法以教衆
生以制鬼神於是西教大行人皆敬信以爲生佛復
出於世富人薦其財貧者出其力鑿疊巘架絶壑鳩

材傑大開法宇幽邃寥闃嵺嶸萬千杜工部詩所
謂寺門高開洞庭野殿脚插入赤沙湖五月寒風冷
佛骨六時天樂朝香炉四句已盡之矣山勢之傑道
場之雄稱為南方之最其和尚惟手持金剛經一卷
或稱六如和尚或稱六觀大師弟子五六百人中修
戒行得神通者三十餘人有小闍利名性眞者貞堂
氷雪神凝秋水年才二十歲三藏經文無不通解聰
明知慧卓出諸髡大師極加愛重將欲以衣鉢傳之
大師每與衆弟子講論大法洞庭龍王化為白衣老
人來參法席味聽經[illegible]

且病不出山門已十餘年今不可輕動矣汝替余人
中誰能為我入水府拜龍王替行回謝之禮乎性真
請行大師喜而送之性真着七斤之袈裟曳六環之神
笻飄〻然向洞庭而去俄而守門道人告於大師曰
南岳衛真君娘〻送八介女仙已到門矣大師命召
之八仙女次第而入周行大師之座至三回乃已以
仙花散地訖跪傳夫人之言曰上人処山之西我則処
山之東起居相近飮食相接而賤曺多事使我皆惱
尚未得一造法座穩聽玄談処身之智蔑矣交鄰之
道闕矣茲送洒掃之婢敬修起居之禮兼以天花仙

果七宝紋錦以表區區之誠遂各以所領花果宝貝
擎進於大師大師親受之以授侍者供養於佛前屈
身而禮叉手而謝曰老僧有何功德蒙此上仙之盛
餽仍設齋以待八仙於其致敬謝之意而送之八
仙女同出山門攜手而行相議曰此南岳天山一丘
一水無非我家境界而自和尚開道場之後便作鴻
溝之分蓮花勝景在於咫尺而未得探討矣今者吾
儕以娘娘之命幸到此地且春色正妍山日未暮趂
此良辰陟彼崔嵬振衣於蓮花之峯濯纓於瀑布之泉
賦詩而吟乘興而敀誇張於宮中諸姊妹不亦樂

皆曰諾遂相與緣步而上倚見瀑布之源緣崖而行
遵水而下步憩于石橋之上此時正當春三月也清
花香繞紫霞蔥蘢望之如展錦繡之色谷鳥爭鳴清
音宛轉聞之如奏管絃之曲春風使人駘蕩物色撓人
留連八仙女油然而感悄然而興踞坐橋上俯瞰溪
流百道流泉匯爲澄潭清湖瑩澈如掛廣陵新磨之
鏡翠蛾紅粧照耀水底依俙然一幅美人圖新出於龍
眠手下也自愛其影不忍即起殊不覺夕照度嶺暝
靄生林中是日性真至洞庭湖之波入水晶之
宮龍王大悅出迎於宮門之外延入殿上分席而坐

性眞俛伏奏本師遣詞之言龍王恭己而聽之遂命
設大宴而接之珍果仙菜皆可口龍王親自執酌
以勸性眞〻〻固讓曰酒者伐性之狂藥也佛家大
戒賤僧不敢飮也龍王曰釋氏五戒中禁酒予豈不
知寡人之酒与人間狂藥大異只能御人之氣不當
蕩人之心上人獨不念寡人勤懇之意耶性眞感其
厚眷不敢強拒乃連倒三巵拜辭龍王出水府御冷
風向蓮花而來至山底頗覺酒暈上面昏花礙眼自
訟曰師父若見滿頰紅潮則豈不驚怪而切責乎卽臨
溪而坐脫其上服攝置於晴沙之上手掬淸流洗其

醉而忽有異香撲鼻而過旣非蘭麝之香又非花卉
之馥而精神自然震蕩鄙吝頓消淸爽悠揚殆不
可形喩乃自語曰此溪上流有何奇花郁烈之氣
從水而來耶吾當從而尋之更整衣服沿流而上是
時八仙女尙在石橋之上正與性眞相遇性眞捨其發
錫上手而禮曰僉女菩薩俯聽貧僧之言貧僧是蓮
花道場六觀大師弟子也奉師之命下山而去方還
歸寺中矣石橋甚狹僉菩薩前此男女忿不得分路
惟願僉菩薩暫移蓮步特借歸路八仙女答拜曰妾
等卽衛夫人娘娘之侍女也承夫人之命於夫人問候於大師

歸路適少留於此矣妾等聞之禮云於行路男子由
左而行婦女由右而行此橋本來偏窄妾等且已先
坐今道人從橋而去於禮不可請別尋他路而行性
眞曰溪水旣深且無他逕欲使貧道從何處而行乎
仙女等曰昔達摩尊者乘一葉渡大海和尚若學道於
六觀大師則必有神通之術涉此小川有何難之有而
乃與兒女子爭道乎性眞笑而答曰試觀諸娘之意
必欲索行人買路之錢貧僧本無金錢適有八
顆明珠請奉獻於諸娘子以買一條之路說罷手持桃花
一枝以擲於仙女之前四雙蓓蕾卽化爲明珠祥光

滿地瑞彩彌天蓋也於海龍之胚胎八仙女合拾取
一介顧向性真嫣然一笑蹂身乘風騰空而去性真
佇立橋頭擡首遠望良久雲影始滅香風盡散悄然
如失惘悵而歸以龍王之言復於大師ㄷㄷ詰其晩
歸對曰龍王待之甚款挽之甚懇情私雖在不敢拂
衣而即出矣大師不答使之退休性真來到禪房日
已曛黑自見仙女之緩歟語嬌聲尚留耳邊艶態妍
姿猶在眼前欲忘而難忘不思而自思神魂恍惚惱
悠蕩ㄷ兀然端坐默念於心曰男兒在世幼而讀孔
孟之書壯而遇堯舜之君出則作三軍之帥入則為

百揆之長着錦袍於身結紫綬於腰揖讓人主澤利
百姓目見嬌艶之色耳聽[illegible]絃之音榮輝極於當代
功名垂於後世此固大丈夫之事也然我佛家之道
不過一盂飯一瓶水數三卷之經文百八顆之念珠
而已其德雖高其道雖玄寂寞太甚矣括談而止矣
假令悟上乘之法傳祖師之統坐於蓮花臺上三
魂九魄一散於烟焰之中則夫孰知有一介性眞者於
天地間乎思之如此念之如彼欲眠不眠夜已深矣
實姿合眼則八仙女忽羅列於前矣驚悟開眼已不
可見矣遂大稱曰釋教一美正心志斯爲上行矣我

出家十年曾無一毫點苟且之心邪心忽發令乃如此
豈不有妨於我之前程乎遂自歎撫擅趺坐蒲團振
勵精神輪盡項珠方靜念千佛矣忽然童子
立窓外呼之曰師兄者寢乎師父命召之矣性眞大
驚曰深夜促召必有故也仍與童子詣方丈大師
集衆弟子儼然正坐威儀肅肅燭影煌煌乃勵聲責
之曰性眞汝知汝罪乎性眞顚倒下階跪而對曰小
子服事師父十閱春秋而曾未有毫髮不恭不順之
事誠愚且昏宗不知自作之罪大師曰修行之功其
目有三曰身也曰意也曰言也汝往龍宮飮酒而醉

故到石橋邂逅女子以言語酬酢折贈花枝身之相
戲及其還來且尚纖繾初旣蠱心於義色旋且留意
於富貴慕世俗之繁華厭佛家之寂滅此三行工夫
一時壞了其罪固不可仍留於此地也性真叩頭泣
訴曰師父々々性真誠有罪矣然自破酒戒因主人
之强勸而不獲已也吾與女酬酢言語只爲借路奉
非有意有何不正之事乎及歸禪房雖有惡念一刹
那間自覺其非陽在心之悲從萬善論之自介唯指
追悔方寸復正此倫宗行譁不意而復吾也苟使弟
子有罪則師父鞭撻數責亦教誨之一道何必迫

器之俾絕自新之路子能真十二歲棄文從進觀遊
依故師父即剃頭髮言其義則無异於我育我語其
情則所謂無子有子父子之恩深矣師弟之分重矣
蓮花道場即能真之家念與何之入師曰汝欲去之
吾今去之汝苟欲當誰使汝去乎且汝自謂曰吾何
去乎汝所欲往之處即汝可[illegible]復六拜曰
黃巾力士安在忽有神將自空中而來俯伏听命大
師分付曰汝領此罪人往豐都交付於閻王面回性
真聞之肝膽墮落涕泪迸出無數叩頭曰師傅〻〻
听此性真之言昔阿難尊者入於娼女之家與同寢席

矣其操守而釋迦大佛不以爲罪但設法而救之矣
子雖有不謹之罪比之阿難猶且輕矣何必欲送於
豐都乎大師曰阿難尊者制妖術雖與娼物親近
其心則未嘗變矣今汝則一見妖色全失素心留情
冕綬流涎富貴甘其賴於阿難何如汝罪如此一番
輪回之苦爲浮光者性眞惟涕泣而已頓無舒意六
師復慰之曰心苟不潔雖處山中道不可成苟其不忘
其根本雖落於十丈紅塵之間畢竟自有歸乎之處
汝必欲復歸於此則吾當躬自率來汝其勿疑又而
性眞知不可奈何拜辭於佛像及師父

別遣力士而領入陰魂之關過望鄕之臺至豊都城
外守門鬼卒問其所從來力士曰承六觀大師法旨
領罪人而來矣鬼卒開城門而納之力士直抵森羅殿
以押來性眞之意告之閻王使之召入指性眞而言
曰上人之身雖在於南岳山蓮花之中上人之名已
載於地藏王香案之上矣寡人以爲上人得成大道
一陞蓮座則天下衆生必將普被陰德矣今仍何事
辱至於此乎性眞大慚良久乃告曰性眞無狀曾遇
南岳仙女於橋上不能制一時之心故仍以得罪於
師父待命於大王矣閻王使左右上言於地藏王曰

南岳六观大師使黄巾力士押送其弟子性真要令
溟司論罪而此與他罪人自别致仰稟矣菩薩答曰修
行之人一往一來當依其所願何必更問閻王方欲
按決矣兩鬼卒又告曰黄巾力士以六观大師法令
領八罪人來到於門外矣性真聞此言大驚矣閻王命
召罪人南岳八仙女匍匐而入跪於庭下閻王問曰
南岳女仙听我言也仙家自有無窮之勝槩自有不
盡之快樂何為而到此地耶八人含羞而對曰妾等
奉衛夫人娘々之命往起居於六观大師路逢性真
小和尚有問答之事矣大師以妾等為玷污叢林之

靜界移牒於衛娘〻府中按道事等於大王妾等之罪
沉苦身皆懸於大王之手伏乞大王大慈大悲使之
再生於身地閻王受使者九人招來前密〻分付曰
章此九人速往人間言訖大風倏起於殿前吹上九
人於空中散之於四面八方性眞隨使者爲風力所
驅飄〻搖〻無所終薄至于一處風聲始息兩足已
在地上矣性眞收拾驚魂乱目而見之則蒼山密〻
而四圍清溪曲〻而分流竹籬茅屋隱映草間者
才十餘家數人相對而立私相語曰楊處士夫人五
十後有胎候誠人間稀罕之事矣憶産已久尚無見

聲可憐可慮性真默想曰今者我當輪生於人世而脩
形身只箇精神而已骨肉正在蓮花峰上已火燒矣
我以年少之故未畜弟子更有何人收我舍利思量
反覆悲切悽愴俄而使者出揮手招之言曰此地即
大唐國淮南道秀州縣也此亦即楊処士家也処士
乃汝父親其妻柳氏乃汝慈母也汝以前生之縁為
此家之子汝須速入毋失吉時性真即入見則処士
戴葛巾穿野服坐於中堂對炉煎藥香臭靄々然襲
衣房内隱々有婦人呻吟之聲矣使者促性真入房
中性真疑慮逡巡使者自後推擠性真蹶倒於地神

昏氣窒若在天地翻覆之中者然性真大呼曰救我
救我而聲在喉間不能成語只作小兒啼哭之聲矣
侍婢走告於処士曰夫人誕生小郎君矣処士奉歎
挠而入夫妻相對滿面歡喜性真飢則飲乳飽則止
哭當其始也心頭尚記蓮花道場矣及其漸長知父母
之恩情然後前昔之事已茫然不能知矣処士見其
兒子骨格清秀撫頂而言曰此兒必天人謫降也名
之曰少游字之曰千里流光水駃犀角日長於馬之
間已至十歲容如温玉眼若晨星氣質擢秀智慮深
遠魁然若大人君子矣処士謂柳氏曰我本非世俗

之人而以身君有下界因緣故久留於胴央之中蓬
萊仙侶寄書招邀者亡矣而念君孤子未能決去今
皇天默佑英子斯得聰達超倫穎奮拔萃眞吾家千
里駒也君旣得依倚之所晩年必將覩榮華而享富
貴也吾身去留須不介念也一日衆道人來集於堂
上身処士或騎白鹿或驂靑鶴向深山而去此後雖
往往自空中寄書札而已蹤跡未嘗到家矣

華陰縣閨女通信　藍田山道人傳琴

自楊処士升仙之後母子相依經過日月少游方過
數年才名藹蔚本郡[illegible]以神童薦于朝而少游以

親老爲辞不肎就之年三十四五秀美之色似潘岳
介越之气似青蓮文章燕許如也詩材鮑謝如也策
法儗命鐘王智略旁畜孫呉諸子百家九流三教天
文地理六韜三略舞擔之法用劒之術神授鬼教無
不精通蓋以前世修行之人心竅洞徹胸海療廓論
处瀟灑如竹迎刃非凡流俗士之比也一日告於母
親曰父親弁天之日以门户之責付之於少子而今
家計貧屢老母勤勞兒子若甘爲守家之狗曳尾之
龜而不求世上之功名則家聲無以繼矣母心無以
慰矣甚非父親明[illegible]之意也聞国家方設科抄選天

下之群才皃子欲嚮雒必覲膝下歌鹿鳴而西遊抑
氏見其志氣卒不禄〻少年行役不能無慮遠路難
別亦且関心而已知其沛然之氣不可以沮乃黽勉
而許之盡賣釵劍備給盤纏少游拜辭母親以三尺
書童一匹蹇驢取道而行〻累日至華州華陰縣拒
長安已不遠矣山川風物一倍明麗以科期尚遠日行數
十里或訪名山或尋古跡客路殊不寂寞矣忽見一區
幽庄近隔芳林嫩柳交影緑烟如織中有小樓丹碧
照耀蕭洒夐遠夏幽致可挹遂垂鞭徐行迫以視之則
長條細枝拂地嫋娜若美女新浴緑髮臨風自梳可

愛亦可賞也少游于攀柳絛嗣御不能去歎賞曰吾
鄕蜀中雖多珍樹曾未見裊裊千枝毿毿嬌綏若此
柳者也乃作楊柳詞其詩曰
楊柳青如織長條拂四樓願君勤種意此樹最風
流
楊柳何青青長條拂綺樓願君莫攀折此樹最多
情
詩成浪詠一遍其聲淸亮豪爽宛若扣金擊石一陣
春風吹其餘音飄散於欄以上其中適有玉人年既方
濃忽然驚覺推枕起坐掘開繡戶徙倚雕欄流眄凝

驚四顧尋聲忽與楊生兩眸相値鬢髮雲鬟乱毛双
鬟玉釵欹斜眼波朦朧步裡婀弱質無力睡痕猶
在於眉端鉛紅半消於臉上天然之色嫣然之態
不可以言語形容即畫描畫也兩人脉脉相看未措
一辭楊生先送書童於前客店使備夕飯又見是
還報曰夕飯已具矣美人含情熟視閉戶而入惟有傳
陣暗香之風而至而已楊生雖大恨書童之無事招
却厲聲求逐書童而來一步一顧紗窓已緊閉而
不聞矣來坐客店悵然消魂原來與文字從秦氏名
彩鳳即秦御史女子也早喪慈母且無兄弟年纔及

笄未適於人時御史王京師小姐稱在其家並房寨之
外忽逢楊生見其貌而悅其風彩聞其詩而慕其才
華乃思惟曰女子從人終身大事一生苦樂百年苦
樂皆係於丈夫故卓文君以寡婦而從相如今我即
處子之身也雖有自媒之嫌臣妾擇君古亦云乎今
若不問其姓名不知其居住宅日暮黑吾於父親而
談送媒妁東西南北何處可尋於是展一幅之箋寫
數句之詩封授於亂過曰持此封書往彼客在尋得
俄者身騎小驢到此攀下楊柳詞之相公而傳之
俾知我欲結秦緣永托一身之意也此五口莫大重之事

愼勿虛徐此相貌容顔如玉眉宇如畫雖在於衆人
之中如鳳凰之出雞群媼又親見傳此情書乳媼
曰謹當如教而斥時老爺者有問則將何以對之耶
小姐曰此則我自當之汝勿慮焉乳娘出門而旋
又還問曰相公或已娶室或旣定婚則何以爲之耶
小姐移時沉吟乃言曰不幸已娶則我固不嫌爲副
而我觀此人年是青陽恐未及有室家乳娘往于客
店坊問吟咏楊柳詞之客此時楊生出立於店門之
外見老婆來訪忙迎而問曰賦楊柳詞者即小生也
老娘之問有何意耶乳娘見楊生之美不復致疑但

云此非討詁之地也楊生引乳娘坐於客榻尙其來
尋之意乳娘尙問曰郎君楊柳詞咏於何処乎答曰生
以遠方之人初入帝坼愛其佳麗歴覽遊勝今日之
午適過一處即大路之北小樓之下綠楊成林春色
可玩感與之餘賦得一詩而詠之矣老娘何以問之
媪曰郎君其時身何人相面耶楊生曰小生幸値天
仙降臨樓上之時艶色尙在於眼异香猶洒於衣矣
媪曰老身當以寔告之其家盖吾主人秦御史宅也
其女即吾家小姐也小姐自幼時心明性慧大有知
人之鑑一見相公便欲托身而御史方在京華注復

稟定之間相公必轉向宅慶大海浮萍秋風落葉收
何以詰其蹤迹乎縷縷雖切顚倒之心炉金凛有自
躍之恥而三生之緣重一時之嫌小也是以含經從
權包羞冒慚使老妾問郎君姓氏及鄉貫仍探婚娶
與否矣生聞之喜邑溢面謝曰小生楊少游家本在
楚年幼未娶只有老母在堂花燭之禮當告兩家父
母而後行之結親之約今以一言而定之矣華山長
靑渭水不絶乳娘亦大喜自袖中出一封書以贈生
生拆見即楊柳詞一絶也其詩曰
樓頭種楊柳擬繫郎馬住如何折作鞭催向章臺路

路

生艶其請新亟加歎服稱之曰雖古之王右丞李

太白以加矣遂披彩牋寫一詩以援毫其詩曰

楊柳千萬絲絲絲結心曲願作月下繩好結春消

息

乳娘受置於懷中變店門而去楊生呼而語之曰小

姐秦之人我楚之人一散之後萬里相阻山川脩

夐消息難通况今日此事旣無良媒我生之心無

可憑信之處也歎乘今夜之月色仰見小姐之容

未知老娘以爲如何小姐詩中亦有此意望老嫏王

稟于小姐乳娘去即還來曰小姐奉吳郞和詩十分
感激且備傳郞君之意則小姐曰男女未及行禮私
與相見擬知其非禮然方欲托身於其人而何可有
違於其言乎且中夜相會人言可畏異日父親若知之
則又有重責欲待明日會於中堂相見約定云矣楊
生嗟歎曰小姐明敏之見正大之言非小生所及也
對乳娘再三勸囑毋令失期乳娘唯々而去是夜生
留宿於店中轉展不寐坐待晨雞者恨春宵之長也
俄而斗杓初轉村鼓催鳴方欲呼童而秣馬矣忽聞
千萬人喧闐之聲潮湧湯沸自西方而來矣楊生大

驚攝衣而出立衛而見之則熱兵之亂也避亂之衆
人籠山絡野紛騈雜遝喧聲動地響音于霄問之於
人則曰神策將軍仇士良自稱皇帝擧兵而反天子
出巡揚州關中大亂賊兵四散劫掠人家且傳言關
函閉不通往來之人毋論良賤皆作軍丁云矣生慌忙
驚懼遂率書童騎驢從行望藍田山而去欲竄伏
於岩穴之間矣仰見絕頂之上有數間草屋雲影籠
翳鶴聲清亮楊生知有人家從岩間石逕而上有道
人凭几而臥見生至起坐而問曰君是避亂之人必淮
南楊處士令郎也楊生趨進再拜含淚而對曰小生

果是揚州士子也自別叩父只依慈母鞠育甚魯
寸學俱廢而妄生徼倖之計冒充覲国之資行到舉
陰猝值变乱不啻今日獲拜大人兼叩上帝侍鑑微
誠故令叨陪大仙之几杖得聞叩父之消息伏乞仙
君毋惜一言以慰人子之心家叩今在何山而侍履
亦何如道人笑曰尊君身我着驀於靈閬峯上別
去屬耳未知其去向何處而童顏不改綠鬢長春
惟君毋用傷悵樂延許日我固先生可遵一拜於
家叩乎道人又笑曰父子之情難蒙仙凡之分迥殊
雖欲為君發之未由也而况三山渺遠十洲空闊音

公去訖何以得知君既到此姑且留宿徐待道路之
通故去亦未晚也楊生唯唯父親供守之款道人落
落無饋念之意會合之望已絶矣心緒悽愴淚流被
面道人慰之曰合而離離而合亦理之常也何以爲
無益之悲也楊生拭淚而謝曰當隔而坐道人指壁上
玄琴而問曰君能解此乎生對曰雖有素癖而未遇
良師不得其妙處矣道人使童子持琴授生使彈之
生遂置之膝上奏風入松一曲道人笑曰用手之法
活動可教也乃自移其琴以千古不傳之四曲次第
敎之淸而幽雅而亮寔人間之所未聞者生素精

通音律且多神悟一學能盡傳其妙道人大喜又出
白玉洞簫自吹一曲以敎生仍謂之曰知音相遇古人
所難今以此一琴一簫贈君日後必有用處君其識
之生受而拜謝曰小生之得拜先生必是家親之指
導先生即家親故人小生敬事先生何異於家親乎
侍先生杖屨以備弟子列小子願也道人笑曰人間
富貴自來偪君〻將不可免也何能從遊老夫棲在岩
穴乎以君畢竟所歸之処與我各異非我之徒也但
不忍負殷勤之意贈此彭祖方書一卷老夫之情此
可領也習此則雖不能久視延年亦足以消病却老

也生復起拜而受之仍問曰先生以小子期之以人
間富貴豈尚前提之事矣小子於華陰縣與秦家女
子方議婚為亂兵所逐奔竄至此未知此婚可得成
乎道人大笑曰婚姻之事昏黑似夜天機不可輕泄
然君之佳緣在於累處秦女不及偏自綣戀也生跪
而受命陪道人同宿於客堂天未明道人叟覺揚生
而謂之曰道路既通科期退定於明春想夫人方
切倚閭之望須早啓故鄉毋貽北堂之憂仍封給路
費生百拜床下稱謝厚眷收拾琴書行出洞門不勝
依黯矯首回頭草茨及道人已無去處惟曙色蒼京

彩霧葱籠而已生入山之初楊花未落一夜之間翁
花滿發矣生大以爲恠問之人曰秋八月矣來訪
旧日客店新經兵火村落蕭條與向來經過之時
大異赴擧之士紛紛下來生問都下消息則答曰國家
召諸道兵馬過五箇月始削平僭乱大駕還都科
擧且以明春退定矣楊生往訪秦御史家則繞溪
衰柳搖落於風霜之後殊非旧日景色朱樓粉墻已成
灰燼陳礎破瓦堆積遺墟而已四隣荒凉亦不聞鷄犬
之聲生愴人事之易變悵佳期之已暌攀援柳條佇
立斜陽徒吟秦小姐楊柳之詞一字一淚衣裾盈濕

詳問往事不見人跡乃茫然而悄問于店主曰彼蔡
御史家属今往何処耶店主嗟愕曰相公不聞耶
前者御史仕宦在京惟小姐率婢僕守家官軍
收復京師之後朝廷以蔡御史為受逆賊偽爵以極刑
斬之小姐押去京師而其後或言終不免慘禍或言沒入
掖庭矣今朝官人押領罪人等數多家属過此店
家前問之則曰此属皆沒入為英南縣奴婢者也或云
蔡小姐亦入於其中矣楊生聽之潸然自下曰藍田山
道人云蔡氏婚事昏黑似夜小姐必已死矣更無詰問
之処乃治行具下去秀州此時柳氏聞京都禍亂之

報恐兒子死於兵火日夜呼天冀不得自保矣及見
少游相持痛哭若遇泉下之人亦冀舊歲已盡新春
忽届矣生又收作赴科之行柳氏謂生曰去年汝往
皇都幾陷危境至今思惟凜凜可怕汝年尚稺功名
不急然吾所以不挽汝行者吾亦有至意故也頃者
秦州旣被兵燹門戶寂寞無適爲汝配者而汝已
十六歲也今若不定婚何其不失時乎京師紫淸觀
杜鍊師卽吾表兄出家雖久計其年歲則尚或生存
此兄氣宇不凡智慮有餘名門貴族無不出入吾寄書
情書則必視汝如子一爲出力周旋爲求賢匹汝須留

意於此仍然去行待之生一覺之會始以垂陰高者之盖
有傷感之色卻乃嗟歎曰吾豈空乃韓英訖無一人終禍家
餘生必難全生設令一死逢着不難設須求斷浮生
更求他姻以慰老母之望之禮速登程及到
洛陽稱作驛兩遊入於一門酒店沽酒而飲生謂
店主曰此酒雖美亦非上品也主人曰小店之酒無
勝於此者相公若求上品天津橋頭酒肆所賣之酒
名曰洛陽春王之酒千錢其價味雖好而價甚高矣
生靜思洛陽自古帝王之都繁華壯麗甲於天下我去
年取他路而去未見其勝概今行當不落莫矣

楊千里酒樓擢桂　桂蟾月鴛衾薦賢

生乃使書童葺給酒價仍馳驅向天津而行及抵城中見水之勝人物之盛果如所聞矣洛水橫貫都城如鋪白練天津橋迤邐澄波直通大路隱隱如彩虹之飲水蜿蜿若蒼龍之偃臥碧瓦朱甍飛耀日色瞰清漪影抱香塵可謂第一名區也生知其爲店主所謂酒樓乃催行至其樓前金鞍駿馬填塞通衢僕夫之諠譁生仰視樓上則絲竹異鳴出在半空羅綺紛鬱香聞十里生以爲河南府尹讌客於此使書童問之則言城裡少年諸公子聚集一時名妓

設宴玩景生聞之已覺酔眞翻翻意氣騰騰於是翁
樓下驢直入樓中年少書生十餘人并美人數十輩
坐於錦筵之上騎騎尚侈經大白衣冠鮮明意氣軒軽
諸生見楊生容顔秀美符数論落齊起迎揖分席列
坐各通姓名後上座有盧生者先問曰吾見楊兄行
色所謂標花黄衣子非者也生曰誠如兄言矣又有
杜生者曰楊兄苟是赴舉之儒則雖不云不速之賓參
於今日之会亦不妨也生最兩兄之言觀之則今日
之会非但以酒盃留連而已必結詩社而較文章也
若小弟者以楚國賤之人年歯既少知識甚狹雖

以薄劣猥充鄕貢忝參於諸人盛会之末不亦僭乎
諸人見楊生語遜而年幼頗輕易之答曰吾輩之会
非爲結詩社也而楊兄所謂較文章蓋彷彿矣然兄
是後來之客雖作詩可也不作亦可也且吾輩歡謔
洽好矣仍促傳巡盃使諸妓迭奏衆樂楊生
擡醉眸縱視群娼二十餘人各執其業而惟一人超
然端坐不奏樂不接語淑美之容冶艶之態眞國色
也望之如南海觀音婷婷而立於會席之中矣生神
魂撩亂自忘巡盃其美人亦頻顧楊生暗以秋波送
情生又瞻視則累幅詩箋堆積於美人之前遂向諸

生而言曰彼詩箋必諸兄傑製可得一賞否諸人亦
爰對美人輒起攝其華箋置之於楊生座前生一一
披閱則六幅十餘丈詩而其中雖一二無優劣生孰盖
平之無驚語佳句也生心語曰我曾聞洛陽多才子
矣以此見之則虛言也乃還其華箋於美人對諸生
拱手而言曰下土賤生未嘗見上国文章矣今者幸
玩諸兄珠玉快樂之心不可勝喻也時諸生已大醉
矣恰之笑曰楊兄但知詩句之妙而已不知其間有
尤妙之事也生曰少弟適蒙諸兄眷愛酒盃之間已
住忘形之交所謂妙事何惜向少弟說來耶王生大

笑曰誤道於兄何害之有吾洛陽素稱人才府庫是
以近前科甲洛陽之人不為壯元則必為探花吾輩
諸人皆得文字上虛名而未能自定其優劣高下矣
彼娘子姓桂名蟾月非但姿色歌舞獨步於東京古
今詩文無所不通且其詩眼尤妙矣灵如鬼神洛陽
諸伎納卷而來則一閱其文斷其立落言如符合未
嘗一失其神鑑如此也以是吾輩各以所製之文送
於桂娘經其品題取其入眼者載之歌曲被之管絃
以之而定其高下長其聲價如旗亭故事况桂娘姓
名蓋應月中之桂新榜魁元之吉兆寔在於此矣楊

兄試聞之此非妙事乎有杜生者曰此外有別妙而
又妙者諸詩之中桂卿擇其一首而歌之則佳其詩
者今夜當與桂卿好結芳緣而吾輩皆作賀客而已斯
豈非妙而又妙者乎楊兄亦男子也苟有一段豪興
亦截一詩與吾輩爭衡似好也生曰諧兄之詩成之
已久未知桂卿已歌何人之詩乎王生曰桂卿尚斷
一関清音櫻唇久鎖玉齒未啓陽春絶調猶不入於
吾儕之耳桂卿若不故作嬌態則必有羞澁之心而
然也生曰小弟曾在楚中雖或依樣畫蘆作一兩首詩
而即局外之人也與諸兄較藝恐未安也王生大言

曰楊生容貌美於女子矣又何無丈夫之意耶聖人
有言曰當仁不讓於師又曰其爭也君子第恐楊兄
無詩才也苟有才也豈可逡巡撝謙乎楊生雖外餙
虛讓一見桂娘豪情已不可制矣見諸生座傍尚有
空箋遂抽其一幅縱橫走筆題三章詩比如風檣之
走海渴馬之奔川諸生見其詩思之敏捷筆勢之飛
動莫不驚愕失色矣楊生擲筆於席上謂諸生曰宜
先請教於諸兄而今日座中桂卿即考官也納卷時
刻恐不及也即送其詩箋於桂娘其詩曰
楚客西遊路入秦酒樓來醉洛陽春月中丹桂誰

北折今代文章自有人
天津橋上柳花飛珠箔重〻映夕暉側耳要聽歌
一曲錦遮休復舞羅衣
花枝羞殺玉人粧未吐纖歌口已香待得樑塵飛
盡後洞房花燭賀新郎
蟾月作轉星眸雲鬟欲過檀板一聲淸歌自發嬝〻
如縷咽〻如訴鶴唳青田鳳鳴丹丘秦箏奪其聲趙
瑟失其曲滿座皆洒然易容初諸人傲視楊生許令
作詩矣及其三詩皆入於蟾月之歌俱憮然敗興相
顧無言欲讓蟾月於楊生則近於無據欲背盟中

初約則難於失信而直視嘿嘿癡坐楊生知其氣色後
起告辭曰小弟偶蒙諸兄殷勤囑盃宴旣醉且憊誠切
感幸前路尚遠行色甚忙未得終日吐話他日曲江之會當罄
此餘情矣乃從容下去諸生亦不得挽止矣生出至樓前
方欲跨驢蟾月忙步而來謂生曰此路南畔粉牆之外有
櫻桃盛開此乃妾家相公須先往訪得與家待妾還歸
妾亦從此逝矣生點頭而諾蟾月向而去蟾月上樓謂諸
生曰諸相公不以妾爲陋以緞閩之歌卜今夜之緣將
何以處之耶諸人猶不舍悉香之情答曰楊哥客也非
吾輩中人何可以此爲拘乎主副和應從燕蠅之論蟾月

以吟詠應之曰人而無信亦不知其可也座上諸生非
不足也諸相公盡其不盡之興矣適有病未得侍坐
終宴矣乃緩步而出諸人初既有約且見其吟詠之色
不敢出一言矣此時楊生還往店擬移行李趁黃昏往
尋蟾月之家蟾月先已還家掃中堂燃華燭而待
之楊生繫其驢櫻桃樹下往叩重門蟾月聞剝啄之聲跕
屣又迎曰下樓之時郎先而妾後意已先到而郎何後
也楊生曰以主人而待客可也以客而待主人可乎
眞所謂非我後也馬不前也遂相與扶携而入兩人
相對其喜可知蟾月滿酌玉盃以金縷衣一曲侑之

芳姿嫩拜能割人之腸而迷人之魂生情不能抑相
携就寢雖巫山之夢洛浦之遇未足以喩其樂矣至夜
半攜月於枕上謂生曰妾之一身自今日已托於郎
君矣妾請略暴情素非郎君俯察而哀憐焉妾本部州
人也父曾爲此州驛丞矣不幸病死於他鄕家事零
替故山迢遞力單勢微無路返葬繼母賣妾於娼家
受百金而去妾忍辱含痛屈身事人只祈天或垂矜
幸逢君子復見日月之明而妾家後前即去長安道
也車馬之聲晝夜不絕來人過客孰不落鞭於妾之
門前乎是來四五年間服閱千萬人矣尙未見近似

於郎君者今何幸遇我郎君至願已畢郎若不以妾
鄙夷之則妾願爲擁帚之婢敢問郎君之意如何生
乃歎咨曰我之深情豈君桂娘所向我哉我本貧寒
子也且堂有老親身在々偕老恐不緊於老親之意
若且妻妾則亦恐桂娘之不事也然雖不以爲嫌
天下必無可爲桂娘又君之淑女是可慮也蟾月曰
郎君是何言也當今天下之才無出於郎君之右者新
榜壯元固不足論也丞相可授大將節鉞非久當做
於郎君手中天下義女孰不願送於郎君乎將見紅拂
隨李靖之匹馬綠珠步石崇之香塵蟾月何人敢有

一毫專寵之心惟願郎君娶賢媛於高門以奉大夫
人後亦勿棄賤妾焉妾請自今以後潔身而待命矣
生曰去年我曾過華州偶見秦氏女子其容皃才華
足與桂娘可比伯仲而不幸今也則亡矣我欲使我
更求淑女於何處乎蟾月曰郎君所言者必是秦御
史女彩鳳也御史留是者吾主人於此府秦娘子與賤妾
情誼頗綢密矣其娘子且有卓文君之才貌郎君豈
無長卿之情而今雖思之亦無益矣請郎君更求於
他門矣楊生曰自古絶色本不世出今往往秦娘兩
人生并一代吾恐天地精明之氣殆已盡矣蟾月大

笑曰鄭兄之言誠如井底蛙矣妾若以吾娼妓守公
論告於郎君矣天下有青樓絶色之語江南万玉燕
河北狄驚鴻洛陽桂蟾月〻〻即妾也妾則猶得虛
名玉燕驚鴻眞當代絶艶豈可曰天下更無絶色乎
生曰吾意則彼兩人猥叅〻名矣蟾月曰玉燕
以地之遠雖未得見南來之人無不稱贊可知其決
非虛名驚鴻與妾情若兄弟驚鴻一生本末請略陳
之驚鴻播州良家女也早失怙恃依其姑母自十歲
義麗之色名於河北近地之人欲以千金買以爲妾
媒婆塡門鬧如群蜂而驚鴻言於姑母皆斥遣衆

媒婆問於姑娘曰姑娘東推西却不肎許人必得何
許郎乃合於意乎歟以爲大丞相之妻乎歟以爲
節度使之副室乎歟許於名士乎歟進於秀才乎鸛
鵲替對曰若晋時東山携妓之謝安石則可以爲
大宰相之妾矣若如三國時使人誤曲之周公瑾則可
以爲節度使之妾矣若有玄宗朝獻清平詞之翰林
學士則名士可隨矣有若武帝時奏鳳皇曲之司馬
長卿則秀才可從矣惟是急何可逆料乎女從凡
笑而散鸛鵲私以爲寡鄕女子耳目不廣將何以擇
天下之奇才擇當世之賢匹乎惟娼女則並交雄豪傑

無不接席而酬酢公子王孫爲皆閑门而逢迎賢愚
易下優劣可否比之則我升於權豈無玉於藍田奇
才姜邑何患不得遂願自賣於娼家適歡於身於
奇男未及數年名藉大噪索臺秋山東河北十二州
文人才士会於鄭都設宴以娛鸞鳴以一曲霓裳舞
於席上翩如驚鴻籍如翔鳳百隊羅綺盡失顏色其
才其自此可見矣宣若獨立於銅雀臺帶月緋細感
古悲傷詠斷腸之遺句而分香之注迹仍爲笑哭盡
德不能藏二喬於樓中見之者無不愛其才奇其志
顛今閨閣之中豈徒無其人乎鸞鳴身妾同遊於上

園寺弄之論懷鸞鴻謂妾曰尒我兩人若得意中之
君子互相薦引合事一人則庶不誤百年之身矣妾
亦諾之矣妾遂遇郎君輒思鸞鴻而鸞鴻方入於山
東諸侯宮中此所謂好事多魔者耶侯王姬妾富
貴雖極亦非鸞鴻之願也仍唏噓曰惜乎安得一見
鸞鴻說此情也楊生曰青樓中雖有許多才女安知士夫
家閨秀不讓娼妓一頭地乎蟾月曰以妾目見無如
秦娘子者為下秦娘一等妾不敢薦於郎君然妾飽
聞長安之人爭相稱道曰鄭司徒女子窈窕之色幽
閑之德為當今女子中第一妾雖未親見大名之下本

無虛士郎君歸到京師當意訪問是所望也問答之間
綣戀已徹明矣兩人同起梳洗畢蟾月白無処非郎
君久留之地也况旅日誼合于想不無怏〻之心恐
不利於相公須趂早登程前頭叨待之日尚多何必
為兒女子眉〻之悲乎生謝曰娘言誠如金石當銘鏤
於心肝矣遂相對揮泪分袂而去

倩女冠鄭府遇知音　老司徒金牓得快壻

揚生自洛陽抵長安定其旅舍頓其行裝而科日尚
遠矣招店人問紫清觀遠近云在春明門外矣即備
礼段進尋杜鍊師〻〻年可六十餘歲戒行甚高為

觀中女冠之首矣生進以乱謂傳其母親書於鍊師
問其安否垂淚而言曰我與令堂姐〻相別已二十
年後生之人軒仰若此人世流光信如白駒之隙也
吾老矣厭処於京師煩嚣之中方欲遠向崆峒尋仙
訪道鍊魂守真栖心於物外矣姐〻書中有所托之
言吾當不得已為君小留揚生風彩明秀如仙當世
閨艶之中恐難得相敵之良配也然從容商量如有
閑日更加一來焉揚生曰小侄親老家貧年近二十
而身処僻鄉未能擇配方當書悞之日又貽衣食之
憂識莫展歎愧深切今拜叔母眷念至斯感荷良

深矣即拜辭而退時科日將迫而自聞措婚之諸請
弛求名之心數日後復造覲中鍊師迎笑曰一延有
処女言其才与貌則真楊郎之配而但其家門捐太
高六代公侯三代相國楊郎若爲今榜魁元則與婚
事庶可望矣其前發口無益也楊郎不必煩訪老身
勉從科業期於大捷可也楊生曰第誰家也鍊師曰
春明门外鄭司徒家也朱门臨道门上設棨戟者即
其第也司徒有一女而其処子仙也非人也生忽思
蟾月之言潛念曰此女子果如何而大得聲風於兩
京之間乎問於鍊師曰鄭氏女子師傅曾見之乎鍊

師曰我豈不見乎鄭小姐卽天人不可以口舌形其
美也生曰小徑非敢為誇大之言也今春科第當如
探囊中物也此則固不足掛念而平生有癡騃之願
不見處子則不欲求婚願師傅特發慈悲之心使小
子一見其顔色如何鍊師大笑曰宰相家女子豈有
淂見之路乎楊卽或慮老身之言有未可信者乎生
曰小子何敢有疑於尊言乎募人之所見各自不同
安知其師傅之眼必如小子之目乎鍊師曰萬無此
理也鳳皇麒麟歸禱皆稱祥瑞青天白日奴隷亦知
高明苟非無目之人則豈不知子都之美乎楊生猶

不快而去矣必欲受諾於鍊師翌日清晨又往道觀
鍊師笑謂曰楊郎必有事也生曰小子不見鄭小姐
則終不能無疑於心更乞師傅念母親付托之意察
小子委曲之情恣運沖襟別設妙計使小子一遭望
見則當結草而圖報矣鍊師掉頭曰未易哉沉吟半
餉乃謂曰吾見楊郎聰睿明秀學問之暇或知音律
乎生曰小子曾遇異人學得妙曲五音六律頗皆精
通矣鍊師曰宰相之家甲第巖巖中門五重花園深
深繚垣數丈自非身具羽翼不可越也且鄭小姐讀
詩學禮律身有範一動一靜合度合儀既不焚香於

道覌又不薦齋於尼院正月上元不覌燈市之戲三
月三日不作曲江之遊外人何從而窺見乎且有一
事或冀萬幸而恐揭卽不肯從也生曰鄭小姐如
可得見雖令升天入地握火蹈水何敢不從乎鍊師
曰鄭司徒近日老病不身仕宦惟寄興於園林鍾鼓
夫人崔氏性好音樂而小姐聰慧穎悟千萬百事無
不朗知至於音律清濁節奏緩急一聞輒解毫分縷
析雖妙如師曠神如子期未必過此而蔡文姬之能
知斷絃蓋餘事耳崔夫人聞有新翻之曲則必招致
其人使奏於座前令小姐論其高下評其工拙焉允

而所以此為暮景之樂吾意楊郎若解彈琴頗習一
曲而待之二月晦日乃靈符道君誕日鄭府每年必
送解事婢子賫來香燭於觀中楊郎當以此時換着
女服手弄三尺綠綺使彼聞之則彼必能告於夫人
夫人聽之則必請去矣入鄭府之後得見小姐與否
皆係於天緣非老身所知而此外無他計矣况君貌
如美人且不生鬚髯出家之人或有不束髮不掩耳者
變服亦不難矣生喜而謝拜而退屈指待日矣原來
鄭司徒無他子女惟有一女小姐而已崔夫人雖娩
之日於昏困中見之則有仙女把一顆明珠入於房

攏俄而小姐生矣名之曰瓊貝及長嬌姿雅質奇才
徽範盖千古一人也父母鍾愛甚篤欲得佳郎而無
可意者年至二八尚未笄矣一日崔夫人招小姐乳
母錢嫗謂之曰今日道君誕日汝持香燭往紫清觀
傳吾拜鍊師兼以衣服茶果致吾惡之不忘之意錢
嫗領命乘小轎至道觀鍊師受其香燭供享於三清
殿且奉三種盛饌百拜而謝齋供錢嫗而送之與嫗
楊生已到別堂方横琴而奏曲矣錢嫗留別鍊師乘
欲上轎忽聽琴韵出於三清殿遍西小廊之上其聲
甚嫩宛轉清新如在雲霄之外矣錢嫗停轎而立側

所頻又顧問於鍊師曰我在夫人左右多聽名琴而
此琴之聲果初聞也未知何人所彈也鍊師答曰日
昨年少女冠自變地而來欲此觀皇都姑此處留而
時時弄琴其聲可愛貧道雖於音律昔不知其工
焉知其拙今媽媽有此喜聽必善手也鍊姑曰吾夫
人若聞之則必有召命鍊師須挽留此人勿令之他
鍊師曰當如教矣送鍊姑出支洞門後入以此言傳於揚
生生大悅昔待夫人之召矣鍊姑敢告於夫人曰紫
清觀有何許女冠能做奇絶之響誠異事矣夫人曰
吾欲一聽之矣明日送小轎一乘侍婢一人於觀中

傳語於鍊師曰小女冠雖不欲偕臨道人須爲之勸送鍊師對其侍婢謂生曰尊人有命君須勉從生曰避方賤蹤雖不合進謁於尊前而大師之敎何敢有違於是具女道士之巾服抱琴而出又隱然有覩仙君之道骨飄然有謝自然之仙風矣鄭府又驚歎不已楊生乘小轎至鄭府侍婢前入於內庭夫人坐於中堂威儀端正楊生叩頭再拜於堂下夫人命賜坐謂之曰聞日婢子往道觀幸聽仙樂而來老大方願一見得接道人請從頓覺俗慮之自消楊生避席而對曰貧道本是楚間孤賤之人也浪迹如雲朝暮東西

玆曰賤技獲近於夫人座下是豈始望之所及哉夫
人使侍婢取揚生手中之琴置膝摩挲爲稱賞曰眞
簡牘材也生答曰此龍門山上百年自枯之桐本性
已盡於霹靂至强不下於金石雖以千金賭之不可
易也酬答之頃砌陰[illegible]而消於無小姐之形影矣
揚生心甚着急疑[illegible]夫人曰貧道雖傳得
古調而今之不彈者多[illegible]亦不能自知其聲之非
今而古也頃仍紫淸觀衆女冠而聞之則小姐之知
音卽今世之師曠顚錯賤技以聽小姐之下敎也夫
人使侍兒招小姐俄而繡幕中乍捲鄕澤微生小姐來

坐於夫人座側揚生起拜畢纔目而望之太陽初湧
於彤霞發蓮彼映於綠水矣神搖眸眩不能正視揚
生嫌其坐席稍遠眼力有碍乃告曰貧道欲受小姐
之明教而華堂廣闊拜韵散泄恐不專於細聽也
夫人謂侍兒曰女冠之座可移於前也侍婢移席請
坐雖已偪於夫人之座而適當小姐座席之右反不
如直視相望之時也生大以爲恨而不敢再請侍婢
設香案於前開金爐爇名香生乃改坐援琴先奏霓
裳羽衣之曲小姐曰美哉此曲宛然天室太平之氣
像也此曲人必解之而曲臻其妙未有如道人之手

陵者也此非所謂漁陽鼙鼓動地來驚破霓裳羽衣
曲者乎隋亂之淫樂不足之聽也願聞他曲揚生更奏
一曲小姐曰此曲樂而淫哀而傷即陳後主玉樹後
庭花也此非所謂地下若逢陳後主豈宜重問後庭
花者乎亡國之繁音不足尚也更奏他曲揚生又奏
一闋小姐曰此曲如悲如喜如感激者如思念者與
昔蔡文姬遭亂被掠生二子於胡中矣及曹操贖還文
姬將故國留別兩兒作胡笳十八拍以寓悲懷之
意所謂胡人落淚沾邊草漢使斷腸對歸客者也其
雖可聽也失節之人所作奚足道哉請新其曲揚生又奏

一腔小姐曰王昭君出塞曲也昭君眷係舊君睠望
故鄉悲此身之失所怨畫師之不公以無限不平之
心付之於一曲之中所謂誰憐一曲傳樂府能使千秋
傷綺羅者也然胡姬之曲邊方之聲本非正音也抑
有宛曲乎揚生又奏一轉小姐改容而言曰吾不聞
此聲久矣道人宗非凡人也此則英雄不遇其時寄
心於塵世之外而忠義之氣壹鬱於板蕩之中得非
嵇叔夜廣陵散乎方其被戮於東市也顧日影彈一
曲曰怨哉人有欲學廣陵散者乎吾惜之而不傳矣
嗟呼廣陵散從此絶矣所謂獨鳥下東南廣陵何處

在者也後人無傳之者道人必遇蘇康之精灵而學
也生膝席而答曰小姐之慧英之人上萬々也貧道
嘗聞之於師其言亦與小姐一也又奏一譜小姐曰
優々哉颯々哉青山峨々綠水洋々神仙之跡説
塵臼之中此非伯牙水仙操乎所謂鍾期既遇奏流
水而何嘶者也道人乃千百歲後知音也伯牙之灵
如有所知必不恨鍾子期之死楊生又彈一調小姐
輒正襟跪坐曰至矣盡矣聖人適遇亂世遑々四海
有拯濟蒼生之意非孔宣父誰能作此曲乎必猗蘭
操也所謂逍遙九州無有定処者非其意乎楊生跪

坐添香復彈一闋小姐曰高哉美哉猗蘭之操雖出
於大聖人憫時救世之心而猶有不遇時之歎也此
曲與天地萬物熙々同春巍々蕩々無得以名也是
必大舜南薰曲也所謂南風之薰兮可以解吾民之
慍者非此詩乎盡善盡美無過於此者雖有他
曲不願聞也楊生斂衽而跪曰貧道聞樂律九變天神
下降貧道所奏者只八而也尚有一曲請主聽之矣
拂衽調絃閃手而進其聲悠揚閑悅使人魂佚而
心蕩庭前百花一時齊綻乳燕雙飛流鶯互歌小姐
蛾眉暫低眼波不定凝黙一向坐之矣至鳳兮々々歸故鄉

遨遊四海求其凰之句乃開睇一番望衛視其面紅暈
轉上於雙頰黃氣忽消於八字正是彼婦於春醉者
也卽離座起立轉身入內坐侍與語推恭一而是惟
瞪視小姐之背魂飛神飄立如泥塑夫人命坐之問
曰師傅俄者所彈其曲何曲也女冠對曰貧道傳得於
師而不知其曲名故正待小姐之命矣小姐久而不
出夫人使侍婢問其故侍婢還報曰小姐半日觸風
氣候不安不能出來矣楊生大疑小姐之覺悟戲來去
不敢久留起拜於夫人曰伏聞小姐玉躰不平貧道
宗功直發慮矣伏想夫人必欲親自延視貧道請退

去矣夫人出支金帛而賞之生辭而不受曰出支家之人
雖粗解音律不過自適而已敢受伶人之纏頭乎固
頓首而謝下階而去夫人憂小姐之病即召問之已快
愈矣小姐还于寢室問於侍女曰春娘之病今日何
如侍女曰今日則已差聞小姐聽琴新起梳洗矣原
來春娘姓賈氏其父西蜀人也上京為丞相府吏
多有功勞於鄭司徒家矣未久病死時春娘年才十
歲司徒夫妻憐其無依收置府中使與小姐同遊其
齒於小姐較一月矣容貌粹麗百態俱備端莊尊貴
之氣像雖不及於小姐而亦絕代佳人也詩才之奇

筆法之妙文中之工足與小姐相上下小姐視如同
氣不忍暫離雖有奴主之分宗同朋友之誼本名即
楚雲而小姐以其態度之可愛採韓吏部多態度春
定雲之句改其名曰春雲家內之人皆以春雲呼之春
雲來見小姐而問曰朝者諸侍女爭言中堂彈琴之
女冠容如天仙手彈稀音小姐大加稱賞小婢悵却
在病方欲玩賞其女冠何其遽去耶小姐發紅於面徐
曰吾動身如玉持心如盤足跡不出於重門言語不交
於親戚乃春娘之所知也一朝爲人所詐忽受難洗
之羞辱自此何忍舉面對人乎春雲驚曰怪哉此何

言也小姐曰俄者女冠果然其容皃秀美琴曲妙矣
卽呼嚆不畢其說春雲曰其人第如何耶小姐曰其
女冠始奏霓裳羽衣次奏諸曲其終也奏帝舜南薰
曲我一一評論遵季札之言仍請止之其女冠言有
一曲矣更奏新聲乃司馬相如挑卓文君之鳳求凰
也我始有疑而見之其容皃秀麗此與女子大異是必
詐僞之人欲賞春色變服而來矣所恨者春娘若不
病一見可卞其詐也我以閨中處女之身與一不知
男子半日對坐露面接語天下寧有是事耶雖母子
之間我不忍以此言告之矣非春娘誰與說此懷也

春娘笑曰相如鳳求凰女子獨不聞耶小姐安見杯中之弓影也小姐曰不然世人奏曲皆有深意若使無心求凰之曲何必奏之於諸曲之中乎兒女子之中容貌或有清弱者矣或有壯大者矣氣像豪華余見如此人者也予意則國試已迫四方儒生皆集於京師其中恐有誤聞我名者妄生探芳之計也春雲曰其女冠果是男子則其容貌之秀美如此其氣像之豪爽如此其精通音律又如此可知其才品之高矣安知非眞相如乎小姐曰彼雖相如我則決不作卓文君也春雲曰小姐無爲可笑之說文君寡婦也

小姐処女也文君有意而從之小姐無可從者小
姐何以自比於文君乎两人嬉〻談笑終日自愚一
日小姐侍夫人而坐司徒自外而入持新出榜眼以
授夫人曰女兒婚事至今未定故欲擇佳郎於新榜
之中矣聞壯元揚少遊淮南之人也時年十六歲且
其科製人皆稱賛此必一代才子且聞其風化俊秀
標致高爽將成大器而聘未娶妻若得此人為東床
之客則於我心足矣夫人曰耳聞[illegible]不如目見人雖
過稱我何盡信必也親見而後方可定之矣司徒曰
是亦不難矣

詠花鞋透露懷春心　幻仙庄成就小星緣

小姐聞其父親之言還入繡室謂春雲曰向日彈琴女冠自稱楚人年可十六七歲矣[illegible]即楚地且其年紀相近吾心實不能無疑也此人若其女冠則必來謁於父親矣汝須待其來到留意而見之春雲曰其人妄稟之見雖與之對其何知之春雲之意則不如小姐從青鎖之內親自窺見矣兩人相對而笑此時楊少游連魁於會試殿試[illegible]被擢於翰苑聲名聳一世矣公侯貴戚有女子者皆[illegible]却之往見禮部權侍郎[illegible]

之仍要紹介侍郎裁一札付之生即詣往鄭司徒
家通其姓名司徒知楊壯元之至謂夫人曰新榜壯
元來矣即迎見於外軒楊壯元戴桂花擁仙樂進
拜於司徒交彰之義孔良久然後已今司徒口噫而甚
露矣一府之人惟小姐一人之外莫不喜悦稱賀焉
春雲問於夫人侍婢[illegible]吾聞老爺與夫人唱酬之言
前日彈琴女冠即楊壯元之表妹有德辭姿色
言曰果是矣觀其容貌無異於表兄言何
其酷相似耶春雲即入謂小姐曰小姐明鑑果不差
矣小姐曰彼須更從聞其詳而語畢春雲即出去

久而還曰吾老爺爲小姐求婚於楊壯元壯元拜而
對曰晩生自入京師聞令小姐窈窕賢淑竊非分
之望矣今朝進謁於座師權侍郞則侍郞許以一
書通於夫人而顧念門戶之不敵如靑雲溷泥之相
懸人品之不同如鳳凰烏雀之各異侍郞之書方在
晩生袖中而慚愧趑趄不敢進矣仍擎而獻之老爺
見而大悅方促進酒饌矣小姐驚曰婚姻大事不可
草率而父親何如是輕諾耶言未了侍婢以夫人之命
招之小姐承命而進夫人曰壯元楊少游一時稱推
薦人所稱歎之父親旣已許婚吾老夫妻已得於賢

之人矣更無可直著矣小姐曰小女聞侍婢之言楊
壯元容儀一如頃日彈琴之女冠果其然乎夫人曰
婢輩之言是矣我愛其女冠仙風道骨拔出於世久猶
不忘方欲更邀而窮閒多事訖莫之遂矣今見楊壯
元究如女冠相對以此足知楊壯元之美矣小姐曰
楊壯元雖美小女身彼有嫌身之結親恐不可也夫
人曰是甚莊事〻〻吾女兒處於深閨楊壯元處於
淮南辛無干涉之事有何嫌疑之端乎小姐曰小女
之事言之可慚故尚未得告知於母親矣前日女冠
即今日之楊壯元也變服彈琴欲知小女之妍醜也

小女陪於妍訴終日打話豈可曰無藝乎夫人驚嘆
無語司徒送楊壯元歸入內寢喜色津津矣謂小
姐曰慶貝孩今日有異龍之慶甚是快活事也夫人
於小姐之言傳之司徒更問於小姐知楊生彈求鳳
曲之顛末大笑曰楊壯元眞風流才子也昔王維學
士着樂工衣服彈琵琶於太平公主之第仍占壯元
至今爲流傳之美談楊郎爲求淑女換着女服宗多
才之人一時遊戲之事何嫌之有況女兒只見女道
士而已不見楊壯元也楊壯元之換女道士於汝何
関也與卓文君之偏簾窺見不可同日道也有何自

嫵之心乎小姐曰小女之心寔無所愧見欺於人一至
於此以是憤恚欲死循司徒又笑曰此則非老父所
知也他日汝可問之於楊生也夫人問於司徒曰楊
郎欲行礼於何間乎司徒曰納幣之礼從俗而行之
親迎則稍待秋間陪来大夫人後方定日矣夫人曰
礼則然矣遲速何論遂擇吉日捧楊翰林之幣仍請
翰林處於花院別堂翰林以子婿之礼敬事司徒夫
妻司徒夫妻愛翰林如親子焉一日小姐偶過春雲
寢房春雲方刺繡於錦鞋為春陽所惱猗枕繡機而
眠小姐曰入房中細見繡線之妙歎其工之妙矣機下

有以紙寫數行書展見則卽咏鞋之詩也其詩曰

憐渠最得玉人親步〻相隨不暫拾姉滅羅帷鮮

帶時使爾抛却象床下

小姐見罷自語曰春娘詩才尤將進矣以庸鞋比之於身以玉人擬之於吾言常時與我一不曾相離彼將從人必與我相疏也春娘誠愛我也又微吟而笑曰春雲欲上於吾所寢象床之上欲與我同事一人此兒之心已動矣恐驚春娘回身潛出轉入內堂見於夫人〻〻方率侍婢備翰林夕饌矣小姐曰自楊翰林來住吾家毋䙫以其衣服飮食爲憂指揮婢僕損傷精

神小女當自當其苦而非但於人事有嫌在礼亦無
所擬春娘年既長成能當百事小女之意欲送春雲於花
園俾奉楊翰林巾櫛則老親之憂亦可除其一分矣夫
人曰春雲妙才奇質何事不可當乎但春雲之父曾
已有功於吾家且其人物出於等夷詞公每欲爲春
雲而擇良匹歎矣女兒恐非春雲之願也小姐曰小
女覘春雲之意不欲與小女分離矣夫人曰從前寵
妾於古亦有然春雲之才貌非不聞詩兒之比吾汝
同歸恐非宜也小姐曰楊翰林以遠地十六歲書生
操三尺之琴入相府戲弄閨中處女其氣像豈肯

一女子而終老乎他日擇丞相之府享萬鍾之祿則
豈中將有憐春雲乎遂司徒入來夫人以小姐之言
於司徒曰女兒欲使春雲往侍楊郎而吾意則不欲
行禮之前先送媵妾知其不可也司徒曰春雲與
女兒年相似而貞相若也情愛之篤亦相同也可使
相從亦可使相離也畢竟同歸先送何妨少年男子
雖無風情亦不可獨處空房一兩婢妾爲伴況楊
翰林乎意送春娘以慰寂寞之懷恐無不可而但不
備禮則太涉草草欲具禮則亦有所不便者何以則
可以得中也小姐曰小女有一計欲借春雲之身以

雪小女之恥司徒曰汝有何計試言之小姐曰使十三兄如此如此則小女見辱之恥可以除矣司徒大笑曰此計甚妙矣蓋司徒諸姪子中有十三郎者而機警志氣詼諧平生喜作諧謔之事且與楊翰林氣味相合真莫逆交也小姐歸其寢所謂春雲曰春娘吾與汝頭髮覆額心肝已通共爭花枝終日嘻呼今我已受人聘禮可知春娘之年亦不穉矣百年身事汝必自量未知欲托於何樣人也春雲對曰賤妾偏荷娘子撫愛之恩消倓之報未由自效惟願長奉巾匜於娘子以終此身也小姐曰我素知春娘之情

身我同也我身春而欲以一事亦楊娘以括桐一聲

矣此閨裡之處上又□廖深矣愛悔多矣非吾春娘誰

能爲我雪恥乎吾家亦庄即終南山最僻處也距京

城亘卄鳴地而景致佛洒非人境也賃此別區設春

娘之花婚且令鄭兄等楊娘之迷心行如此如此之計則

擒琴之詐謀被不可更售矣聽由之深羞可以快補

矣惟望春娘毋憚一時之勞春雲曰小姐之命賤妾

何敢違乎但哄日何以爲面於楊翰林之前乎小姐

曰欺人之羞不猶愈於見欺者之羞乎春雲微之笑

曰死且不避當惟命焉翰林戒事深直之外無辭匹

之苦矣持被之餘閑日尚多或尋朋友或醉酒樓有
時跨驢出郊訪柳尋花一日鄭十三謂翰林曰城南不
遠之地有一靜界山川絶勝吾欲與兄一遊瀉此幽悄
翰林曰正吾意也遂挈壺榼屛騶隸行十餘里芳草被
堤青林繞溪剩有山趣矣與翰林與鄭生臨水而坐
把酒而吟此時正春夏之交也百卉猶存萬樹相映
忽有落英泛溪而來翰林詠春來遍是桃花水之
句曰此間必有武陵桃源也鄭生曰此水自紫閣峯
叢源而來也曾聞花開月明之時則往往有仙樂之
聲發於雲烟縹緲之間而人或有聞之者第則仙令

甚淺尚未得入其洞天矣今日當與天兄𨇠靈境尋
仙蹤拍洪厓之肩窺玉女之向矣翰林性本好奇聞
之欣喜曰天下無神仙則已若有之則只在此山中
矣方振衣欲賞忽見鄭生家之僮隷泝而來喘促而
言曰娘子患候猝谻走請郎君矣鄭生亟起曰本欲
與兄壯遊於神仙洞府矣家憂如此迫似賞已違向所
謂仙分甚淺者尤可驗也從撤而歸翰林雖甚無聊
而賞與猶不盡矣步隨流水轉入洞口幽澗冷冷之群
峰矗矗無一点飛塵胸襟自覺蕭爽矣獨立溪上俳
徊吟哦矣丹楓一葉飄水而下葉上有數行書使書童

拾取而見之有一句詩曰
仙尨吠雲外知是楊郎來
翰林心竊怪之曰此山之上豈有人居此詩亦豈人
所作乎攀蘿緣壁北進書童曰日暮路險進退無
所托請老爺還歸城裡明朝更來又行七八里東嶺
初月已在山腰矣遂乘步光穿林撥洞則聞驚禽啼
而悲猿嘯矣已而星搖峯頂露鎖松梢可知夜將深
矣四無人家無處投宿欲覓禪菴僧寺而亦不可得
方蒼黃之際十餘歲青衣童子浣衣於溪邊見其來
忽而驚起且去且呼娘子娘子郎君來矣生聞之尤

以爲恠又進數十步山回路窮有小亭翼然臨溪窈
而深焉而間真仙居也一女子披霞光帶月影翛然
獨立於碧桃花下向翰林施禮曰翰郞來何晩耶翰
林驚見其女子身着紅錦之衣頭插翡翠之簪腰橫
白玉之珮手把鳳尾之扇雍容清高誠非世界人也
乃慌忙答禮曰學生乃塵間俗子本無月下之期而
有此晩來之教何也女子請從亭上共做穩話仍引
入亭中分賓主而坐招女童曰郞君遠來應有飢色
略以薄饌進之女童受命而退少焉排瑤床設綺饌
擎碧玉之鍾進紫霞之酒味冽香濃一酌便醺翰林

曰此山雖僻亦在天之下也仙娘何以展瑤池之宴
謝玉京之侶而尊居於此乎美人長吁短歎曰欲說
舊事徒增悲悵妾是王母之侍女郎是紫府之仙吏
玉帝賜宴於王母衆仙皆會郎偶見小妾擲仙果而
戱之郎則誤被重譴幻生於人世妾則幸受薄罰謫在
於此而郎已爲情火所蔽不能記前身之事也妾之
謫限已滿將向瑤池而必欲一見郎君以展舊情恩
屬仙官退期一日之潮已知郎君將到此而方佇待
耳郎今辱臨宿緣可續時桂影將斜銀河已傾翰林
携美人同寢若刘阮之入天台與仙娥結緣似夢而非

夢似眞而非眞也從鑑繼後之言鳥已鳴於花梢
而因紗已徹明矣美人先起謂書生曰今日即妾上
天之期也仙官奉帝勅備輦輿來邀於妾之時若知
郎君在此則必將促我譴罰郎君促行矣郎君若
不忘旧情又有重逢之日矣遂題別詩於羅巾以贈翰
林其詩曰
相逢花滿天相別花在地春色如夢中弱水杳千里
楊生覽之離懷斗起不勝悽黯自裂衫袖和題一首
而贈之其詩曰
天風吹玉珮白雲何離披巫山何夜雨頻濕襄王

衣
義人奉覽曰瓊樹月隱桂殘霜飛作九萬里外面目
者惟此一詩而已遂藏於香囊仍再三催促曰時已
至矣郎可行矣翰林摻手拭泪各稱保重而別纔出
林外回瞻亭榭碧樹重重瑞靄朧朧如覺瑤臺一夢
及歸家精爽倏飛忽忽不樂獨坐而思之曰其仙女
雖自云已蒙天赦歸期在即安知其行必在於今日
乎暫留山中藏身密處目見群仙以幢幡來迎之
後下來亦未晩也我何思之不審行之太躁耶悔恨
憧憧達霄不寐惟以手書空作咄咄字而已翌曉

早起亭書童復往昨日留宿之處則桃花帶笑流水
如咽虛亭獨留香塵已闃矣翰林悄然凭欄悵望青
霄指點雲而黯想仙娘棄彼雲而朝上帝矣仙影
已斷何嗟及矣乃下亭倚桃樹而洒淚曰此花應知
崔護城南之恨矣至夕乃憮然而廻至數日鄭生來
謂翰林曰頃日因室人有疾不得與兄同遊尚有恨
矣即今桃李雖盡城外長郊柳陰正好與兄當偷得
半日之閑更辦一塲之遊玩蹀舞而聽鶯歌矣翰
林曰綠陰芳草亦勝花時矣兩人共轡同行催出
城門涉遠野擇茂林藉草而坐對酌數盃時傍

有一抔荒墳寄在於斷崖之上而蓬艾蕪沒
雖有雜卉成叢綠影相交數点殘花猶暎於荒阡說
樹之間也翰林因醉興指点而歎曰賢愚貴賤百年
之後盡歸於一丘土此孟嘗君所以泣下於雍門琴者
也吾何以不醉於生前乎鄭生曰兄必不知彼墳也
此即張女娘之墳也女娘以美色鳴一世人以張麗華
稱之二十而夭瘞於此後人哀之以花柳雜植於墓前
以誌其處矣吾輩以一盃酒澆其墳以慰芳魂
如何翰林自是多情者乃曰兄言可也遂與鄭
生至其墳前擧酒澆之各製四韵一首以吊孤

魂翰林之詩曰

美色曾傾國芳魂已上天管絃山鳥[illegible]衛

野花傳古金空春草虛樓自暮烟禁川旧[illegible]

價今日屬誰邊

鄭生之詩曰

向昔繁華地誰家窈窕娘意凉蕪小宅寂寞[illegible]

濤生草帶哭綠色花留寶靨香芳魂招不得[illegible]

有暮鴨翔

两人傳看浪吟再三進一盃鄭生[illegible]

顧之示[illegible]得句[illegible]

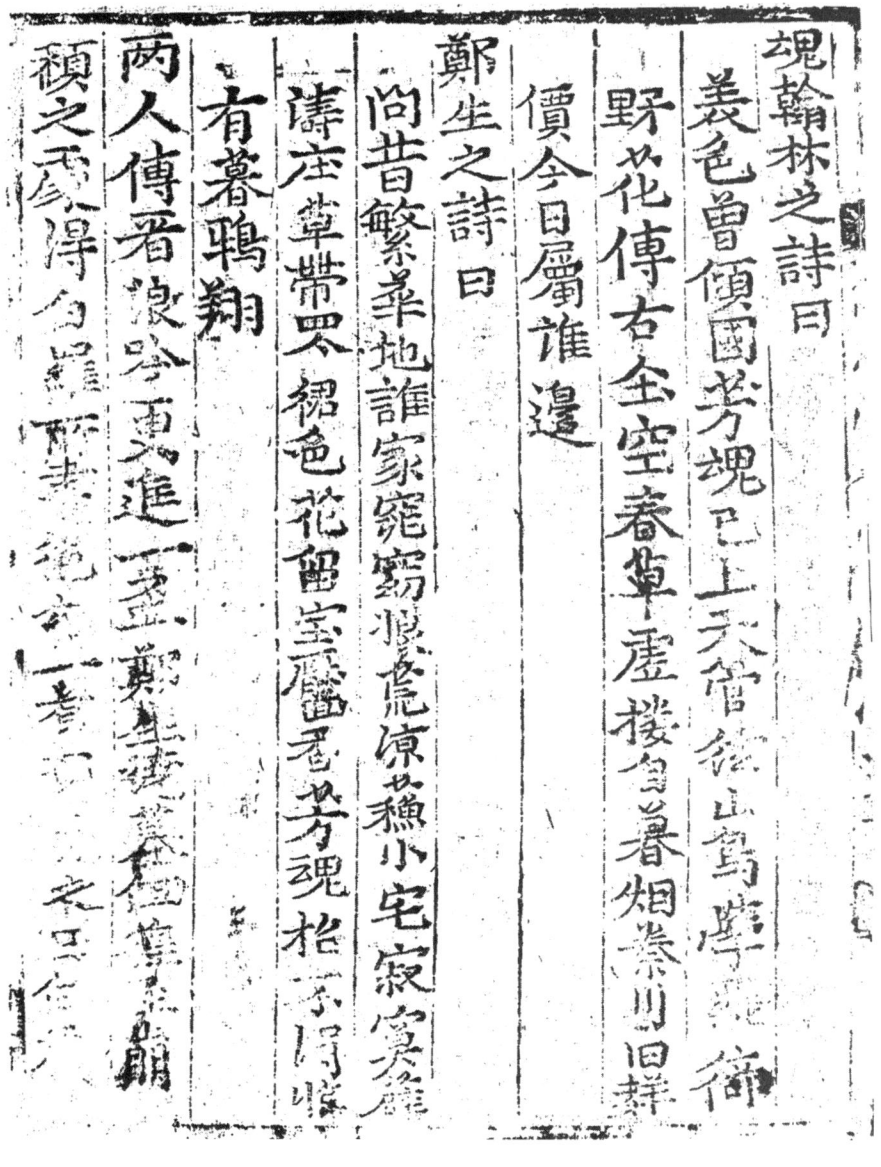

多事之人作此詩納於女娘之墓乎翰林素見之則
即自家裂衣衣襟書詩以贈仙娘者也乃大驚於心曰
向日所逢美人果是張女娘之靈也駭汗自出頭髮
上竦心不能自定而已自解曰其色之美如此其情
之厚如此而亦天緣也鬼亦天緣也何與鬼不交
卜之矣棄鄭生起旋之時更酌一盃潛澆於墳上
默禱曰幽明雖殊情義不隔惟祈芳魂鑑此至誠
更趁今夜重續舊緣禱畢拉鄭生還館是夜獨在
花園倚枕欹坐想其美人思甚渴悶耿耿不成眠矣
時月光窺窓樹影滿窓群動已息人語已闃而微

有跫音自暗中而至翰林開戶視之則乃紫閣峯
仙女也翰林爲心驚喜跳出門限攜來玉手欲入
房中美人辭曰妾之根本郎已知之得無嫌猜之
心乎妾之初遇郎君非不欲直吐而或恐驚動假
托神仙叨侍一夜之枕席榮已極矣情已密矣
幾醉魂再續接骨更肉而今日郎君又訪賤妾之
幽宅澆之以酒吊之以詩慰此無主之孤魂妾於
此不勝感激懷恩感德欲謝厚眷面布微悃而來
藪欲以幽陰之質復近君子之身乎翰林更挽其
袖而言曰世之惡鬼神者愚迷怯懦之人也人死

而爲鬼〻幻而爲人以人而畏鬼人之騃者以鬼
而避人鬼之癡者其本則一也其理則同也何人
鬼之卞而幽明之分乎我見若斯我情若斯娘何
以背我耶義人曰妾何敢背郎君之恩而忽郎君
之情哉郎君見妾眉如翡翠臉如猩紅而有眷戀
之情此皆假也非真也亦過作謙巧飾欺與生人
相接也郎君欲知妾真面目也即白骨數尺綠苔
相縈而已郎君何可以如此之陋質欲近於貴体
乎翰林曰佛語有之人之身体以水漚風花假成者
也孰知其真也孰知其假也攜拖入寝愁心度其夜

情之鎮容一倍於前矣翰林謂美人曰自今夜夜相
會否或自沮美人曰非人與鬼其道雖異其情則略
自相感應郎君之眷妾誠出於至情則妾之歡乐於
郎君夫豈淺哉俄聞晨鐘之聲起向百花深處而去
翰林悵然攔送之以夜夜爲期美人不答倏然而逝矣

賈春雲爲仙爲鬼　狄驚鴻乍陰乍陽

翰林自還仙女以來一不尋朋友不接賓客靜處花
園專心一慮夜至則待來日出則待夜惟望使彼
感激而美人不肯數來翰林心轉篤而望益切矣
久之兩人自花園挾門而來在前者即鄭十三

後者生面也鄭生引在後者見於翰林曰此師傅卽太
極宮柱眞人相法卜術與李淳風袁天綱相頡頏也叙
相揖兄而邀來矣翰林向眞人而揖曰慕仰尊名宿
矣尙未承顔一奉亦有數耶先生必審見鄭生之相
以爲如何耶鄭生先答曰此先生相小弟而稱曰三
年之内必得高第將爲八州刺史於弟是矣此先生
言必有中兄試問之翰林曰君子不問福只問災殃
惟先生直言可也眞人熟視而言曰楊翰林兩眉皆
秀鳳眼向鬢位可路於三台耳根白如塗粉圓如垂
珠名必聞於天下權骨滿面必手執兵權威震四海

訂俟於萬里之外可謂百無一欠而但今日有目前
之橫厄若不遇我殆哉〻〻翰林曰人之吉凶禍福
無不自己求之而惟疾病之來人所難免無乃有重
病之兆耶眞人曰此非尋常之災殃也青色貫於天
庭邪氣侵於明堂相公家内或有来歷不分明之女
婢乎翰林於心已知張娘之祟而蔽於恩情畧不發
恐荅曰无是事也眞人曰然則或過古墓感傷於宮
中或與鬼神相接於夢裡乎翰林曰亦無是事也鄭
生曰杜先生曾无一言之差揚兄更加商念翰林不
荅眞人曰人生以陽明保其身鬼神以幽陰成其氣

若晝夜之間及水火之不容今見女兒耶攝之氣已
罩於相公之身數日之後必入於骨髓相公之命恐
不可救矣此時母曰貧道不曾識來也翰林念之曰
眞人之言雖有所據女娘與我永好之圖矣相愛
之情至矣至大豈有害吾之理乎楚襄遇神女而同席
春篇罷而生子從古亦然我何猜慮乃謂眞人曰
人之一死生壽夭皆定於有生之初我爲有將相富貴
之相則鬼神其如我何眞人曰天亦相公也壽亦相公
也死與我矣乃拂袖而去翰林亦不强留焉鄭生
慰之曰楊兄自是吉人神明必有助何鬼之可憂

孝而流涕之以謔衍動人可惡也乃進酒談夕大醉
而散是日翰林至夜分乃醒焚香靜坐若待女娘之
來已至深夜終無形迹翰林拍案曰天欲曙矣娘不
來矣欲滅燭而寢窓外忽有且啼且語之聲細聽
之則乃女娘也曰郎君以妖道士之符粘於頭上妾
不敢近前妾雖知非郎君之意是亦天緣盡而妖魔
戲也惟望郎君保重妾從此永訣矣翰林大驚而起
招戶而視之已無人形而只有一封書在於階上乃
拆見之即女娘之所製也其詩曰
昔訪佳期躡彩雲更將清酌酹荒墳未歎恩

兆絶不怨郎君怨鄭君
翰林一吟一希且恨且怍以手撫頭有一物在於總髮
之間出而見之乃逐鬼符也大怒叱曰妖人誤我事
也遂裂破其符痛恚益劫更把女娘之詩微吟一度
大悟曰張女之怨鄭君深矣此乃鄭十三之事也雖
非惡意沮敗好事非道士之妖乃鄭生也吾必辱之
遂次女娘之詩韻以莊之曰詩雖成矣誰可贈矣詩
曰
冷落風馭上神雲莫道芳魂寄孤墳園裡百花〻
夜月故人何處不思君

遂明律鄭丁寧家鄭生出去矣三日往尋終未一遇
女娘影響益渺邈矣欲訪於紫閣之亭則精爽已散
欲尋於南郊之金則音容難接無處可問無計可施
抑塞紆軫寢食頓減矣一日鄭司徒夫妻置酒饌邀
翰林討穩而飛觴司徒曰揚郎神觀近何憔悴耶翰
林曰與十三兄連日過飲恐因此而致矣鄭生忽來
到翰林以怒目睨視不與語矣鄭生先問曰兄近來
職事倥傯耶心緒不佳耶陟岵之情苦耶澀酒之疾
作耶見何憔悴耶神何蕭索耶翰林微答曰孫聲之
人安得不然司徒曰家中婢僕傳言揚郎與一美妹

共話於花園此語信耶翰林答曰花園假矣人誰能
來必傳之者長也鄭生曰以揚兄割邊之量為兒女
羞愧之態耶兄雖以大言仮杜真人覩兄氣色不可
掩也小弟恐兄迷而不悟禍將不測潛以杜真人逐鬼
之符置於兄束髮之間而兄昏倒不省矣其夜潛身
於園林蒙密之中竊見則有兒女哭辭於兄寢室外即
踰墻而去此真人之言驗矣小弟之誠至矣兄不我
謝而乃反貪怒何耶翰林知其不可卒諱向司徒而
言曰小婿之事頗涉詭駭當備告於岳丈矣具陳其首
尾悉傳无餘仍曰小婿固知十三兄之為我而女娘

雖曰鬼神莊而不誕正而不邪然未免竊於人小婿
雖瘦者亦大夫也吾必為鬼物所迷而鄭兄乃以不
經之符斷其自來之路寔不能免行於世也司徒擊
掌大笑曰楊郎文彩風流旣與古人同必已作神女賦也
老夫非為戲言於楊郎也少時備偶異人畧學少翁
致鬼之術矣今當為賢婿致張女娘之神以謝侄兒
之罪以慰吳婿之心未知如何翰林曰此岳丈弄小
婿也少翁雖能致李夫人之魂而此術之不傳也久
矣小婿於岳丈之言不敢信也鄭生曰張女娘之魂
揚兄則不費一言而致之小弟則能以一符而逐之

鬼中之可使者也兄何疑乎司徒乃以麈尾打屛風
曰張女娘安在一女子忽自屛後而出含笑含嬌立
於夫人之後翰林一擧目已知其張女娘也悅之惚
〻莫知端倪直視司徒及鄭生而問曰此人仙耶鬼耶
鬼何以能出於白晝耶司徒及夫人啓齒而笑鄭生
捧腹大噱顚仆不能起左右侍婢輩已折腰矣司徒
曰老夫今爲吾婿而此其實矣此兒非鬼非仙卽吾
家所畜賈氏女子其名春雲近因楊郞還處花園嘆
盡苦況老夫送此美女以侍矣郞欲以慰寥寂之懷
聊盡區區於吾老夫愛好之意而年少諸生造意用詭計成謎太

過遂使賢郎無端出[illegible]一不亦可笑乎鄭生方正笑而言
曰前後弄度之進皆我所爲而不念媒妁之恩反以
仇讐視之揚[illegible]可謂負功忘德者也翰林亦大笑曰
岳丈旣以此女送於小婿鄭兄從中操弄而已有何功
之可賞鄭生曰岳丈之責易免岳母之心義蹤猶在目前其人與
豈猶爲小婿之罪哉翰林向司徒而笑曰若有是也
或者岳丈爲小婿作遊戲事也司徒曰否老夫之意
已黃矣豈可作兒戲乎[illegible]鄭郎誤惑翰林顧鄭生曰
非兄作俑而誰後爲此戲乎鄭生曰聖人有言出乎
爾者反乎爾揚兄更思之 曾以何計欺何許人乎

子尚化爲女子以俗人而爲仙以仙子而爲鬼何足
怪哉翰林乃大覺笑向司徒曰是哉〻〻小婿曾有
得罪於小姐之事矣小姐必不忘睚眦之怨也司徒
與夫人皆笑而不答翰林顧謂春雲曰春娘汝固慧
黠矣欲事其人而先欺之其於婦女之道何如耶春
雲跪而對曰賤妾但聞將軍令不聞天子詔也翰林
嗟歎曰昔神女朝爲雲暮爲雨今春娘朝爲仙暮爲
鬼雲與雨雖異一神女也仙與鬼雖變一春娘也襄
王惟知一神女而已何與於雲雨之變化今我亦知
一春娘而已何論其仙鬼之互變乎然襄王見雲則

不曰雲而曰神女見雨則不曰雨而曰神女令我遇
仙則不曰春娘而曰仙遇鬼則不曰春娘而曰鬼是
我不及於襄王遠矣春娘之變化非神女所及也吾
聞強將無弱卒其裨將若此其大將不待親見而可
知也座中又大笑更進酒肴終夕大醉春雲亦以新
人與於末席至夜春雲執燭陪翰林至花園翰林醉
甚把春雲之手而戲之曰汝真仙乎真鬼乎仍就視
之曰非仙也非鬼也乃人也吾仙亦愛之鬼亦愛之
况人乎又曰仙亦非汝也鬼亦非汝也或使汝而為
仙或使汝而為鬼者亦真有爲仙爲鬼之術而以揚

翰林為俗客而不欲想從耶以花園為陽界而不欲相
訪耶人能使汝為仙為鬼而我獨不能使汝而變化
乎使汝而欲為仙也其將為月殿之姮娥乎使汝而
欲為鬼也抑將為南岳之真人乎春雲對曰賤妾僭
越宗多欺罔之罪望相公寬假之翰林曰嘗汝之変
化為鬼亦不以為忌到今豈有追咎之心乎春雲起而
謝之楊翰林得第之後即入翰苑自縻戎事尚未敀
覲方欲請暇敀鄉省拜母親仍陪来京第即過婚禮
而時國家多事吐蕃數侵掠邊境河北三節度或自
稱燕王或自稱趙王或自稱魏王連結強隣稱兵交

亂天子憂之博謀於群臣廣詢於廟堂將欲出師致
討大小臣僚言議矛楯皆恢姑息苟且之計翰林學
士楊少游出班奏曰宜如漢武帝招諭南越王故事
亟下詔書誥以禍福終不敢命用武取勝為萬全之
策也上從之使少游即草詔於上前少游俯伏受命
走筆製進上大悅曰此文典重嚴截恩威並施大得
誥諭之體狂冦必自戢矣即下於三鎮趙魏兩國則
去王號服朝命上表請罪遣使進貢馬一萬匹絹一
千匹惟燕王恃其地遠兵強不肯歸順上以兩鎮之
服皆少游之功降旨褒賞曰河北三鎮專擅一隅倔

強造亂殆百年矣德宗皇帝起十萬衆命將征伐終
未能挫其强而服其心矣今擒出將以盈尺之書服
兩鎭之賊不勞一師不戮一人而皇威遠暢於萬里
之外朕寔嘉之賜以絹三千匹馬五十匹表予優奬
之意仍欲進秩小將進前辭謝曰代草王言卽臣職分
兩鎭歸化莫非天威臣以何功叨此重賞况一鎭猶
梗聖化敢肆跳梁恨不能提劒執殳以雪國家之耻
陛擢之命何安於心人臣願退固死間於戰階之崇
卑兵家勝敗不專在於士卒之多小臣願得一枝之
兵倚仗大朝之威進與燕寇决死力戰以報聖恩之

萬一上壯其意向於大臣皆曰三鎭互為唇齒之形
而兩鎭旣已屈服小逆狂賊特畠魚穴蟻也以兵臨
之則必若摧枯拉朽而王者之兵先謀後伐請遣步
將喩以利害不服則卽加兵可也上然之使楊步將
持節往諭翰林奉詔旨受鈇鉞將發行拜辭於司徒
々々曰邊鎭驁遌不用朝命非一日也楊郞以一介
書生入不測之危地如有不虞之變作於無備之處
豈但為老夫之不幸吾老且病雖不與朝廷末議
而欲上一書而爭之翰林止之曰岳丈毋用過慮藩
鎭不過乘朝廷之不靖唯逞於一時也今天子神武

朝政清明趙魏兩国且已束手單弱之小鎮偏小之
一邑何能為我司徒曰王命既下君意已定老夫更
無他言惟願加飡而已夫人噓唏而別曰自得賢郎
願對老懷郎今遠行我懷如何王程有限只祝來皈
疾也翰林退至花園欲行即谷春雲執衣而泣曰相
公之絕直於玉堂也妾必早起整包裳奉着紹袍
相公必流眄顧妾常有眷眷不忍難之意今當萬里
之別何無一言相贈翰林大笑曰大丈夫當国事受
重任死生且不可顧區區私情安足論乎春娘無徒
悵悲以傷花色謹奉小姐穩度時日待吾竣事成功

腰懸如斗六金印得意歸來也即出門乘車而行〻至洛陽瞓日經過之跡尚不改矣當時以十六歲貌然一書生着布衣躋躋蹣蹣揹〻插〻行色甚閙不會如莫參十上之勞矣才過數年建玉節馳駟馬洛陽縣令奔走除道河南府尹匍匐導行光榮照耀於一路先聲震擾於諸州閭里聳觀行路咨嗟豈不誠偉哉翰林先使之童往探桂蟾月消息書童往蟾月之家重門深鎖亞樓不開惟有櫻桃花爛開於牆外而已訪於隣人則曰蟾月去年春與遠方相公結一夜之緣其後称有疾病謝絕遊客官府設宴拒故不往

矣未幾佯狂盡去珠翠之飾改着道士之服遍遊山
水尚未還故不知其方在何山矣去童以此来報翰
林歡意遂沮若墜深坑過其門牆撫跡潛辛夜入客
館不能交睫府尹進娼女十餘人而娛之皆一時名
豔也明粧晧服三匝圍坐前者天津樓上諸妓亦在
其中矣爭妍誇嬌欲賭一眄而翰林自無佳趣不近
一人翌曉悵然行遂題一詩於壁上其詩曰雨過天津
柳色新風光宛似去年春可憐玉節歸来地不見當
壚勸酒人寫訖投筆乘軺取其前路而去諸妓立望
行塵只切悵歎而已爭謄其詩納於府尹々々責衆

娼曰汝輩若得楊翰林之一顧則可增三倍之價而
一隊新粧皆不入於翰林之眼洛陽自此無顔色矣向
於衆妓知翰林爲亳之人揭榜四門訪聽月去処以
待翰林復路之日矣翰林至燕国絶徼之人未曾睹
皇華威仪見翰林如地上祥麟雲間瑞鳳到底擁車
塞路無不以一覩爲快而翰林威如疾雷恩如時雨
邊民亦皆欣〻皷舞嘖舌相稱曰聖天子將活我矣
翰林與燕王相見翰林盛稱天子威德行逕処分以
向背之勢順逆之機縱横開闔言皆有理滔〻如海
波之傾瀉〻如霜飈之烈燕王瞿然而驚惕然而悟

乃以膝蔽地而謝曰數年藩翰阻隔外聖化習故狃常
迷不知返此承明教大覺前非自此當永戴在盟恪
守臣職惟是使臣奏於廷使小邦因危獲安轉禍爲
福則是小鎭之幸也曰設宴於群鎭官以餞翰林將
行以黃金百鎰名馬十匹贐之翰林却不受離燕土
而西致行十餘日至邯鄲之地有美少年乘匹馬在
前辟矣仍前道下馬於路傍翰林望見曰彼書
生所騎者必駿馬也漸近則其少年美如衛玠嬌似
潘岳翰林曰吾嘗周行於兩京之間而男子之美者未
見如彼少年者也其見如此其才可知謂從者致請

其少年隨後而去不翰林乍憩驛舘少年已至矣翰林
使人邀之少年入謁翰林愛而謂曰學生於路上偶
見潘衛之風彩便生愛慕之心乃敢使人奉邀而旌
惡不我顧矣今蒙不遺幸以合席此所謂傾盖若舊
者也願聞賢兄姓名少年答曰少生北方之人也姓
狄名白鸞生長窮鄉未遇碩師良友學術粗淺書劍
無成尚有一片之心欲為知己者死今相公使過河
北威德并行雷厲風飛降將水慄人慕榮名莫有既
乎小生一不援鄉批欲托門下一效雞鳴狗盜之賤技
矣相公俯察至願有此擧遠出意表寔小生之榮幸

先於大人先生屈身待士之盛德也翰林在書白語
云同聲相應同氣相求兩情相投甚是快事此後與
秋娘并鑣而行對床而食過勝地則共談山水值良
宵則同賞風月不知鞍馬之勞行役之苦矣還到洛陽
過天津橋乃有感旧之意曰桂娘之自稱妾冠遊山
間者想敬守初盟以待吾行而吾已杖節故素桂娘
稀不在焉人事乖張佳期婉脫烏得無惻愴之心乎
桂娘若知吾頃日之虛過則必來待於此而想其跡
迹不在於道現則必在於尼院道路消息何以得聞
噫今行又不得相見則未知費了幾許日月有圖會

之朝李忽送騣驄則一佳人飾立樓上而裳綃簾斜
倚綠欄注目於東坐馬蹄之間即樓譫月也翰林思
想之餘忽見旧面傾□之色可掬矣隻塵如風瞥過
樓前兩人相視哽咽而已俄至客舘纔月先從捷徑
已來俟於館中見翰於下車進拜於前陪入惝悵攜
裾而坐悲喜交功淚下言前乃滿身而賀曰驍馳至
隘貴倖萬福是尉悲慕之賤悰也仍歷陳別後事曰
自別相公公子王孫之會太守縣令之宴左右招邀
東西侵逼遭遇境况若非一二而自剪頭髮徐有惡疾
免脅迫之[illegible]幻着山衣避入城中之[illegible]

谷裡之靜室無遊避山之客誘道之人或自城府而
至或從京師而來者輒向相公消息矣今年孟春忽
聞相公口含天倫吹經此地直從行已遠矣遙望益
雲惟洒血淚縣谷爲相公至迎覩以相公舘壁所題
一首詩示賤妾曰向者相公揚鞭過此之際命過此金橋論
東而以不見瓊娘爲恨終日看花不折一枝惟道此
詩而飲娘何邪福山林不忘故人使我接待之禮太
埋沒子仍以迎致欲托自謝前日之事急請迎於旧
居以告相公之迴賤妾始知女子之身亦嬰重也嘗
賤妾節在天津橋上望相公之行過蒲城敢擬

街行人孰不羨〻〻妾之貴爲歟〻〻 妾之榮光並於相
公之已占壯元〻爲翰林之郞妾已聞之矣常亦知
已得主饋之夫人乎翰林曰吾已定婚於鄭司徒女
于花燭之礼雖未及行之賢淑之行已聞之熟矣桂
〻之言必妄迷庭良媒厚恩太山亦輕矣更展舊情
未忍即離仍留一兩日而以桂娘往寢久不訪狄生
矣書童忽來密告曰小僕見狄生秀才非善人也與蟾
娘子相戲於衆稠之中蟾娘子既從相公則與前日
大異矣何敢若是其妄礼乎翰林曰狄生必無是理
蟾娘尤無可疑汝必誤見也書童怏〻而退俄而復

進曰相公以小僕爲誕妄矣兩人方相與歡戲相公若親見之則可知小僕之不妄矣翰林乍出西廊下望見之則兩人隔小墻而立或笑或語携手而戲款聽其密語稍稍近前狄生聞履聲驚而避之蟾月頗見翰林頗有羞澁之態翰林問曰桂娘曾與狄生相親乎蟾月曰妾與狄生雖無宿昔之雅而與其姊子有舊故問其安否矣妾本娼樓賤女自然濡染於耳目不知遠嫌於男子執手與戲附耳密語以招相公之疑矣賤妾之罪實合萬死翰林曰吾無疑汝之心汝須無介於中也仍屬童曰狄生少年也必以見我

為爐我當召而慰之使書童請之已去矣翰林大悔
曰昔楚莊王絶纓以安其群臣矣我則欲察瞻時之
事仍失寸義之士今雖自責何可及也即使侍者遍
訪於城之内外是夜與蟾月話旧論心對酒取樂至
夜半滅燭而寢矣至識明始覺則蟾月方對鏡粧
鉛紅矣寫情臨目心忽驚悟更見之則翠眉明眸雲
鬟花臉柳腰之句約雪膚之皎潔皆蟾月而細審之
則非也翰林驚悟疑惑而亦不敢詰焉
金鑾直學士吹玉簫　蓬萊殿宮娥乞佳句
翰林由澤深推知非蟾月而後乃問是美人何[illegible]

也對曰妾本播州人姓名狄驚鴻也自幼時與蟾娘結爲兄弟昨夜蟾娘謂妾曰吾適有病不得侍相公矣汝須代我之身俾免相公之責以此妾敢替桂娘猥陪相公矣言未畢蟾月開戶而入曰相公又得新人妾敢獻賀矣賤妾曾以河北狄驚鴻薦於相公賤妾之言果何如翰林曰見面大勝於聞名更察驚鴻似形則與狄生無毫髮異矣乃言曰原來狄生是鴻娘之同氣也男女雖異容皃即令狄娘爲狄生之妹乎狄生爲狄娘之兄乎我昨日得罪於狄兄矣狄兄今何在乎驚鴻曰賤妾本無兄弟矣翰林又細見大

嗜笑曰邯鄲道上逆旅而奉者狄狼也唯日隔
與挂狼語者亦鳴狼也未知鳴狼以男服瞞我何也
瑟鳴對曰賤妾何敢欺罔相公予賤妾雖見不過人
才不如人平生願從君子人矣燕王過聞妾名賭以
明珠一斛貯之宮中珍味具厭錦繡非妾之
願也菀ゝ如鸚鵡深鎖於雕籠心欲奮飛而恨不能
得也頃日燕王邀相公開大宴也妾窺窓隙而見之
則是賤妾所願從者也然宮門九重何以能越長程
萬里何以自致百般思量得一計而相公雖燕之
日妾君抽身而從之則燕王必使人追躡故待相公

登程後十日倫騎燕王千里馬第二日追及於邯鄲
及拜相公宜告宗狀恐煩耳目不敢開口欺隱之責
宗難逃也前日之着男子巾衣者欲避追者之物色
昨夜之效唐雖古事者盖循桂娘之情懇也前後之
罪雖有可恕而惶恐之心久益切矣相公若不錄其
過不嫌其陋而假喬木之蔭借一枝之巢則妾當與
蟾娘同其去就待相公有室之後與蟾娘進賀於門
下矣翰林曰鴻娘高義雖楊家執拂之妓不敢跂也
我愧無李衛公將相之才而已欲相好豈有量哉鴻
娘亦謝之蟾月曰鴻娘既代妾身以待相公妾亦當

代鳴娘兩謝於相公矣仍起拜僕〻是日翰林與兩
人經夜明朝將行謂兩人曰道路多煩不得同車將
待立家即相迎矣至京師復命於闕下時撫藩表文
及貢獻金銀綵段亦適至矣上大悅嘉其勤勞褒其
勳庸將議封侯以答其功因翰林力辭寢其議擢拜
禮部尚書兼帶翰林學士賞賚便蕃寵遇隆至人皆
榮之翰林還家司徒夫妻迎見於中堂賀其成功於
危地喜其超秩於卿月歡聲動一家矣尚書飲花園
與春娘談雜抱結款歡鄭重之情可想矣上重楊少
游文學頻召便殿討論經史翰林之直宿最頻一日

寵夜對敵在彦宮臺通 翰林苑月上翰林不堪玄寞矣
徘上高樓凭欄而坐對月吟詩忽因風便而聞之則
洞簫一曲自雲霄叢臺之間渺々而來其地密聲遠
雖不能下其調音而識耳所未聞者也翰林院吏而問
曰此聲出於宮墻之外耶或宮中之人有能吹此曲
者乎院吏曰不知也仍命酒連飲數觴仍袖所許
玉簫自吹數曲其聲亂上紫霄而退聽之左右言
鳳之知鳴也青鶴一雙忽自禁中飛來翻其郞舞翻
々自舞院中諸吏大奇之以爲王子晉在吾翰苑中
矣時皇太后有二男一女皇上及越王暨蘭陽公主也

蘭陽之誕生也太后夢見神女奉明珠置懷中矣公
主旣長姿容態度超絶塵俗則超出於纖芥六王臺堂之中
一動一靜一語一默皆有法度儀容婉娩文章女工
亦皆過人太后以此鍾愛篤尙時西域太眞國進白
玉洞簫其制甚妙而使工人吹之聲不出矣公主
一夜夢遇仙女敎以一曲公主盡得其妙及覺試吹
太眞玉簫聲韻甚淸律呂自叶太后及皇上皆異之
而外人莫之知矣公主每吹一曲群鶴自集於殿前
蹁躚對舞太后謂皇上曰昔秦穆公女弄玉善吹玉
簫今蘭陽妙曲不下於弄玉必有蕭史者然後方使

蘭陽下嫁矣以此蘭陽已長成而尚未許聘矣是夜
蘭陽適吹簫於月下以調靑鶴矣曲罷靑鶴飛向玉
堂而去舞於翰苑之後宮人競傳揚奇書吹玉簫舞
仙鶴其言流入宮中矣天子聞而奇之以爲公主之緣
必屬於少游入於太后以此告之曰聞少游年歲
與御妹相當其才藻於群臣中無二雖求之天
下不可得也太后大喜曰蘭陽之婚事誠未定處我心
常自鬱結矣今聞汝語揚少游即蘭陽天定之配也
但欲見其爲人而定之矣上曰此不難矣後日召
見揚少游於別殿評論文章娘娘從簾內一窺則可知

矣太后益喜與皇上定許蘭陽公主名簫和 其玉
簫刻簫和二字故以名之 一日天子燕坐於蓬萊
殿使小黃門召楊少游黃門往翰林院則院吏曰翰
林才已出去矣往問鄭司徒家則曰翰林未還矣黃
門奔馳慌忙莫知去向是時楊尚書與鄭十三大醉
於長安酒樓使名娼朱娘玉露唱歌酣之矣意氣
自若黃門飛鞚而奏以命牌召之鄭十三大驚跪出
翰林醉目矇矓鬢髮鬅鬙不省黃門之已在樓上矣
黃門立促之翰林使二娼扶而起着紫袍隨中使入
朝天子賜座仍論歷代帝王治亂興亡尚書出入古

今數奏明皇天顏動色又向曰組繪詩句雖非帝王
之要務惟我祖宗亦嘗留心於此詩文或傳播於天
下至今孫誦鄕試爲試論聖帝明王之文章評文人墨
客之詩篇勿悼勿諱究其優劣上而帝王之作誰爲
雄也下而臣隣之詩誰爲最也尚書伏而對曰君臣
唱和自大堯帝舜而始不可尚已無容議爲漢高祖
大風之歌魏太祖月明星稀之句爲帝王詩詞之宗
西京之李陵鄴都之曹子建南朝之陶淵明謝靈運
二人最其表著者也自古文章之盛毋如国朝者国
朝人才之蔚與無過於開元天宝之間帝王文章玄

宗皇帝爲千古之首詩人之才李太白無敵於天下
矣上曰卿言宗合於朕意矣朕亦見太白学士清平
詞行身詞則恨不與同時也朕今得卿何羨太白乎
朕遵国制使宮女十餘人掌翰墨所謂女中書也頗
有彫篆之才能摸月露形其中亦有可觀者矣卿
效李白倚醉題詩之旧事試揮彩毫一吐珠玉毋負
宮娥景仰之誠朕亦欲觀卿倚馬之作吐鳳之才即使
宮女以御前琉璃硯匣白玉筆床玉蟾蜍硯滴移置
於尚書席前諸宮人已承乞詩之命矣各以華箋羅
巾畫扇擎進於尚書〻〻酔興方高詩思自湧遂拈

彤管次第揮灑風雲焂起雲烟爭吐或製絶句或作
四韻或一首而止或兩首而罷日影未移牋帛已盡
宮女以次跪進於上〻一〻鑑別箇〻稱揚謂宮娥
等曰學士亦既勞矣特宣御醞諸宮女或擎黃金盤
或把琉璃鍾或執鸚鵡杯或擎白玉床滿酌清醴備
列佳肴作跪作立迭勸迭進翰林左受右接隨獻輒
倒至十餘觥韶顔已酡玉山欲頹上命止之又教曰
學士一句可直千金真所謂無價宝也詩曰投之木
果報以瓊琚爾筆以何物爲潤筆之資其令群娥或抽
金釵或解玉珮或卸指環或脫金釧爭投亂擲須刻

成堆上召謂小黃門曰爾収取尚書所用筆硯及硯
滴宮娥潤筆之物隨尚書而去傳給於其家尚書叩
頓謝恩欲起還仆上命黃門扶掖而出至宮門騶從
簇擁上馬跤到花園春雲扶上高軒解其朝服而問
曰相公過醉誰家酒乎翰林醉甚不能答已而蒼頭
奉賞賜筆硯及釵釧首飾等物積置於軒上尚書戲
謂春雲曰此物皆天子賞賜春娘者也我之所得與
東方朔誰優春雲更欲問之翰林已昏倒鼻息如雷
翌日高卷尚書始起盥洗矣閽者走告曰越王來下
來矣尚書訝曰越王之來必有以也顛倒出迎王上

座施禮年可二十餘歲眉宇嫺然真天人也尚書跪
問曰大王枉屈於陋地抑有所教也王曰寡人竊慕
盛德雅矣出入異路不能稽承禮茲奉上命來宣旨
矣蘭陽公主正當芳年多選方揀駙馬矣皇上愛尚
書才德已定釐降之禮先使寡人諭之詔命將下
矣尚書大驚曰皇恩至此臣首至地過分之榮有不
暇論而臣與鄭司徒女子爲婚納聘已經歲矣伏望
大王以此言奏達於皇上王曰吾當以奏於天陛而
惜乎皇上求才之意已歸虛矣尚書曰此關係人倫
之大事不可忽也臣當請罪於闕下矣王卽辭歸尚

書入見司徒以越王之言告之春雲已告於內閤矣
擧家遑遑不知所爲司徒慘沮不能出一言尚書曰
吾丈勿慮天子聖明守法度重禮義必不壞了臣子
之倫紀小婿雖不肖誓不作宋弘之罪人矣是時太
后出蓬萊宮親見楊少游心甚喜悅謂皇上曰此
眞蘭陽之匹也吾既親見更何議乎即使越王先諭
於楊少游天子方欲召而面諭矣時上在別殿忽
思昨日少游詩才筆法俱極精妙更欲親覽使太監
盡收女中書所受詩牋諸宮人皆深藏於篋笥而
唯一宮人持題詩畫扇歸寢所藏之懷中終夕悲

帝患寢廢食此宮女非他人也姓秦名彩鳳華州秦
御史女子御史死於非命後入於宮掖宮人皆稱秦
女之美上召見之欲封婕妤皇后有寵嬪秦女之
太美白於上曰此家女可合服侍至尊而陛下殺其
父而近其女恐非古先哲王近刑遠色之道也上從
之問於秦氏曰汝知文字乎秦女曰粗曉魚魯矣上
命爲女中書使掌宮中文書仍令進往皇太后宮中
陪蘭陽公主讀書習字公主大愛秦氏妙才奇才親
如宗戚跬步相隨不暫忽一時分離秦氏是日侍太后
往遊於殿仍承上命與女中書求乞詩於揚尚書

書之七言數百韻曾已銘鏤於秦氏之心肝矣豈有不
知之理乎秦女生存尚書旣不能知之况天下感怨只
亦不敢忍目秦女一見尚書心如火〻熾〻悲〻莫哀怨
被人知痛情義之不通悲旧縁之難續手把圓扇口
咏清詩一篇一吟不忍釋其詩曰
紈扇團〻似明月佳人玉手爭皎潔五絃琴裡薰
風多出入懷裡無時歇
紈扇團〻月一團佳人玉手正相隨無路遮却如
花面春色人間總不知
秦氏詠前一首而嘆曰樹即不如我心矣我雖在宮

中豈有承恩之念哉又詠後一首而歎曰我之容顔
宅人雖不得見之楊郎必不忘於心而詩意若斯咫
尺誠如千里矣仍憶在家之時與楊郎唱和楊柳詞
之事悲不自抑和淚濡毫續題一詩於扇頭方吟哦
矣忽聞太監以上命來索畫扇秦氏骨驚膽落旣內
自顫吁若之辯自出於口曰我其死矣我其死矣
宮女揜淚隨黃門　　侍妾含悲辭主人
太監謂秦氏曰皇上欲復見楊尚書之詩故小宦承
命来收矣秦氏泣謂曰薄命之人死期已迫偶和其
詩題於其尾自犯必死之罪皇上若見之則必不免

誅戮之禍與其伏法而死毋寧自決之爲快也方將
以此殘命付於三尺之下而身死後擣土一事專恃
於太監伏乞太監哀之憐之收瘞殘骸毋令爲烏鳶
之食幸甚〻〻太監曰文中書何爲此言也聖上仁
慈寬厚適皆王或者終不加罪設有震疊之威我
當出力救之中書隨我而來桼氏且哭且行隨太監
而去太監使桼氏立於殿門之外入以諸詩進於上
上留眼披閱至桼氏之扇尚書所題之下又有宅詩
上詰之問於太監〻〻告曰桼氏謂臣云不知皇爺
有褒取之命猥以荒蕪之語續題於其下此一死罪必

不貸也仍欲自死臣兩諭而止頓章而來矣上又咏
其詩〻曰
紈扇團如秋月團憶曾樓上對羞顔初知咫尺不
相識却悔殷勤君仔細看
上見畢曰秦氏必有私情也不知於何處與何人相
見而其詩意如此耶然其才足惜而亦可獎也使太
監召之秦氏伏於階下叩頭請死上下教曰直告則
當赦死罪汝與何人有私情乎秦氏又叩頭曰臣妾
何敢抵諱於嚴問之下乎臣妾家敗亡之前楊尚書
赴擧之路適過妾家樓前臣妾偶與相見和其楊柳

詞許人通遣與結婚姻之約矣頃當遣葉引見之曰
妾能解旧面而楊尚書猶不知故妾悲旧與感撫郞
自悼偶題胡乱之說終至於上累聖鑒臣妾之罪萬
死猶輕上悲憐其意乃曰汝云以楊柳詞結婚姻之
約汝能記得否粲氏即繕寫以上之曰汝罪雖重汝
才可惜且御妹愛汝殊甚故朕特用寬典赦汝重罪
汝其感篆国恩殫竭心誠以事御妹宜矣即下其紈
扇粲氏拜受惶恐頓謝而退是日上陪太后而坐越
王自楊尚書家回来入朝以楊尚書曾以納聘之意
奏之皇太后不悅曰楊少游爵位尚書宜知朝廷事

禮而何其爲滯若是耶上曰少游雖已納聘與成親

有異朕面諭則似不可不從也翌日命禮部尙書

揚少游 ミミ承命入朝上曰朕有一妹資質超常非

卿無可與爲配者朕使越王以朕意諭之矣聞卿托

以納聘云此卿之不思也昔者前代帝之選擇駙馬

也或出其正妻故若王獻之之㝡之惟宋弘不受

君命朕意則與古先帝王不同誠爲天下萬民之父

母則此豈可以非禮之事加於人哉今卿雖斥鄭家之

婚鄭女自當有可依之處卿無糟糠下堂之嫌此豈有

有害於倫紀乎尙書叩頭而奏曰聖上不惟不罪又從

而諄諄面命若家人父子之親臣感祝天恩之外更
無可奏者矣欲臣之情勢與他人絶異臣遠方書生
入京之日無一處可托身於鄭家者遇之恩迎以舍之
禮以待之非但納幣之禮已行於入門之日已與司
徒定翁婿之分有翁婿之情且男女既已相見恰有
夫婦之恩義而未行親迎之禮者蓋以國家多事未
遑將母也今幸藩鎭效化天憂已紓臣方欲急請還
鄕迎餘老母卜日成禮矣意外皇命及於無伏小臣
驚惶震惧不知所以自處也臣若怵威畏罪將順
皇命則鄭女以死自守必不它適此豈非匹婦之失

所王政之有歟者乎上曰卿之情理雖云悶迫若以
大義言之則卿與鄭女本無夫婦之義鄭女豈可不
入於他人之門乎今朕之欲與卿結婚者不稀朕以
柱石待卿也以手足視卿也太后慕卿威容德皃親
自主張恐朕亦不得自由矣尚書猶且固讓上曰婚
姻大事也不可以一言決定朕姑與卿着碁以消長
日矣命小黃門進局君臣相對賭勝曰昏乃罷鄭司
徒見楊尚書之來悲惱之色溢於滿面拭淚而言曰
今日皇太后下詔使退楊郞之禮緣故老夫已出付
於春雲亂於花園而顧念小女之身世吾老夫妻心

事當作何如狀也吾則董能撑支而老妻況慮成疾
方啗藥不省人事矣尚書失色死言過食頃乃告曰
是事不可但已小婿當上表力爭朝廷之上亦豈无
公論司徒止之曰楊郎之遠配上命已至再矣今番
上疏則豈死批鱗之慎哉必有重譴不如順受而已
且有一事揚郎之仍處花園大有不安於事躰者倉
卒相難雖甚缺然移寓他所宗合事宜矣揚尚書不答
屢及花園春雲嗚々咽々淚痕汍瀾乃奉納幣物曰
賤妾以小姐之命來侍相公已有年矣倫荷盛眷恒
切感愧神姤鬼猜事乃大謬小姐婚事無復餘望賤

妾亦當永訣相公矣侍小姐於天乎地乎鬼乎人乎仍
飮泣辭如縷矣尚書曰吾方欲上疏力辭皇上儻或
回聽設亦能得聽女子許身於人一從夫禮迎春娘
夫豈背我之人哉春娘曰賤妾雖不明亦嘗聞古人
緖論矣豈不知女子三從之義乎春雲情事有異於
人妾自吹簫之日與小姐同遊嬉戲及至簪髻之歲與
小姐居處息寢幾之分結死生之盟誓尙忝辱不可
異同春雲之從小姐猶影之隨形身固旣去則影豈
獨留乎尚書曰春娘爲主之誠可謂至矣但春娘之
身與小姐異小姐東西南北惟意所適春娘從小姐

事宅人得死有所於女子之知事春雲曰相公之言
到此不可謂知春雲也小姐已有定計長者吾君
爺及夫人膝下待過百年之後潔身斷髮長托空門
焚願於佛前世〻生〻願不爲女子之身春雲蹤跡
亦將如斯而已相公如欲復見春雲相公禮幣復入
於小姐房中然後當更 矣不然則今日即是進一死
別之日也妾往事相公使令者尊甚矣侍相公恩愛若久
矣報效之道惟在於拂拭衾席奉承巾櫛而事與心違到
此地頭只願後世爲相公犬馬以效報主之誠矣惟相
公保重〻〻向隅呼泣者半日乃翻身下階再拜而

入尚書五情憒乱鴻慮膠擾仰屋長吁撫掌頻蹙而
已乃上一疏言甚激切其疏曰
禮部尚書臣楊少游謹頓首再拜上言于皇帝陛
下伏以倫紀者王政之本也婚姻者人倫之始也
一失其本則風化大壞而其国乱不謹其始則家
道不成而其家亡有関於家国之興衰者不其較
著乎是以聖王哲辟未嘗不留意於是欲治其国
必以植倫紀為重欲齊其家必以定婚姻為先者
何莫非端本與治之道訓嫌明微之意也臣既已
納幣於鄭女且已托跡於鄭家則臣固有妻也固

有室也不意今者敀然之盛禮遍及於兀然之賤
臣〻始疑矣終惑焉驟聞揚宗不知聖上之舉措朝
家處分無能盡其禮而得其當也設令臣亦行備
受之幣不作蜀館之客族賤而識微才薄而學識鄙
寔不合於錦繡之抄擇而況臣與鄭女已有信幣之義
與婦翁已定舅甥之分不可謂六禮之未行也豈
可以貴介之尊下嫁於匹夫之微而不問禮之可
否不分事之輕重冒苟且之議而行非禮之禮乎
至於盛下內旨使之嚴邑行之禮促退已聘之聘幣
尤非臣攸聞也臣恐陛下未能效光武待宋弘之寬也

賤臣危迫之悃已聞於聖明之聽鄭女窮蹙之情
亦係於私家之事臣固不敢更恩於經綸之下而
臣之所恐者王政由臣而亂人倫因臣而廢以至
於上累聖治下壞家道終不救亂亡之禍也伏乞
聖上重礼義之本正風化之始亟収詔命以安賤分
不勝幸甚
上覽疏轉奏於太后〃〃大怒下楊少游於獄朝廷
大臣一時齊諫上曰朕知其罪罰之太過而太后娘
娘方震怒朕不敢救太后欲困楊少游不下公事者
至數月鄭司徒亦惶恐杜门謝客此時吐蕃强盛輕

易中国起十萬大兵連陷邊郡先鋒至渭橋京師震
驚上會群臣議之皆曰京城之卒未滿數萬外方援
兵勢不可及暫弃京城出巡關東召諸道兵馬以圖
恢復可也上猶豫未决曰諸臣中惟楊少游善謀能
斷朕甚器之前日三鎭之服皆少游之功也罷朝入
告太后使〻者持節故少游召見問計少游奏曰京
城宗廟所在宮闕所寄今若棄之則天下人心必從
動搖且爲强賊所據則亦未可指日恢拓矣代宗朝
吐蕃與回紇合力驅百萬兵衆犯京師其時王師之
單弱甚於此時汾陽王臣郭子仪以一匹馬却之臣之

才略比子仪雖萬々不相及頭得數千軍掃蕩此賊
以報一再生之恩上素知少游有將帥才即拜為大將
使發京營軍三萬討之尚書拜辭而出指揮三軍陣
於渭橋討賊先鋒擒左賢王賊勢大挫潛師道去尚
書追擊之三戰三捷斬首級三萬獲戰馬八千匹以捷書報
之天子大悅使即班師論諸將之功以次賞賚少游
在軍中上疏其疏曰臣聞王者之兵貴於萬全而坐
失機會則功不可成也又聞常勝之家雖與應敵而
一不乘飢弱則賊不可破也今賊之兵力不可謂不強
兕械不可謂不剩而彼則以家而犯主我則以征

待飢此臣所以猶摳尺寸之財而賊所以勢日强而兵日弱矣兵法所謂多多而不勝者以粮饋之不及也地利之不便也今我軍雖擁數萬之衆而逆賊之勞弊極矣雄州大城皆思叛若粮則我兵半餓之患一平且廣野最得形便則彼設伏之處窘蓄銳勇進追躡其後則燕薊也收全今乃狃一時之少捷爲萬全之良策經略王師不亮其討者臣未知其得計也伏願陛下博採廟議鄭揮軌斷許今臣驗兵遠籠直搗巢穴臣雖不能燔龍城之積勒燕然之石誓使隻輪不返一箭不發以除我聖上西顧之憂矣疏奏上壯其

悳嘉其忠卽進秩拜御使大夫兼兵部尙書征西大
元帥賜尙方斬馬劍彤弓赤箭通天御帶白旄黃鉞
詔發朔方河東隴西諸道兵馬以助其軍勢揚少游
奉詔向闕拜謝擇吉日祭旗纛發行言其兵法則
六韜之神謀也語其陣勢則八卦之奇變也軍容幷
々肅令肅々因連絡之勢成破竹之功數月之間復
所失五十餘城驅六軍至積石山下一陣回風忽起
於馬前有鳴鵲鑽營中而去尙書於馬上卜之得
一卦曰賊兵必襲吾陣而終吉也留陣山底鋪鹿
角蒺藜於四面整备三軍設備而待尙書坐帳中燭

挑燭閱看兵書巡軍已報三更矣忽寒颼滅燭冷氣
襲人一女子自空中下立於帳中手把八尺之劍色
如霜雪矣尚書知其刺客而詢之一不變色厲聲而徐
問曰女子何人夜入軍中有甚事也女子答曰妾承
吐蕃國贊普之令欲取尚書首級而來矣尚書笑曰
大丈夫何畏死乎須速下手女子擲劍而前叩頭而
對曰貴人毋慮妾何敢驚動貴人乎尚書扶起曰
君旣挾利刃入軍中又不害我何也女子曰妾之本
末雖欲自陳非一二言之間所能盡也尚書賜坐而
問曰娘子之來冒白刃而見少游必有好意也將何

殺之其女子曰妾雖有劍客之名而無刺客之心哉
之心肝當吐露於貴人矣尚起挑燭當前而坐其掌
椎結雲鬟高揷金簪身着狹袖戰袍而袍上畫石竹
花足着鳳尾靴腰挿龍泉之劍天然艶色若帶露之海
棠花非泛濫之不齒而論益之紅線也繼而言曰妾
本揚州人也世為大唐之民幼失父母從一女子為
其弟子其女子劍術神妙教弟子三人即秦海月金
綵虹沈裊烟三人即妾也學劍術三年能傳變化之術
乘長風逐飛電瞬息之頃行千餘里矣三人劍術則
無高下而師或欲報仇或欲殺惡人則必遣綵虹海

月而獨不使妾之爾吾二人共侍師同受明敎一而
弟子則獨未報師傳之恩故前者可謂不是任師傳
使令乎師曰爾非我孫也神曰師當正道終有成就
令若其此兩人發遣人命則豈不有搭[illegible]汝之心行
乎是以不遣也妾又問曰若遣則當何得劒術將何
用乎師曰汝之前世之緣在於大唐而其人大貴
人也汝在外國隨逆賊得吾所以能設劒術者欲使
汝曰此小技得遇貴人汝須當爲軍中得成
將緣於我焉之間矣今春師又謂妾曰大唐天子使
大將軍征伐[illegible]

此下山徃于吐蕃国與諸劒客較長短之術一以救
唐將之沈一以結前身之緣妾奉師命之蕃国自摘
城門所挂之携贊普召妾而入使與先到衆刺客較
才妾尽時能劃十餘人拚髻贊普大喜遣妾而言曰
待汝獻唐將之首封汝為貴妃今逢尚書師傅之言
驗矣頓自此永奉箕箒叅侍左右相公真果肯諾乎
尚書大喜曰娘子既救瀕死之命且欲以身而事之
此恩何可盡報白首偕老是我志矣因與同寢以檍
劒之色代花燭之光以刀手之響替琴瑟之聲伏設
営中月影正流玉門関外春色已回我昔事

與未必不愈於雖帷綌[illegible]晨昏
彌不見將士至三日矣乃[illegible]非[illegible]公可往之
慶兵氣恐不揚矣乃欲辭[illegible]仙娘在世上
形見所可此也方祈書奇計運助求教我而破賊矣
娘何爲敢耶鳥烟曰以相公之神武蕩殘賊之巢窟
在嚧手間耳何是以煩相公之慮哉爲之些未雖仍
師命未及永辭矣敢見師傅姑居山中徐待相公回
軍當敢拜於京城矣尚書曰玆娘子去後贊普更遣
他刺客將何以備之鳥烟曰刺客雖多皆非鳥烟之
敵手若知妾敢順於相公則他人安敢來乎手探睡

間出一顆珠曰此珠名妙[illegible]琉[illegible]
者也相公令使者遂此珠從贊註
也尚書又問此外更註
盤蛇谷而此谷註
三軍則好矣尚書
復見矣尚書令
如天神武帽
八仙[illegible]
攻女[illegible]

九雲夢下

白龍潭揚郎破陰兵 洞庭湖龍君宴嬌客

尙書即發使遣妙俔玩炎吐蕃遂行到大山之下峽路甚窄纔容一馬攀壁緣㵎魚貫而進過數百里始得稍廣處設寨立營歇馬休軍〻〻勞頓渴甚求水不得見山下有大澤爭飲其水飲畢遍身皆青語言不通戰掉欲死奄〻就盡尙書親自往見其水色沉碧深不可測寒氣凜慄似欺秋霜始悟曰是必[illegible]烟所謂盤蛇谷也督餘軍掘井[illegible]鑿數百餘井高可十丈而無一湧水之處尙書大以爲悶方欲移[illegible]

移陣於他處矣鼙鼓之聲忽自山後而來雷聲震地
岩谷皆應賊兵據其險阻以絕歸路官軍進退俱碍
飢渴且甚尚書方在營中思退敵之計而終無善策
悶惱之久神氣頓困倚卓而少眠忽有異香遍滿營
中女童兩人進立於尚書之前容狀奇異非仙則鬼
告於尚書曰吾娘子欲告一言於貴人願貴人無惜
一枉於陋穢之地尚書問曰娘子是何人在何處答
曰吾娘子即洞庭龍君小女也近日暫避宮中來寓
於此矣尚書曰龍神所在即水府也我人世人也非
以何術致身乎女童曰神馬已繫於門外貴人騎之

則自當至矣水府不遠何難之有乎尚書隨女童出
轅门從者數十人衣服殊制仪形不常扶尚書上馬
馬行如流飛尘不起於蹄下矣俄頃到水中宮闕宏
麗如王者之居守门之卒皆魚頭鰕鬚矣女童數人
自内開门出導尚書升堂上殿中有白玉交倚南向
而設侍女請尚書坐其上鋪錦繡步障於階砌之下
即入於内殿未幾侍女十餘人引一箇女子從左邊
月廊抵殿前姿態之媚服飾之華俱不可形言侍女
一人至前請曰洞庭竜王之女請謁於楊元師矣尚
書驚欲避之兩侍女挾持使不下床龍女向前四拜

琳琅憂晉芬馥射人尚書請上座龍女辭遜不敢設
小座而坐尚書曰楊少游塵世賤品娘子水府灵神
礼貌何太恭也龍女答曰妾即洞庭龍王末女凌波
也妾之始生也父王朝於上界逢張眞人卜妾之命
眞人揲著曰此娘子前身即仙女也因罪謫降爲王之
女而畢竟復得人形爲人間貴人之姬妾享富貴崇
華之樂聲耳目心志之娛終皈佛家永爲大禪矣吾
龍神爲水族之宗而以幻人之形爲大榮至於仙佛
尤所敬戴也妾之伯兄初爲涇水龍君之婦夫妻反
目兩家失和再適於柳眞君九族尊之一家敬之而

妾則將得正果一身榮貴必在於伯兄之上也父王
自聞真人之言愛妾之情一倍隆篤宮中大小侍妾
如待天上真仙及稍長南海龍王之子五賢聞妾略
有姿色求婚於父王吾洞庭即南海之管下故父王
不敢峻斥親往南海諭以張真人之言強拒不從則
南海之王為其驕悍之子又以父王為戚於地說肆
然喝責求婚益急妾自知若在父母膝下則辱必及
身遠離父母袖身逋逃披荊棘開靈宅自蟄胡地者
送歲月而南海之逼迫益甚矣父母但曰女子不願歎
身遠走終欲不弃問之於渠唯彼狂童欺妾孤弱自

卒軍兵欲逼賤妾〻之至究苦鬱感極天地谿溪之
水居然変化冷如寒〻氷宮如地獄他國之兵不能輕
入故妾賴此全完尚保危命矣今日之幸邀貴人惱
此陋処者不惟欲訴衷情且今王師暴露既久水路
莫通井泉不出掘土鑿地亦云勞止雖遍一山而穿
萬丈水不可得而力不可支矣此水本名清水潭水
性甚美自妾来居其味苦惡飲之者生病故改称曰
白龍潭也今貴人来此賤妾得所何羨乎銀瓶之上
井喉谷之生春乎妾既托命於貴人許身於貴人則
貴人之憂即妾之憂也豈敢不效愚智而助軍功乎

自此之後水味之甘當如旧日士卒皆斗飮自無害
矣病水之卒亦當自瘳矣尚書曰今聞娘子之言兩
人之緣天已定之神亦知之月老之約肆可卜矣娘
之意亦如我否龍女曰妾之陋質雖已許之徑侍郎
君不可者三一則不告父母也二則幻形变質要
可以侍貴人也今不可以鱗甲之腥髮鬣之陋以累
貴人之床席也三則南海龍子每送邏卒於此瞻之
偵探不可激其怒而挑其禍以起一塲風波也貴人
須早啟陣中蠢軍殲賊得遂大勲奏凱还京則妾當
褰裳涉溱從貴人於甲第之中也尚書曰娘子之言

雖義我思之娘之來此不但守志而亦父王欲使留
待少游之來而即從之也今日之相會豈非父王之
命乎且娘子神明之後灵異之性也出入人神之間
無所往而不可則豈以鱗鬣爲嫌乎少游雖不才奉
天子之明命將百萬之雄兵飛廉爲之導先海若爲
之殿後其視南海小兒如蚊虻螻蟻而已渠若不自
量妄欲相逼則不過污我室劍而已今夜何幸邂逅
相逢則良辰豈可虛度佳期何忍孤負遂携龍女而
就枕交會之歡非夢則真日未明一聲疾雷鍧々鏗
々歟却水晶宮變龍女忽驚覺而起宮女報急曰大

禍出矣南海太子駈與數軍兵來陣山下請與揚元
師次雌雄矣尚書大怒曰狂童何敢乃爾拂袂而起
跳出水邊南海兵已圍白黿潭戚辨大震陣雲四起
所謂太子者躍馬出陣而大叱曰爾為何人而掠人
之妻乎誓不與共立天地間也尚書立馬大笑曰洞
庭龍女與少游有三生宿緣即天宮之所簿真人之
所知也我不過順天命也奉天敎也么麽鱗虫何無
礼若是耶仍麾兵督戰太子大怒命千萬種水族鯉
提督鼈參軍鼓氣賈勇騰跳而出尚書一麾而斬
之乱白玉鞭一揮之百萬勇卒各亦蹴踏不移時敗

鱗殘甲已滿地矣太子身被數瘡不能變化終爲唐
軍所獲縛致麾下尚書大悅擊金收軍門卒報曰白
龍潭娘子親詣軍前進賀元帥仍犒軍卒矣尚書使
人邀入龍女進賀尚書之全勝以千石酒萬頭牛大
饗三軍士卒皷腹而歌翹足而舞輕銳之氣百倍矣
揚元帥與龍女同坐捽入南海太子責之曰汝
奉行天討征伐四夷百鬼千神莫不從命汝小兒不
知天命敢抗大軍是自促鱗鯢之誅也我有一介寶
釖即魏徵丞相斬涇河龍王之利器也當斬汝頭以壯
軍威而汝鑊之南海慱施雨澤有功於萬民是以赦

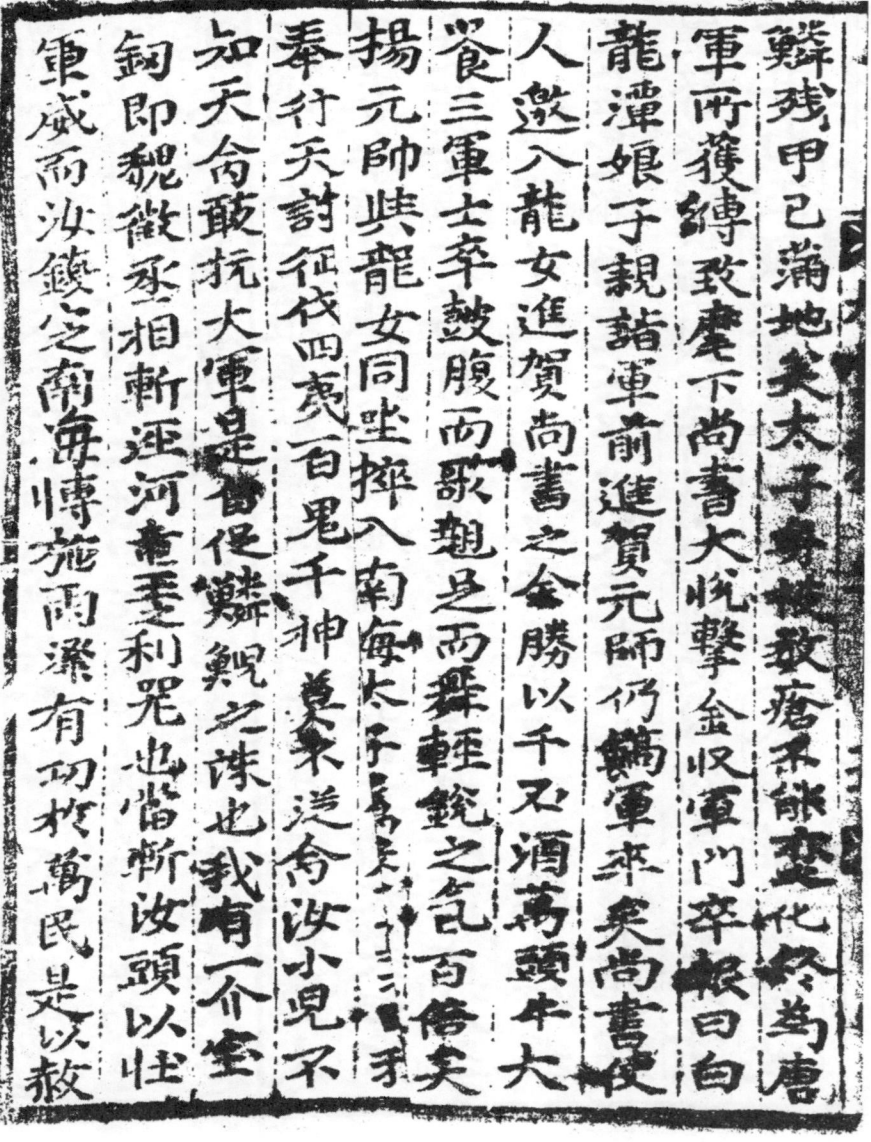

之自今勉悛旧悪幸勿淂罪於娘子也仍命曳出太
子屛息戢身鼠竄而走忽有祥光瑞氣自東南而
至矣紫霞葱蘢彩雲明滅旌旗節鉞自大空繽紛
而下紫衣使者趨而進曰洞庭龍王知楊元帥破南
海之兵救公主之急極欲躬謝於壁門之前而戎槊
有守不敢擅離故方設大宴於凝碧殿奉邀元帥〻
暫屈焉大王亦令小臣陪貴主同倣矣尚書曰敵軍
雖退壁壘尚存且洞庭在萬里之外往返之間日月
累矣將兵之人何敢遠出使者曰已具一車駕以八
龍半日之内當去来矣

楊元帥偷閑叩禅扉 公主微服訪閨秀

楊尚書與龍女登車長風吹輪轉上層空未知去天
餘幾尺也距地隔幾里也而但見白雲如盖平覆世
界而已漸漸低下至于洞庭龍王遠出迎之執賓主
之禮展翁婿之情揖上層殿設宴饗之執酌而謝曰
寡人德薄而勢孤不能使一女安其所矣今元帥奋
神威而擒驕童垂鼻顔而救少女欲報之德天高
地厚尚書曰莫非大王威令所及何謝之有至酒闌
龍王命奏衆樂之律縹緲之間有條節而與俗樂異矣
壯士千人列立於殿左右手持釰戟揮擊大鼓而進

美女六佾著芙蓉之衣振明月之珮飄拂藕衫双〻對
舞真壯觀也尚書問曰此舞未知何曲也龍王荅曰
水府旧無此曲寡人長女嫁爲涇河王太子之妻因
柳生傳書知其遭牧羊之困寡人弟錢塘君與涇河
王大戰大破其軍卒女子而來宮中之人爲作此舞
号曰錢塘破陣樂或稱貴主行宮樂有時奏之於宮
中之宴矣今元帥破南海太子使我父女祖會與錢
塘故事頗相似矣故改其名曰元帥破軍樂也尚書
又聞曰柳先生今何在耶未可相見耶王曰柳郎今
爲瀛洲仙官方在職所何可来耶酒過九巡尚書告

辭曰軍中多事不可久留是可恨也惟願使娘子毋
失後期也龍王曰當如約矣出送於衮门之外有山
突兀秀出五峰高入於雲烟尚書便有遊覽之興問
於龍王曰此山何名少游歷遍天下而惟未見此山
及華山也龍王曰元帥未聞此山之名字即南岳衡
山奇且異也尚書曰何以則今日可登此山乎龍王
曰日勢猶未晩矣雖暫玩而歸亦未暮矣尚書即上
車已在衡山之下矣携竹杖訪石逕經一丘而度一
壑山益高境轉幽景物変羅不暇應接所謂千岩競
秀萬壑争流者眞善形容也尚書杖笻騁瞻幽思自

集乃歎息曰積若兵間奬情勞神此身坐緣何太重
耶安得功成身退超然作物外之人也俄聞石磬之
聲出於林端尚書曰蘭若必不遠及涉絶巘上高頂
有一寺炙閣深邃法侶坌集老僧趺坐蒲團方誦經
設法眉長而綠骨清而不知年紀之高矣見尚書至
率闍梨下堂迎之曰山野之人聾聵不知大元帥之
來未能遠候於山門請相公恕之今番非元帥永來
之日須上炙礼佛而去尚書即詣佛前焚香展拜方
下炙忽跌足之驚覺身在營中倚卓而坐東方微明矣
尚書異之問於諸將曰公等亦有夢乎僉答曰小的

等嘗夢陪元帥與神兵鬼卒大戰而破之擒其大將
而啟此宗擒胡之吉兆也尚書備說夢中之事與諸
將往見白龍潭碎鱗鋪地流血成川尚書持盃酌水先
嘗因飲病卒即快愈矣驅衆軍及戰馬臨水快吸歡
動天地賊聞之大懼款塞觀而降矣尚書出師之後
捷書相續上嘉之一日朝太后於湯[illegible]存之功[illegible]
游郭汾陽後一人待其還來即拜丞相以酬不世之
勳而但御妹婚事尚未牢定彼若回心從命則大善
若又堅執則功臣不可罪矣其志不可奪矣處治之道
寔難得當是可悶也太后曰我聞鄭家女子誠美且

與少游曾已相見少游豈肯棄之吾意則棄少游出
外之日下詔於鄭家與他人結婚則少游之望絶矣
君命何可不從乎上久不得答默然出時蘭陽公主
在太后之側乃告於太后曰娘ゝ之教大違於事体
鄭女之婚與不婚自是其家之事豈朝廷所可指揮
者乎太后曰此卽汝之重事国之大礼我欲與汝相
議尚書楊少游風彩文章非徒卓出於朝紳之列
曾以洞簫一曲卜汝秦樓之縁決不可棄楊家而求
他人矣少游本與鄭家情分不淺彼此亦不可背矣
是事極其難處少游還軍之後先行汝之婚礼使少

游次娶鄭女爲妾則少游可無辭矣募未知汝意以
是趑趄耳公主對曰小女一生不識妬忌爲甚事也
鄭女何可忌乎但楊尙書初旣納聘後以爲妾非禮
也鄭司徒累代宰相國朝大族以其女子爲人姬妾
不亦寃乎此亦不可也太后曰然則汝意欲何以処
之乎公主曰國法諸侯三夫人也楊尙書成功還朝
則大可爲王小不失爲侯聘兩夫人寔非僭也當此
之時亦許娶鄭女則何如太后曰是則不可女子勢
均体敵則同爲夫人固無所妨女兒先帝之愛女今
上之寵妹身固重矣位亦尊矣豈可與閭閻小女子

肯有而事人乎公主曰小女亦知身地之尊重而古
之聖帝明王尊矣敬士匙身爱憐以萬乘而友匹夫
者小女聞鄭氏女子容貌節行雖古烈女不及也誠
如是言耶彼并有亦小女之幸也非小女之辱也但
傳聞易褻虛實難測小女欲因其条親見鄭氏其容
負才德果出於小女之右則小女屈身佇事若所見
不如所聞則爲妾爲僕唯娘〻意太后[illegible]嗟曰妬才
忌色女子常情吾女見愛人之才若己之有敬人之
德如渴求飲其爲母者豈無嘉悅之心哉吾欲一見
鄭女明日當下詔於鄭家矣公主曰雖有娘〻之命

鄭女必称病不来然則宰相家女兒不可勥致若令
付於道觀尼院預知鄭女焚香之日則一若逢著恐
不難矣太后是之即使小黃門問於近処寺觀丘弊
院尼姑曰鄭司徒家本行佛事於吾寺而其小姐元
不往来於寺觀三日前小姐侍婢楊尚書小室賈孺
人奉小姐之命以祈願之文納於佛前而去頃黃門
賫去此文復命太后娘々如何黃門還来以此奏進
太后曰苟如是則見鄭女之面難矣與公主同覽
其祝文曰
弟子鄭氏瓊貝謹使婢子春雲齋沐頓首敬告于

諸佛前弟子瓊貝罪惡甚重業障未除生爲女子
之身且無兄弟之數頃旣受弊於楊家將欲終身
於楊門矣楊卽被捷於錦齋君命至此弟子已與
楊家絶矣但恨天意人事自相乖戾薄命之人更
無所望而身雖未許心旣有屬則至今二三其德
非義之所敢出也姑欲依存於沽特滕下以送未
盡之日月矣因此命途之崎嶇苦得一身之淸閑
故乃敢薦誠於佛前以告弟子之心誠伏願僉佛
聖之具歸祈懇之悅悲慈之念使弟子忽父母
俱享遐筭壽與天齊令弟子身無一疾病灾殃以盡

衣彩弄雀之歡則父母身後誓啟空门斷俗緣服
戒行齋心誦經潔躬祈佛以報諸佛之厚恩矣侍
婢賈春雲本與瓊貝大有因果名雖奴主宗則朋
友曾以主人之命為楊家之妾矣事與心違佳緣
莫保永辞 楊家復啟主人死生苦樂誓不異同伏
乞諸佛俯憐吾兩人之心事世々生々俾免為女
子之身消前生之罪過贈後世之福禄使之还生
於善地長享逍遙快活之象
公主見畢愀然曰因一人之婚事誤兩人之身世恐
有大害於陰德矣太后听之默然此時鄭小姐侍其

父母惋容瑜色無一毫憾恨之色而崔夫人每見小
姐輒有悲傷之念春雲侍小姐以翰墨雜技強為排
遣之地而潛消暗削日漸憔悴將成膏肓之疾小姐
上念父母下憐春雲心緒搖搖不能自安而人不能
知矣小姐欲慰母親之意使婢僕拿兄者之人覓
好之物時時奉進以娛其耳目矣一日女童一人來
賣繡簇二軸春雲取而見之一則花間孔雀一則竹
林鷓鴣手品絶妙工如七襄春雲敬歎留其人以其
簇子進於夫人及小姐曰小姐每賞春雲之刺繡矣
試觀此簇其才品何如耶不出於仙女機上必成於

鬼神手中也小姐展看於夫人座前驚謂曰今之人
必無此巧而染線尚新非旧物也疵哉何人有此才
也使春雲向其出処於女童〻〻答曰此繡即吾家
小姐所自為也小姐方在寓中意有用処不擇金銀
錢幣而欲捧之矣春雲尚曰汝小姐誰家娘子且因
何事稀留客中耶答曰小姐李通判妹氏也通判陪
夫人往浙東任所而小姐病不從姑留於内舅張別
駕宅矣別駕宅中近有些故借寓於此路邊左隣脂
店謝三娘家以待浙東車馬之来矣春雲以其言入
告小姐以釵釧首飾木物優其價而買之高掛中堂

盡日愛玩嗟羨不已此後女童因緣出入於鄭府與
府中婢僕相交矣鄭小姐謂春雲曰李家女子手才
如此必非常人也吾欲使侍婢隨往女童求見李小
姐容貌矣仍送伶俐一婢子閭家狹窄本無內外李
小姐知鄭府婢子饋酒食而送之婢子還告曰李
姐豔麗娉婷與我小姐二而一者矣春雲不信曰以
其手線而見之則李小姐決非庸鈍之質而汝何為
過實之言也此世界上謂有如我小姐者吾實疑之
婢子曰賈孺人疑吾言乎更遣他人而見之則可知
吾言之不妄也春雲又私送一人矣還曰恠哉恠哉

此小姐即玉京仙娥耶日之言果宲矣賈孺人又以
吾言爲可疑此後一者覩見如何春雲曰前後之言
皆誕矣何無兩目也相與大笑而罷過數日臙脂店
謝三娘來鄭府入謁於夫人曰近者李通判宅娘子
僨居小人之家其娘子有貞有才宲老姑初見窈停
小姐芳名每欲一見請教而有不敢者以小人獲私
於夫人使之停稟矣夫人招小姐以此意言之小姐
曰小女之身與它人有異不欲出此面目與人相對
而但聞李小姐爲人一如其繡線之妙小女亦欲一
洗昏眵矣謝三娘喜而皈翌日李小姐遂携婢子先

通暁門之意日晩李小姐乘錦帳小玉轎率以婇数
人至鄭府鄭小姐邀見於寢房賓主分東西而坐纔
女為月宮之賓上元弄璟之宴矣光彩相射滿堂
照耀彼此皆大驚鄭小姐曰頃緣婢輩聞玉蹤臨於
近地而命奇之人跡絶人事闡候之禮尚此闕如叅
姐之恵然辱臨既感且傷敬謝之意何以口舌盡也
李小姐答曰小妹僻陋之人也吅親早肖慈母偏愛
平生無所學之事無可取之才也常自嗟嘆曰男子
迄遍四海交結良朋有切磋之益有規警之道而女
子唯家内婢僕之外無可相接之人兆過於何処質疑

於何人乎自恨為閨閫中兒女子矣恭鄭姐〻以班
昭之文章無孟光之德行身不出於中門名已徹於
九重妾以是自忘資品之陋劣頓接盛德之光輝矣
令蒙姐〻不弃是儻小妾之至願矣鄭小姐曰姐之
盛言即小妹方寸間所素畜積者也閨中之身蹤
迹有碍耳目多蔽本不知滄海之水巫山之雲志氣
之隘見識之偏固其宜也何足恠也與荊山之玉埋
光而恥衒老蚌之珠藏彩而自珍然如小妹者自視
歉然何敢當盛奬也因進茶果穩叱閑談李小姐曰
似聞府中有賈孺人者可得見乎鄭小姐曰果亦欲

一拜於姐〻矣指春雲來謁李小姐起身迎之春雲
驚歎曰前日兩人之言果信矣天旣生我小姐又生
李小姐不自意元燕玉環並世而出也李小姐亦自
度曰飽聞賈女之名矣其人過其名也楊尙書之眷
愛不亦宜乎當與秦中書昇驗若使春娘見秦氏則
豈不效尹夫人之泣乎奴主兩人有如此之色有如
此之才楊尙書豈有相捨乎李小姐与春雲吐心談
話款曲之情与鄭小姐一也李小姐告辭曰日已三
竿矣不得穩陪淸談可恨小妹寓舍只隔一路當偷
閑更進以請餘敎矣鄭小姐曰猥荷眷臨仍受盛誨

小妹當進謝堂下而小妹処身異於他人不敢出戶
庭一步之地惟姐〻寬其罪而恕其情焉兩人臨別
惟顰然而已鄭小姐謂春雲曰寶劍雖埋於獄中而
光射斗牛之氣雖潛於海底而氣成樓臺李小姐同
在一城而吾輩未尚有聞誠可惜也春雲曰賤妾之
心慕有一事可疑楊尚書每言華州秦御使女子見
面於樓上得詩於店中并結秦晋之約而因秦家之
遭禍終致乖張矣仍称秦女絶世之色輒愀然而歎
而妾亦見楊柳詞則誠才女也此女子無乃莊其姓
名締結小姐欲成前日之緣乎小姐曰秦氏之美吾

亦因宅路聞之似咦此女子相近而彼遭家禍沒入
掖庭何能得至於此乎入見夫人称李小姐不容口
夫人曰吾亦欲一請而見之矣數日後使侍婢請小
姐一枉李小姐依然承命又至鄭府夫人出迎於堂
中李小姐以子侄礼見於夫人夫人大愛款接曰頃
日小姐為訪小女過毛學者老身良用感謝而其時
病未能相接至今慚歎李小姐伏以對曰小姪景慕
姐〻如天仙難忍賤弃矣尊姪一逢小姐使以兄弟之
誼待之夫人特賜顏色以子侄之列畜之小侄於此
宗未知措躬之処也小侄欲終身出入於门下事夫

人如事慈母矣夫人稱不敢者再三矣鄭小姐與李
小姐侍坐夫人至半日仍請李小姐歸其寢房與春
雲并足而坐嬌洋嫩語昵々相酬氣已合矣情亦密
矣評騭文章講論婦德殊不覺日影已在窓西矣
兩美人携乃手同車　長信宮七步成詩
李小姐去後夫人謂小姐及春雲曰鄭崔兩门宗族
甚多衆至百千人矣吾自少時見美色多矣皆不及
李小姐遠矣誠與女兒相上下矣兩美相從結為兄
弟則好也小姐以春雲所傳秦氏事告曰春雲終不
能無疑而小女之所見與春雲異李小姐姿色之外自

像之飄逸威仪之端重與閭閻士夫家女子絕異蔡
氏雖有才氣何敢比之於此乎以妾所聞言之蘭陽
公主貌如其心才如其德或恐李小姐氣像與蘭陽
不遠夫人曰公主吾亦不見未可懸度而雖其尊位
得盛名安知其心與李小姐相符乎小姐曰李小姐
蹤跡宲有可疑者後日當使春雲往審之矣明日鄭
小姐與春雲方議是事李小姐婢子到鄭府傳語曰
吾小姐適得浙東順歸之舡將以明日發行故今日
當到府中告别於夫人及小姐矣小姐方掃軒而待
之少頃李小姐至入見夫人及鄭小姐兩小姐别意

忽〻難緖依〻如仁兄之別愛帰蕩子之送美人也
李小姐起而再拜乃敬告曰小姐別母雖兄已周一
期故意如矢不可復沮而但以夫人之恩德姐〻之
情分心如素絲欲解復結矣小姐玆有一言欲懇於
姐〻而恐姐〻不許先告於夫人仍趑趄不發夫人
曰娘子所欲請者何事李小姐曰小侄為先親方
繡南海大師画像才已訖功而家兄方在任所小姪
身是女子尚未求文人之賛將使前工故虗甚可惜
也欲得姐〻數句語數行筆而繡幅頌廣卷舒有妨
且恐褻慢不敢取来不得已暫邀小姐乞得華製一

以完小女為親之孝一以慰遠路相別之情而未知姐
姐之意不敢直請敢以私悃冒瀆於夫人矣夫人顧小
姐曰汝雖至親之家本不往來而顧念此娘子所請
蓋出為親之至誠況娘子僑舍距此密邇一宴往返
似非難事小姐初則似有持難之色黯然內恰曰李
小姐行色甚非春雲不可以送矣吾乘此機會往探
其跡則不亦妙乎乃告於夫人曰李小姐所請若係
等閑之事則宗難奉副而孝親之誠人皆有之小姐
之言何可不從乎但欲待日暮而去矣李小姐大喜
起謝曰日若曛黑則執筆似難姐姐若以有煩於道

路爲嫌小妹所乘之轎雖甚朴陋足容兩人之身也
與我同乘而去乘夕還歸何如耶鄭小姐荅曰姐〻
之教甚合矣李小姐拜辭於夫人退與春娘執手而
別與鄭小姐同乘一轎鄭府侍婢數人從小姐之後
矣鄭小姐來見李小姐寢室所排什物不甚繁多而
品皆精妙所進飮雖食甚簡略而無非珍味鄭小姐
留眼見之皆可疑也李小姐更不出乞文之言而日
色看〻暮矣鄭小姐問曰觀音畫像奉置於何處耶
小妹極欲禮拜矣李小姐曰當即使姐〻奉玩矣語罷
車馬之聲喧聒於門前旗幟之色掩暎於道上鄭家侍婢驚惶入告曰一陣

牢馬急圍此家娘子〻〻何以爲之鄭小姐旣已知
機自若而坐李小姐曰姐〻安心小妹非別人也蘭
陽公主蕭和即小妹職号身名邀致姐〻乃太后娘
〻之命也鄭小姐避席對曰閭巷間微末小女雖無
知識亦知天人骨格與常人自殊而貴主降臨寒介
萬夢寐外事也旣失迎迓之禮又多逋慢之罪伏願
貴主生死之公主未及對侍女告曰自三處遣蘇尚
宮王尚宮和尚宮問安於貴主矣公主謂鄭小姐曰
姐〻少留於此乃出坐於堂上三人以次而入禮謁
畢伏奏曰玉主雖大內已累日矣太后娘〻思想正

劫萬歲爺々之皇后娘々之使婢子等問候且今日即王
主還宮之期也車馬儀仗已盡來待而皇上命趙太
監護行矣三渦宮女告曰太后娘々有詔曰王主必與鄭娘子同
輦而來矣公主由三人於外入謂鄭小姐曰多少說話當從容
穩展而太后娘々欲見姐々之方臨軒而待之姐々之母膚苦辭與
小妹同入趍今日朝見鄭小姐知不可免對曰妾已知王主
之眷妾而閭家女兒未嘗現謁於至尊惟恐禮貌之有愆
以是惶恐矣公主曰太后娘々之欲見娘子之心何異於小妹之愛
姐々之心姐々勿疑也鄭小姐曰惟貴主先行妾當歸家以此意
言於老母與後而進矣公主曰太后娘々之已有詔命使小

妹氏姐〻同車而辞意極其懇至姐〻勿固讓也小
姐曰賤妾巫也微也何敢與貴主同輦乎公主曰呂
尚渭川漁夫文王共車侯嬴夷門監者信陵執轡焉
敬尊賢何可拘貴姐〻侯伯戚门大臣女子何嫌乎
與小妹同乘而執嫌何太過耶遂携手登輦小姐使
侍婢一人啟告於夫人一人隨入於宮中公主與小
姐同行入東華门歷重〻九门至挾门外下車公主
謂王尚宮曰尚宮陪鄭小姐少待於此王尚宮曰以
太后娘〻之命已設鄭小姐命次矣公主喜而留之
入謁於太后禀奏太后初則本無好意於鄭氏矣公

主以微服寓於鄭家近処媒一幅之練結鄭氏之交
心既歎服情又綢繆且知楊尚書之終不肯疎棄相
愛相約結爲兄弟將欲共一室而事一人數以書告
諫於太后以回其意太后於是大悟許以公主及鄭
氏爲兩夫人於少游而必欲親見其容貌使公主設計
而卒來矣鄭小姐少憩於府中矣宮女兩人自內承
奉衣函而出傳太后之命曰鄭小姐以大臣之女受
宰相之幣而猶着處子之服不可以平服朝於我也
特賜一品命婦章服故妾亦奉詔而來唯小姐着之
鄭氏再拜曰賤妾以處子之身何敢具命婦服色乎

臣妾所著雖簡褻亦嘗著之於父母之前者也太后

娘〻即丐民之父母請以見父母之衣服入朝於娘

〻也宮女入告太后〻嘉詁之即引見鄭氏隨宮女入

前叅左右宮嬪逢見嘖舌曰吾以爲嬌艶唯吾貴主

而已豈料復有鄭小姐乎小姐亦罷宮人引之上叅

太后賜坐下敎曰須著因女兒婚事治收揚家孔幣

此所以遵国法別公私也非濫分人勒奪而女兒諫予

曰使人爲新婚而背旧約誅正者所以正人倫之道

也且願與汝各體共事少游予己與帝相議快送女

兒之義意將待揚少游還朝使之復送孔幣以尓爲

一体夫人此恩春古亦無今亦無前不見後不見也
特令使尔知之矣鄭氏起荅曰聖恩隆重寔出望外
非臣妾粉糜所能上報也但臣妾是人臣之女豈敢
身貴與主同其列而齊其位乎臣妾欲從父母以
死固爭必不奉詔也太后曰爾之遜避雖可嘉鄭門
累世侯伯司徒先朝老臣朝廷以禮待之素自別人臣
分義不必膠守也小姐對曰臣子之順受君命如萬
物之自隨其時陞以為侍妾降以為婢僕不敢違忤
天命而揚少游亦何妄於心乎必不從也臣妾本無
兄弟父母亦已衰朽臣妾至願唯在於竭誠供養以

耶餘生而已太后曰唯爾孝親之誠死子之道可謂
至矣而何可使一物不得其所乎況爾百美俱全一
疵難求楊少游豈肯甘心於棄汝乎且女兒與楊少
游以洞簫之一曲驗百年之宿緣天之所定人不可
廢而楊少游一代豪傑萬古才子娶兩箇夫人何不
可之有寡人本有兩女子而蘭陽之兄十歲而夭予
每念蘭陽之孤孑矣予今見汝其貌其才不讓蘭陽
予亦如見亡女矣予欲以汝為養女言之於帝定汝
位號一則所以表予愛汝之情也二則所以成蘭陽
視汝之志也三則使汝與蘭陽同歸於楊少游則無

許多難便之事也汝意今則何如小姐稽首曰聖教
又至於此臣妾忍損福而死也惟望即收成命以妾
臣妾太后曰予與帝相議即勸定矣汝母豈執也召
公主出見鄭小姐公主具章服備威儀與鄭小姐對
坐太后笑曰女兒與鄭小姐願為兄弟矣今為真兄
弟可謂難兄難弟矣汝意更無憾乎仍以取鄭氏為
養女之意諭之公主大悅起謝曰娘娘處分盡矣明
矣小女得成悟傑之願此心快樂何可盡達太后待
鄭氏尤款與論古之文章太后曰曾仍蘭陽聞汝有
咏絮之才矣今宮中無事春日多閑毋惜一吟以助

予歎古人有七步成章者殆可能乎小姐對曰旣聞
命矣敢不點鴉以博一笑乎太后擇宮中捷步者立
於案前欲出題而試之公主奏曰不可使鄭氏稱賦
小女亦欲與鄭氏共試之太后尤喜曰女兒之意亦
妙矣但必得清新之題然後詩思自出矣方渉獵古
詩矣時當暮春碧桃花盛開於欄外忽有喜鵲來鳴
枝上太后指彩鵲而言曰予方定汝單之婚而彼鵲
報喜於枝頭此吉兆也以碧桃花上聞喜鵲爲題各
賦七言絶句一首而詩中必押入定婚之意使宮女各
排文房四友兩人就筆宮女已稱步而意恐或未及

成詩睍覩兩人揮筆而承趾猶綏矣兩人筆勢風飄
雨驟一時寫進宮女才轉玉步矣太后先覽鄭氏
詩曰
紫禁春光醉碧桃何來好鳥語咬之樓頭
御妓傳新曲南国天華與鵲巢
公主之詩曰
春深宮掖百花繁灵鵲飛來報喜言銀漢
佳橋須努力一時齊渡兩天孫
太后咏歎曰予之兩女兒即女中之青蓮子建也朝
廷若取女進士當分占壯元探花矣以兩詩送示於

公主及小姐兩人各自敬服矣公主告於太后曰小女雖章成篇其詩意軌不能思之姐〻之詩曲盡精妙非小女所及也太后曰熊女兒之詩頗鉉殊可愛也

楊少游夢遊天门　賈春雲巧傳玉語

此時天子進候於太后〻〻使蘭陽與鄭氏遜于掖室迎帝謂曰予為蘭陽婚事使收楊家之幣而終有傷於風化與鄭氏并為夫人則鄭家不敢當矣使鄭氏為妾則亦近於強奪矣今日予召見鄭女〻〻義且才足之爲蘭陽為兄弟也以此予既以鄭女為養女

欲與同歸於楊家此事果如何也上大悅賀曰此盛
德事也可謂毋天地同大矣自古深仁厚澤未有及
娘之者也太后卽召鄭氏進謁於帝之命之上叅告
於太后曰鄭氏女子已爲御妹尙着平服何也太后
曰以詔命未下固辭章服矣上謂女中書曰取鸞鳳
紋紅錦紙一軸而來叅綵鳳箋而進上執筆欲書稟
於太后曰鄭氏旣封公主當賜國姓矣太后曰吾亦
有此意而但聞鄭司徒夫妻年旣衰老無他子女予
不忍老臣無得姓之人仍其本姓亦曲軫之意也上
以御筆大書曰奉太后聖旨以養女鄭氏封爲英陽

公主踏兩宮之寶以賜鄭氏使宮女擎公主冠服着
鄭氏〻〻下殿謝恩上使秦蘭陽公主定其座次鄭
氏於公主長一歲而不敢坐其上太后曰英陽今則
即我女兄在上弟在下礼也兄弟之間何可飾讓小姐
猶顏曰今日坐次即他日行列何可不謹於始乎
蘭陽曰春秋時趙衰之妻即晋文公之女也讓位於
先娶之正室況姐〻小妹之兄也又何疑乎鄭氏讓
之頗久太后命之以年歲定坐此後宮中皆以英陽
公主稱之太后以兩人之詩示之於上〻亦嘆賞曰
兩詩皆妙而英陽之詩引周詩之意歸德於后妃大

得体也太后曰帝言是也上又曰娘々愛英陽至此
宗社朝廷亦有也臣所有仰請者矣乃以秦中書前
後之事敷奏曰彼之情勢殊甚惻隱其女雖以罪死
其祖先皆本朝臣子欲曲以其情以爲御妹從嫁之
媵娘々幸矜而領之太后顧兩公主蘭陽曰秦氏曾
以此事言於小女矣小女與秦女情分既切不欲相
離雖微聖教小女亦有是心矣太后召秦綵鳳下敎
曰見女身沒有死生相隨之意故特使汝爲楊尚書
媵侍汝之至願畢矣此後更竭誠悃以報公主之
恩秦氏感泣涙澈々下矣謝恩後太后又下敎曰兩

女婚事予既決定而忽有喜鵲來報吉兆予令兩女
已作喜鵲之詩矣汝亦得依倣之所可將同其慶作
其詩也蔡氏承命卽創製進其詩曰
　喜鵲查〻繞紫宮鳳仙花上趁春風姿巢
　不待南飛去三五星稀正在東
太后與帝同看喜曰雖咏雪之蔡女瞠乎下矣詩中
亦引周詩能守嫡妾之分此所以尤美也蘭陽公主
日喜鵲詩〻料本來不多且小女兩人既已先作後
來者無可下手處也曹孟德所謂繞三匝者枝可撫
者本非吉語取用甚難也此詩雖雜引孟德子美之

詩及周詩之句合成一句而天然渾然不見索綴之
痕三家文字有若爲秦氏全白事而作也太后曰古
來女子中能詩者唯班姬蔡女卓文君謝道韞四
人而已今才女三人同會一席可謂盛矣蘭陽曰英
陽姐〻侍婢賈春雲詩才亦奇矣時日將暮上御外
殿兩公主同退宿於寢房翌曉鷄鳴初鄭氏入朝於
太后請歸曰小女入宮之時父母並驚懼矣今日歸
故見父母以娘娘恩隆小女榮寵誇耀於門闌家族伏
願娘〻許之太后曰女兒何可輕離大內予 與司
徒夫人亦有相議事矣即下教於鄭府使崔夫人入

朝鄭司徒夫妻因小姐使婢子密通鶯鶯初甚感意
方深矣忽承詔旨非入內見太后引接曰予章未令
愛不但欲見其貞蓋為蘭陽婚事矣一接手容心乎
愛矣遂為眷女兄於蘭陽意者寡人前生之女子今
世誕生於夫人家矣英陽既為公主則當加之以国
姓而予念夫人無子不改其姓唯夫人領我至情崔
夫人受恩感㦤叩頭曰臣妾饒得一女愛之如玉及
其婚事一誤亢敝巾還送老身䫲滑俱碎唯願速死不
見其可憐之形矣今貴主累枉於蓬蓽之下屈其尊体
下交賤息仍與推乃入宮禁使被曠世之恩竟此榮於

朽木氷於涸魚唯當竭髓殫力以效報答之洇而臣
妾夫年老病深心長髮短既不能奔走職事以貢微
勞妾亦彫謝癃廢身鬼為儕亦未由追逐宮娥自服
掖庭掃灑之役丘山之恩將何以仰報乎唯有千行
感淚河傾雨瀉而已乃起而拜伏而泣双袖已竜鍾
矣太后為之嗟歎又曰英陽已為吾女夫人更不可
挈去矣崔氏俯伏奏曰臣妾何敢違敎於家中事但
毋女不得團聚稱頌如天之德是可欠也太后笑曰
不越乎行禮之前也唯夫人勿憂也成婚之後蘭陽
亦托於夫人矣夫人視蘭陽亦如夫人之視英陽也

仍召蘭陽公主夫人相見夫人重謝前日之褻慢太后
曰聞夫人左右有才女賈春雲可得見乎夫人即召
春雲入朝於殿下太后曰美哉人也更進之前曰聞蘭
陽之言汝曾夢江淹之錦可能爲寡人賦乎春雲奏
曰臣妾何敢唐突於天威之前乎然試欲聞題矣太
后以三人詩下之曰汝能爲此語乎春雲乃筆硯一
揮而製進其詩曰

報喜微誠祇自知 虞庭幸逐鳳凰儀 秦樓春
色花千樹 三繞寧無借一枝

太后覽之轉示兩公主曰吾聞賈女雖才而豈料其

品之至斯也蘭陽曰此詩以鵲自比其身以鳳凰比
姐姐得体矣下句起小女不許相容欲借一枝之栖
而集古人之詩模詩人之意鎔成一絶思妙意精真
善竊狐白裘手也古語云飛鳥依人人自憐之賈女
之謂也仍令春雲退與秦氏接顔公主曰此女中書
即華陰秦家女子與春娘同居偕老之人也春雲答
曰此無乃作楊柳詞之秦娘子乎秦氏驚問曰娘子
仍何人而聞楊柳詞乎春雲曰楊尚書每思娘子輒
誦此詩妾亦獲聞之矣秦氏感愴曰楊尚書不忘妾
矣春娘曰娘子何為此言耶尚書以楊柳詞藏之於

身見之而流涕咏之則發嘆娘子獨不知尚書之情
何也春氏曰尚書若有旧情則妾雖不見尚書而死
無所恨矣仍言紈扇詩首末春娘曰妾身上釧釵指
環皆其日所得也宮人忽來報曰鄭司徒夫人將還
去矣而公主復侍坐太后謂崔夫人曰楊少游來哉
當還前日禮幣自當復入於夫人之門而復受既退
之幣頗涉苟且況英陽是吾女而女婚禮欲并行於
一日夫人許否崔氏伏地曰妾臣何敢自専惟娘〻
命矣太后笑曰楊尚書爲英陽〻抗朝命爭欲一瞞
之矣諺曰逸言反害待尚書來瞞言鄭小姐因病不

幸曾見尚書疏中有曰與鄭女相見合巹之日欲見
尚書能解旧面否也崔氏承命辭於小姐送於殿門
之外召春雲密授瞞了尚書之謀春雲曰妾為仙為
鬼欺尚書者多矣至再至三不亦太褻乎小姐曰非
我也太后有詔也春雲含笑而去此時楊尚書以白
龍潭水飲將士〻氣無前皆願一戰尚書指授方略
一鼓直進賛普才受裊烟所送之珠知唐兵已過盘
蛇谷大惧方議詣壘而降吐蕃諸將生縛賛普至唐
營而降楊元帥更整軍容入其都城禁止侵掠
撫安百姓登崑崙山立石頌大唐威德遂振

旅𢌿凱將向京師至真州正仲秋也山川蕭瑟天地
搖落寒花醲感斷鴈流哀令人有覊旅之悲矣元
師夜入客館懷抱甚惡遥夜漫漫不能假寐心
下自想曰一別桑三閱春秋堂中鶴髮想非
旧日而扶護疾恙可托何人定省晨昏可期何時
鳴鈎之志雖展於今日列昇之养不及於親闈子
職虧矣人道廢矣此古人所以悲風樹之不停望大
行而感興者也况數年奔走内事無主鄭家親
禮難保無他所謂不如意者十常八九也吾
復五千里之地平百萬衆[illegible]其功亦不爲少

矣天子必用封建之典以酬[illegible]之勞我若還其
載歸陳其誠懇請許鄭家之婚則或有允俞之
望矣念及於此心事小寬乃就寢而睡一夢遙遙飛
上天門七寶宮闕丹碧煌煌五彩雲霞光影靄靄侍
女兩人來謂尚書曰鄭小姐奉請尚書矣尚書從侍
女而入廣庭紛繳仙花爛熳仙女三人並坐於白玉
樓上其服色如后妃而双眉秀清兩眸流彩望望如
碧玉明珠倚疊交映也方倚曲欄手弄環䌌見尚書至
難座而迎分席而坐席上仙女先問尚書別後無恙否尚書
定睛詳見認是昔日論曲之鄭小姐也驚愕欣倒欲語未語仙女曰今日
則我別人間來遊天上緬懷疇昔如隔兩塵君子雖見妾之父母難聞妾

之音耗矣仍指在傍兩仙女曰此即織女仙君彼乃
戴香玉女與君子有前世之緣願君子毋念妾身乎
此兩人先結好約則妾亦有所托矣尚書望見兩仙
女坐末席者面目雖慣而不能記也少焉鼓角各鳴
蝴蝶忽散乃一夢也仍想夢中說話皆非吉兆乃捱
心自歎曰鄭娘子必死矣不然也我夢何其不吉耶
又自觧曰有思者有夢或因相思之切而有此夢耶
挂蟾月之薦杜鍊師之媒未必非月老之指而双劍
未合九原迢隔則所謂天者不可必也理者不可諶
也反凶爲吉或者我夢之謂乎久之前軍至京師天

子親臨渭橋以迎之揚元帥着鳳係紫金盔次方黃金
瑣子甲乘千里大宛馬以御賜白旄黃鉞龍鳳旗幟
擁前衛後排左列右纘賛普於檻車着在陣前西域
三十六道君長各執琛賮之物隨其後軍威之盛近
古所無觀光之人弥亘百里是日長安城中虛無人
矣元帥下馬叩頭拜謁上親扶而起慰其遠役之勞
奬其大功之遂即下詔於朝廷依郭汾陽故事裂土
封王以侈賞典尚書露誠力辭終不受命上重違其意更
下恩旨以楊蔣爲大丞相封魏王公食邑三萬户其餘
賞賜不可勝記楊丞相隨法駕入闕祗肅天恩上即

爾設太平宴以賑礼遇之恩詔畫其像白於棋排閣
丞相自闕下來鄭司徒家鄭家門族皆會外堂迎拜
丞相各自獻賀丞相先問司徒及夫人安否鄭十三
荅曰叔父叔母身雖撑保而自遭姊氏之喪哀傷過
節疾病頻侵氣力比前歲頓減未能出迎於外堂望
丞相與小弟同入內堂如何丞相聳聞是語如癡如
狂不能遽問過食頃乃問曰岳丈遭何人之喪耶鄭
十三曰叔父本無男子只有一女而天道無知竟至
於斯今境傷懷庸有極乎丞相入見慎勿出悲慽之
言丞相大驚大慽言才入耳流淚已濕錦袍矣鄭生

慰之曰丞相婚媾之約雖同於金石私門不幸大事
已誤望丞相思惟義理勉自排遣丞相拭淚而謝之
每鄭生入謁於司徒夫婦惟欣賀而已不及小姐之
夭慽丞相曰小婿幸賴岳家之厥灵猥受封建之濫
賞方欲納官陳恳以回天聰得成疇昔之約矣朝露
先晞春色已謝烏得無存沒之感乎司徒曰彭殤皆
命哀樂有數天宗為之言之何益今日即一家慶會
之日不必為悲楚之言也鄭十三數目丞相丞相止
其言肆飯園中春雲迎謁於階下丞相見春雲如見
小姐尤切悲悵餘淚又汪然數行下春雲跪而慰之

曰老爺老爺今日豈老爺悲傷之日乎伏望寬心少
泪俯聽妾言吾娘子本以天仙暫時謫下故上天之
日謂賤妾曰汝自絶楊尚書而復從我矣今我已弃
塵界汝其更歸於楊尚書侍其左右尚書早晩還歸
如念妾而悲懷汝須以吾意傳之曰祀幣已還則便
是行路人也況有前日聽琴之嫌乎思念過度恐害
踰制則是慢君命而循私情貽累德於已亡之人可
不慎哉且或酹奠墳塋或弔哭靈幄則是待我以無
行之女子豈無憾於地下乎且曰皇上及待尚書之
還復設公主之婚吾聞公主關雎之盛德人合爲君子

之配近又順受君命毋陷罪戾是我之望也丞相眞
言蓋切愴然曰小姐遺命雖如此我何能無悲悵耶也
小姐臨歿眷念少游也如此我雖十死而報小姐恩德難
矣仍說夢中事春雲下淚曰小姐又在玉皇香案
前矣丞相千秋萬歲後豈無會合之期哉愼勿過哀
似傷貴體丞相曰此外小姐又有何言乎春雲曰雖
有它言不可以春雲之口仰達矣丞相曰言無淺深
汝其悉陳春雲曰小姐又謂妾曰我身春雲卽一身
也尚書若不忘我視春雲如吾而終始勿棄則我雖
入地如親受尚書之恩也丞相尤悲曰我何忍棄春

娘子況小姐有付托之命我雖以織女爲妻以宓妃爲妾誓不負春娘也

合巹席蘭英相諱名　獻壽宴鴻月双擅場

明日天子召見楊丞相下教曰頃者爲御妹婚事太后特下嚴旨朕心亦不平矣今聞鄭女已死而御妹婚事待卿還朝議久矣卿雖思念鄭女死者已矣卿方少年堂堂有大夫人則甘毳之供不可自當況且大丞相官府女君不可無矣魏國公家座亞軟不可闕矣朕已作丞相府及公主宮以待成礼之日御妹之婚今亦不可許乎丞相扣頭奏曰臣前後拒逆之

罪宜合斧鉞之誅而聖恕若下王音春温臣誠感殞
不知死所前日之累抗以數有所拘於人倫而不獲
已也今則鄭女已亡矣臣詎敢有他言乎但門戶寒
微才術空踈恐不合於駙馬之尊位也上大悅即下
詔於欽天監使擇吉日太史以秋九月望日奏之只
隔數十日矣上下教於丞相曰前日則婚事丞於可
否間故不言於卿矣朕有妹兩人皆已淑非凡骨也
雖欲更求如卿者何處可得乎以是朕恭承太后之
詔欲以兩妹下嫁於卿矣丞相忽懷真川客館之夢
大異於心伏地奏曰臣自被揀擇之棘欲避無路 歎

走無地未得置身之所夢功致冠之恨今陛下欲使
兩公主共事一人之身此則自有人國家以來所未聞者
也臣何敢承當乎上曰卿之勲業足爲國朝第一彛
鐘不足銘其功也茅土不足償其勞也此朕所以兩
妹事之且御妹兩人友愛之情皆出於天立則相偎
坐則相依每頭至老死不相離此太后娘娘之意也
卿不可辭也且宮人秦氏世家士族也有姿色能文章
御妹視如手足待以腹心欲以爲媵於下嫁之日故
先使卿知之矣丞相又起謝時鄭小姐爲公主在於
宮中日月多矣事太后以孝以至誠無蘭陽及秦氏

情若同氣敬愛深至大后益愛之婚期既迫從容言
於大后曰當初與蘭陽定次之日冒居上座宗涉僭
越而一向固辭似外於娘〻之恩眷故黽勉從之而
本非我意也今啟楊家蘭陽若辭第一位則此大不可
惟望娘〻及聖上參其情而正其位次使私分獲安
家法不紊蘭陽曰姐〻之德性才學皆小女之師也姐
〻雖在鄭門小女當如趙衰之讓位既為兄弟之後
豈有尊卑之分乎小女雖為第二夫人自不失帝女
之尊貴而若忝居上元之位則娘〻養育姐〻之意
果安在哉姐〻又歎讓於小女則小女不願為楊家

婦也大后問於上上曰御妹之謙出於中心未聞自
古帝王家貴主有此喜也願娘々嘉其謙德成其美
意也大后曰帝言是也乃下敎以英陽公主封魏旺
公左夫人以蘭陽公主封右夫人以秦氏爲大夫之
女封爲淑人自古公主婚禮行於闕門之外官府矣
是日大后特令行禮於大內至吉日丞相以鱗袍玉帶
身兩公主成禮威儀之盛禮息之偉不須道也禮畢
八座秦淑人亦以禮納拜於丞相仍侍公主丞相賜
之座三位上仙齊會一席光揺五雲影眩千門丞相
雙眸亂纈九魄超忽只疑身在於黑甜鄕也是夜身

英陽公主聯衾早起問寢於大后大后賜宴皇上及
皇后亦入侍大后終夕甚歡是夕與蘭陽公主並
枕夢三日往于秦淑人之房淑人視丞相輒潸然垂涕
丞相驚問曰今日笑則可泣則不可淑人之泪抑有
思乎秦氏對曰不記小妾可知丞相之已忘妾也丞
相少頃乃悟就執丞手而謂曰君得非華陰秦氏乎
彩鳳無語哽咽聲不出口丞相曰吾以娘子為已作
泉下之人矣果在宮中也華州相失娘家慘禍余欲
無言娘豈欲所自客店逃亂之後何嘗一日不思吾
娘子而只知其死不知其生今日之得遂旧約宗是

吾慮之所未及亦豈娘子之所期乎即自囊裡出示
秦氏之詞秦氏亦探懷中奉呈丞相之詩兩人楊柳
詞依俙若相知之日也各把彩牋摧腸叩心而已秦
氏曰丞相惟知以楊柳詞共結旧日之約而不知以
紈扇詩得成今日之縁也遂開小篋出紈扇示丞相仍
備陳其事曰此皆大后娘々及萬歳爺々公主娘々
之洪恩盛德也丞相曰其時避兵於藍田山还问店
人則或云娘子從入於掖庭或云為孥於遠邑或云
亦不免凶禍雖未知的報更無可望不得已亢婚於
它家而每過華山渭水之間身如失侶之鴈心若中

鈞之寵皇恩所及雖與會合第有不安於心者店中
前約豈以小星相期而終使娘子屈於此位慚愧何
言秦氏曰妾之薄命妾亦自知故曾送乳媪於客店
也卽營娶室則自願爲小室矣今居貴主之副位榮
也幸也妾若怨恨則天必厭之厭之是祖旧誼新情
比前兩宵尤親密矣明日丞相與蘭陽公主會英陽
公主房中閑坐傳杯英陽低聲招侍女請秦氏丞相
聞其聲音中心自動悽黯之色忽上於面盖曾入鄭
府對小姐彈琴聞其辭曲之聲音此容貌尤慣矣此
日聞英陽之聲如自鄭小姐口中出也旣聞其聲又

見其面則雖亦鄭小姐也只亦鄭小姐也丞相暗想曰
世上果有非兄弟非親戚而酷相類者也吾約鄭氏之
婚也言欲同生而同死矣今我已結伉俪之樂而鄭氏
孤魂托於何處耶 我欲遠杝既未一酹於其墳又旡一哭於
其墳吾負鄭娘多矣存於中者發於外双淚潸々欲償鄭
氏秋水鏡之心一豈不知其悵抱間事乎乃整衽而問
曰妾聞之主辱臣死主憂臣辱女子之事君子如臣之
事君今相公悵傷忽惻々不樂敢問其故丞相謝曰小
生心事當不諱於貴主矣少游曾往鄭家見其女子矣
貴主聲音容貌恰似鄭氏女故觸目與思悲形於色遂
令貴主有疑 貴主勿怪也英陽聽訖顏頰微赤忽起

八旬殿久不出使侍女請之侍女亦不出蘭陽曰姐々
大后娘々之所寵愛也性品頗驕傲不如妾之殘劣也相
公比鄭女於姐々姐々以此有求妾之心丞相即使秦
氏謝罪曰少游被酒因醉妄犯貴主若出來則少游當
如晉文公請自囚矣秦氏久而出來丘所傳之言丞相
曰貴主有何語秦氏曰貴主怒氣方峻言頗過中賤妾
不敢傳矣丞相曰貴主過中之言非淑人之態也須細
傳之秦氏曰英陽公主有教曰妾雖殘劣即大后娘々
之寵女鄭女雖奇不過為閭閻間賤微女子礼曰式路
馬此非馬之敬也敬君父之所乘也君父之馬尚且敬

之況君父所嬌之女乎猶蓋敬君父而尊朝廷也固不
可以妾比之於鄭女況且鄭氏曾不顧念自矜其色异
相公接言語論琴曲則不可謂持身有禮也其淫可知
矣自傷婚事之差池身致齒齒之疾病終至夭折於青
春亦不可謂多福之人也其命最苛矣相公何曾比余
於是乎昔魯之秋胡以黃金戲采桑之女其妻即赴水
而死妾何可以羞顔對相公乎不願為無行人之妻也
且相公記其顔面於已死之後下其拜音於久別之餘
此又挑琴於卓女之堂偷香於賈氏之室其行之污甚
於秋胡妾雖不能效古人之投水自此誓不出閨門之

外終身而死矣蘭陽性質柔順不與我同惟願相公
與蘭陽偕老丞相大怒於心曰天下安有以女子而
怙勢如英陽者乎果知為駙馬之苦也謂蘭陽曰我
與鄭女相遇自有曲折矣今英陽又以淫行加之於
我無損而但辱及於旣骨之人是可歎也蘭陽曰妾
當入去開諭姐姐矣即回身而入至日暮亦不肯出
燈燭已張於房闥矣蘭陽使侍婢傳語曰妾遊說
百端姐姐終不回心妾當初與姐姐結約死生不相
離苦樂又相同以矢言告之於天地神祇姐姐若終
老於深宮則妾亦終老於深宮姐姐若不近於相公

則妾亦不近於相公望相公就淑人之房穩度今夜
丞相怒瞻撑腹至忍不泄而虛帷冷屛亦甚無聊料
倚寝床直視秦氏〻〻即隸婢導丞相皈寝房燒竜
香於金炉屛錦衾於象床謂丞相曰妾雖不敏嘗聞
君子之風矣云妾御不敢當夕今兩公主娘〻皆入
內处妾何敢陪相公而經此夜乎唯相公安寝當退
去矣即雍容步去丞相以挽執爲若雖不留正而是
夜景色頓冷淡矣遂無悰乾枕反側不安自語曰此
輩結倘挾謀侮弄丈夫我豈肯哀乞於彼乎我昔在
鄭家花园畫則爲鄭十三大醉於酒樓夜則爲春娘

對燭飮酒無一日不閑無一事不快矣今爲三日騎
馬已受制於人乎心甚煩惱手招繡窓河影流天月
色滿庭乃曳履而出巡簷散步遠望英陽公主寢房
繡戶玲瓏銀釭焜明丞相暗語曰夜已深矣宮人何
至今不寐乎英陽恐我而入送我於此或者已睡於
寢室乎恐出聲音乘趾輕步潛進窓外則兩公主談
笑之聲博陸之聲出於外矣暗送檣隙而窺之則秦
淑人坐兩公主之前弁一女子對博局挑紅呼白其
女子轉身挑燭正是賈春雲也元來春雲欲覩光於
公主亦入來宮中已累日而藏身掩迹不見丞相

故丞相不知其來矣丞相驚訝曰春雲何至於此也必公
主欲見而呼來也蔡氏忽改局設馬而言曰旣無賭
物殊覺無味當與春娘爭賭矣春雲曰春雲本
貧女也勝則一器酒肉亦幸矣淑人長在貴主之
側視彩錦如麕織以孫著爲藜藿欲使春雲以何
物爲賭子彩鳳曰吾不勝則吾一身所佩之香粧首
之飾從春娘所求而與之娘子不勝從我所請之言也
是事於娘子固無所費也春雲曰所欲請者何事所
欲聞者何語彩鳳曰我頃聞兩位貴主私語春娘
子爲仙爲鬼以欺丞相云而我未得其詳娘子負

則以此事替為古談而說與我也春雲乃推局向英
陽公主而言曰小姐〻〻平日愛春雲可謂至矣何以
為此可笑之說悉陳於公主乎淑人亦既聞之宮中有
耳之人孰不知之春雲自此以何面目立乎彩鳳暑
娘子吾公註何以為春娘之小姐乎英陽貴主即吾大
丞相夫人魏國公女君年齒雖少爵位已高豈可復
為春娘之小姐乎春雲曰十年之口一朝難變爭花
鬭草宛如昨日公主夫人吾不畏也仍娘〻而笑蘭陽
公主笑問於英陽曰春雲話尾小妹亦未及聞之丞相其
果見欺於春雲乎英陽曰相公之被於欺春娘

多矣無薪之突烟豈生乎但欲見其帷怯之狀矣冥
頑太甚不知惡鬼古所謂好色之人色中餓鬼者果
非誣也鬼之餓者豈知鬼之可惡乎一座皆大笑丞
相方知英陽公主之爲鄭小姐也如逢地中之人徒
切驚倒之心直欲開門突入而旋止曰彼欲瞞我之
亦瞞彼矣乃潛歸於秦氏之房披衾穩宿天明秦氏
出來問於侍女曰相公已起否侍婢對曰未也秦氏
久立於帳外朝旭滿囱早饌將進而丞相不起時有
呻吟之聲秦氏進問曰丞相有不安節乎丞相忽瞬
目直視有若不見人者且往往乃譫言秦氏問曰丞

相何爲此譫語耶丞相慌亂錯莫者久忽問曰汝誰
也秦氏曰丞相不知妾乎妾即秦淑人也丞相曰秦
淑人誰也秦氏不答以手按丞相之頂曰頭部頗温
可知相公有不平之候矣然一夜之間疾何遽至丞
相曰我與鄭女達夜相語於夢中我之氣候安得平
穩乎秦氏更問其詳丞相不答翻身轉臥秦氏悶
使侍女告于兩公主曰丞相有疾速臨診視英陽曰昨日飮酒之人今豈病
乎不過欲使吾輩出頭也兩已秦氏忙入告曰丞相
神氣怳惚見人不知猶向暗裡頻吐狂言奏於聖上
召大醫治之如何太后聞之召公主責之曰汝輩之

瞞戲丞相亦已過矣而聞其病重不出見是何事也是
何事也急出問病〻勢若重促召太醫中術業最妙
者而治之英陽不得已與蘭陽詣丞相寢所留堂
上先使蘭陽及秦氏入見丞相見蘭陽或搖雙手
或瞋兩瞳初若不相識者始作喉間之聲曰吾命將
盡矣吾與英陽相訣英陽何往而不來乎蘭陽曰相
公不病而何爲曰病將死者之言乎丞相曰去夜似
夢間鄭氏來我而言曰相公何負約耶仍盛怒呵責
以真珠一掬與我〻受而呑之此實凶徵也閉目則
鄭女壓我之身開眸則鄭女立我之前此鄭女怨我

之無信而奪我之脩期我何能生乎命在晷刻間矣
欲見英陽者蓋以此也言未已又作昏困斷盡之形
回面向壁又發胡亂之說蘭陽見此擧止不得不動
而憂慮大起出言於英陽曰丞相之病似非出於憂
疑非姐姐不可醫矣仍言丞相病狀英陽且信且疑
踟躕不入蘭陽携手同入丞相猶作譫語而無非向鄭
氏之說也蘭陽高聲曰相公起英陽姐姐來矣開目而 (作舉頭頻揮手曰)
見之丞相向兩公主而言曰欲起之狀秦氏就身扶起坐於床
上丞相向兩公主而言曰小游偏蒙異數幸與兩位貴主結
親方欲同室而同穴矣有欲拉我而去者將不得

久留矣英陽曰相公識理之人也何爲浮誕之言也
鄭氏談有殘魂餘魄九重嚴邃百神護衛渠何能入
乎丞相曰鄭女方在吾傍何以曰不敢入乎蘭陽曰
古人見盃中弓影而有感疾者恐丞相之病亦以弓
而爲蛇也丞相不答但搖手而已英陽見其病勢轉
劇不敢終諱乃進坐曰丞相只念死鄭氏而不欲見
生鄭氏乎相公苟欲見之妾即鄭氏瓊貝也丞相佯
若不信曰是何言也鄭司徒只有一女而死已久矣
死鄭女既在吾之身邊則死鄭女之外豈有生鄭女
乎一不死則生不生則死人之常也一人之身或謂之

死或謂之生則死者爲生耶鄭氏乎生耶爲死耶鄭氏乎
生固真也死則妄也死固真也生則誕也貴主之言
吾不信也蘭陽曰吾太后娘娘以鄭氏女爲蔡女封爲
英陽公主與妾同事相公英陽姐姐即當日聽琴之
鄭小姐也不然姐姐何以與鄭氏無一毛髮之差也丞相
不答微作呻吟之聲忽昂首作色而言我在鄭家之
時鄭小姐邪子春雲使喚於我矣今有一言欲問於
春雲春雲亦何在乎吾欲見之耳蘭陽曰春雲爲謁
英陽姐姐入宮府耳春雲亦憂丞相之疾來候於户
外即入謁曰相公貴體少康乎丞相曰春雲獨爲餘

皆出兩公主及淑人退立於欄頭丞相即起梳洗整其
衣冠使春雲請三人春雲含笑而出謂兩公主及秦
淑人曰相公邀之矣四人同入丞相戴華陽巾着宮
錦袍執白玉如意倚案席而坐氣像如春風之浩蕩
精神如秋水之瑩徹不似病起之人鄭夫人方悟
見賣微笑低頭更不問病蘭陽問曰相公之氣今則
如何丞相正色曰少游見近來風俗甚壞婦女作倘
欺瞞家夫少游忝在大臣之列每思矯正之術而未
得其道憂勞成病昔病今愈不足以煩公主慮也蘭
陽及秦氏惟微笑而不敢答鄭夫人曰是事非妾亦

所知相公如欲醫疾仰稟于大后娘娘丞相心不勝
瘵始乃冷冷笑曰吾与美人只卜後生之相逢矣今日
我在夢中而亦不知夢耶鄭氏曰此莫非大后娘娘之
子視之仁皇上陛下幷育之恩蘭陽公主之德也惟
鏤骨銘心而已豈口吻所可容謝哉仍細傳顛末丞
相謝於公主曰公主盛德宗簡策上所未覯者也少
游寔無酬報之路惟與盡心敬服之誠不替鍾鼓之
樂也公主謙謝曰此蓋妾之微仅承德感回天心妾
何与焉時太后招宮人問病状乃知托病之由大笑
曰我固疑之矣乃召見鄭氏兩公主亦在坐矣大后

問曰聞丞相與既死之鄭女續已絶之佳緣不可無
一言賀也丞相俯伏對曰聖恩與造化同大臣雖摩
頂旋踵瀝膽露肝難報其萬一矣太后曰吾直戲耳豈
曰恩也是日上受群臣朝賀於正殿群臣奏曰近者
景星出甘露降黃河淸年穀登三鎭節度納地而朝
吐蕃强胡革心而降此皆聖德所致也上謙讓歸功
於群臣〻〻又奏曰丞相楊少游近作銅龍樓上驕
客吹玉簫而調鳳凰久不在於秦樓玉堂公務殆將
闕矣上大笑曰太后娘〻連日引見此少游所以不
敢出也朕近當面諭使之就職矣明日楊丞相就朝

堂理國政遂上疏請暇欵将母而来其疏曰
丞相魏國公駙馬都尉臣湯惶恐頓首〻〻百拜上
言于皇帝陛下伏以臣即楚地編户之民也生事
不過數頃之業止於一經而老母在堂菽水不繼
欵嘗升斗之禄以備甘毳之供不揣寸分猥蒙鄉
貢方臣之與薦赴舉老母倚行送之曰門户錢矣
家業獘矣堂構之責十口之命皆付於汝之一身
汝其力學决科以顯父母是吾望也而禄仕太早
則躁競之刺與官職太驟則覆乘之患生汝其戒
之臣敢受母訓銘在心肝而濫以幼少之年韋值

勿名之會.立朝數年名位俱赫金馬玉堂世稱華
貫而臣既冒據黃麻紫誥及須全才而臣又添叨
奉綸南諭强藩屈膝更向西征凶賊束手白
面一書生也是豈臣能立一策亦一謀而致此哉
莫非皇威所及諸將效死而陛下乃及奬其微勞
褒以重爵臣心之愧懼惶感有不可諭而老母所戒
躁競之刺負乘之患不翅當之矣至於銀臺藝閣
尤非閭巷賤身所敢當者而聖旨勤摯誨恩務加
臣遜遁不得冒瀆承順豈不是辱臣家而爲當世
子嗚呼老母之所期於臣者初不過孝寸禀而已

臣之所望於國者本不外於一官而已今臣居將
相之位被公侯之富奔走王事不遑將母臣但知
丹碧之室而臣母則僅掩茅茨臣坐亨方丈之食
而臣母則不厭糜糲居処飲食母子絶異是以貴
富處身而以貧賤待母人倫廢矣子職隳矣况臣
母年齡已高疾病沉篤無他子女可以扶護者而
山川遼濶信使阻絶消息亦不能以時相通不待
陟屺望雲而肝膓已寸斷無餘矣今幸國家無事
寰宇多閑伏乞陛下諒臣危迫之情察臣終養之
願特許數月之暇使之歸省先墓將歸老母々子

同居歌詠聖德得以盡微淺之忱效反哺之誠則
臣漣當殫竭於手之忠誓報体下之恩矣伏乞陛
下矜憫焉
上覧之歎曰孝哉楊少游也特賜黄金千斤綵帛八
百疋餘爲老母壽且令奉母遄返丞相入闕祇肅拜
辭於太后〻〻賜貸金帛倍從於皇上是典矣退與
兩公主及秦賈兩娘相別行到天津鴻月兩妓因衍
先走通已来待於客館丞相笑謂兩妓曰吾之此行
乃私行非王命也兩娘何以知之鴻月曰大丞相魏
國公駙馬都尉之行深山窮谷亦皆奔走從聳動矣

竄蟄於山林窮寥之地豈無耳目乎况侍君老爺敬
侍妾等無於相公〻〻之未不敢不報那年相公奉
使過此妾等尚有萬丈之光輝今相公位益崇而名
益著臣妾之榮亦轉加百層矣聞相公娶兩公主爲
女君未知兩位公主能容妾等否丞相曰兩公主一
則乃聖天子御妹一則乃鄭司徒女子太后取鄭氏
爲養女而即桂娘所薦也鄭氏與桂娘有汲引之恩
且與公主俱有及人之仁容物之德豈非兩娘之福乎
鴻月相顧而賀丞相與兩人經夜行到故鄉初以十
六歲書生離親遠遊及其來 覲擁大丞相之軒車[illegible]

魏国公之命綬重之以駙馬之豪貴四年間所成就
者何如耶入謁於母夫人柳氏執其手而撫其背曰
汝真吾兒楊少游耶吾不信也當昔誦六甲賦五
言之時豈知有今日榮華也喜極而淚下也丞相拜
立名成功之終始發室下妾之顛末悉告無餘柳夫
人曰汝文親每以汝爲大吾門者惜不令汝文親見
之也丞相省祖先在墓以賞賜金帛爲入夫人設大
宴獻壽請宗族故旧隣里讌飮十日陪大夫人登程
諸路方伯列邑守宰輻輳護行光彩輝暎於一方矣
過洛陽分付本州招鴻月兩妓迊報曰兩娘子同向

京師已有日矣丞相頒以交遊爲帳設至皇城奉大
夫人於丞相府中清讌甫謝兩宮引見賜賚金銀綵
段十車俾爲大夫人壽精備朝公卿設三日大酺以娛
之丞相擇吉日陪大夫人移入於御賜新第園林臺
沼亭榭宮宇下皇居一等鄭夫人蘭陽公主行新婦
之礼蔡淑人賈孺人亦備礼謁見幣帛之盛礼貌之
恭足令大夫人歎和氣而讚歡心也丞相既承壽親
之命以恩賜之物又設大宴三日兩宮賜梨苑之樂
移御厨之饌賓客傾朝廷矣丞相具彩服奉兩公主
高擧玉杯以次獻壽夫人甚樂宴未罷閽人入告

門外有兩女子納名於大夫人及丞相座下矣丞相
曰必鸎月兩姬也以此意告於大夫人即招入兩妓
叩頭拜謁於堦前衆賓皆曰洛陽桂蟾月河北狄驚
鴻擅名久矣果絶艶也非楊相國風流何能致此也
丞相命兩妓各奏其技鴻月一時俱起曳珠履登瑤
筵拂羅袖之輕衫飄石榴之彩裙對舞霓裳羽衣之
曲落花飛絮撩亂於春風雲影雲色明滅於錦帳漢
宮飛燕再生於都尉宮中金谷綠珠却立於魏公堂
上柳夫人兩公主以錦綃纊帛賞賜兩人秦淑人再
蟾月舊相識也話舊論情一喜一悲鄭夫人手把一

盃別勸柳娘以酬薦進之恩柳夫人謂丞相曰汝輩
惟謝於蟾月而忘我從媒乎不可謂不肖本者也丞
相曰少子今日之樂皆鍊師之德也況毋親既入京
師雖微下敎固欲奉請矣即送人於紫清觀諸女冠
玄杜鍊師入蜀三年尚未返矣柳夫人甚悵々焉

樂遊園會獵鬪春色　油碧車指揮占風光

鴻月入楊府之後丞相侍人日益多矣各定其居処
正堂曰慶福堂大夫人居之慶福之前曰燕喜堂左
夫人英陽公主処之慶福之西曰鳳簫宮右夫人蘭陽
公主処之燕喜之前凝香閣清和樓丞相処之時々

設宴於此其前太史堂禮賢堂丞相接賓客聽公事
之處也鳳簫宮以南尋興院即淑人蔡彩鳳之室也
燕喜堂以東別堂迎春閣即孺人賈春雲之室也清
和樓東西皆小樓綵窓朱欄蔽虧映掩周回作行閣
以接於清和樓凝香閣東曰賞花樓西曰望月樓桂
蟾月狄驚鴻各占一樓宮中樂妓八百人皆天下有
色有才者也分作東西部左部百四人桂蟾月主之
右部四百人狄驚鴻主之教以歌舞課管絃每月會
清和樓上較兩部之才相丞相陪大夫人率兩公主
親自等第以勝負賞罰兩部教師勝者以三盃酒賞

之頭挿彩花一枝以為光榮負者以一盃冷水罰之
以墨筆畫一點於額上以愧其心以此衆妓之才日漸
精熟魏府越宮樂為天下最雖梨園弟子猶不及於
兩部矣一日兩公主與諸娘侍大夫人而坐丞相持
一封書自外軒而入授蘭陽公主曰此即越王書也
公主展看其書曰
春日清和丞相鈞體蔓福頃者國家多事公私無
暇樂遊原上不見駐馬之人昆明池頭無復泛舟
之戲遂令歌舞之地便作蓬蒿之場長安父老說
祖宗朝繁華古事往〻有流涕者殊非太平

之氣像也今賴皇上聖德丞相偉功四海寧
謐百姓安樂復開元天寶間樂事即今日其會也
況春色未暮天氣方和芳花嫩柳能使人心駘蕩
美景賞心俱在此時矣願與丞相會於原上或觀
獵或聽樂鋪張昇平盛事丞相若有意於此即約日
相報使寡人隨塵幸甚公主見罷謂丞相曰相
公知越王之意乎丞相曰有何深意不過欲賞
花柳之景也此固遊閑公子風流事也公主曰相公猶
未盡知也此兄所好者惟美色風樂其宮中絶色佳人
非一二而近聞新得寵姬即武昌名妓玉燕也越宮

美人自見玉燕醜表愧愧以無益嫫母自處可知其才與
兒稱步於一也越王兄公聞宮中多有美人欲效王愷石
崇之相較也丞相笑曰我見矣公主先獲越王之心矣鄭
夫人曰此雖一時遊戲之事不必見屈於人也目鴻月而謂
之曰軍兵雖養之十年用之在一朝茲事勝負都
在於兩教師掌握中矣汝輩須努力焉蟾月對曰賤
妾恐不可敵矣越宮風樂擅於一國武昌玉燕名於
九州越王殿下既有如此之風樂又有如此之美色
此天下之強敵也妾等以編師小卒紀律不明旗鼓
不整恐未及交鋒便出倒戈之心也妾等之見笑不足

閑念而只恐貽羞於吾府中也丞相曰我與蟾娘初
遇於洛陽也蟾娘稱有青樓三絶色而玉燕亦在其中
必此人也然青樓絶色只有三人而今我已得伏龍
鳳雛何畏項羽之一范增乎公主曰越王姬妾中美
色非特一玉燕也蟾月曰然則越宮中粉其腮而臙
其頰者無非八公山草木也有走而已吾何敢當哉
頞娘々聞策於秋娘妾本未膽弱聞此言便覺歌喉
自齊恐不能唱一曲也鶯鴻憤然曰蟾娘子此果真
說話耶吾兩人橫行於關東七十餘州擅名之妓樂
無不聽之鳴世之美色無不見之此膝未曾屈也何

可遜讓於玉燕乎世有傾城傾國之漢宮夫人爲雲
爲雨之楚臺神女則或有一毫自歉之心不然彼玉
燕何足憚哉蟾月曰鴻娘答言何其太容易耶吾輩
曾在關東所咨者大則太守方伯之宴小則豪士俠
客之會未遇强敵固其宜也今越王爰下生長於大
內萬玉叢中眼目甚高評論太峻所謂視太山而泛
滄海者也丘垤之微涓流之細豈入於眼孔乎此以
孫吳而與敵賁育而鬪力非膚將孺子所抗也況
玉燕卽帷幄中張子房也能決勝於千里之外何可
輕之今鴻娘徒爲趙括之大談吾見其必敗也仍告

丞相曰狄娘有自多之心妾請言狄娘之短處狄娘
之初從相公盜騎燕王千里馬自稱河北少年欺相
公於邯鄲道上使鴻娘尙有嬋姸嫋娜之態則相公
豈以男子知之乎且承恩於相公之日乘夜之昏假
妾之身此所謂因人成事者也今對賤妾有此誇大
之言不亦可笑乎驚鴻笑曰信乎人心之不可測也
賤妾之亦從相公也言之如月殿姮娥今乃毁之如
不直一錢者此不過丞相待妾過於蟾娘故蟾娘欵
專相公之寵有此妬忌之言也蟾娘及諸娘子皆大
笑鄭夫人曰狄娘之纖弱非不足也自是丞相一双

眸子不能清明之致也鴻娘名價不必以此而低也
然蟾娘之言盖是確論女子以男服欺人者必無女
子之姿態也男子以女粧瞞人者必欠丈夫之氣骨
也皆因其不足処而遑其詐也丞相大笑曰夫人此
言盖弄我也夫人一双眸子亦不清明能下琴曲而
不能下男子此有耳而無目也七竅無一則其可謂
全人乎夫人雖談此身之殘劣見我凌烟閣画像者
皆稱形体之壯威風之猛矣一座又大笑蟾月曰方
身勁敵對陣豈可徒為戲談不可全恃吾兩人賈孺
人亦同往如何越王非外人淑人亦何嫌之有秦氏

曰桂狄兩娘若入於女進士塲中當敵一寸之力矣歌舞之塲安用妾哉此所謂驅市人而戰也桂娘必不能成功也春雲曰春雲雖無歌舞之才惟妾一身貽笑於人則不過爲妾身之羞豈不欲觀光於盛會哉妾若隨去則人必指以笑曰彼乃大丞相魏國公之妾也鄭夫人及公主之媵也然則此貽笑於相公也貽憂於兩嫡也春雲决不可往矣公主曰豈以春娘之去而相公被笑於人我亦因君而有憂乎春雲曰平鋪彩錦之步障高褰白雲之帳帀人皆曰楊丞相寵妾賈孺人來矣駢肩接武爭先縱觀及其移步登廷

乃蓬頭垢面也然則人皆大驚大叱以爲揚丞相有
鄧都子之病也此非貽笑於相公乎至於越王亦下
平生未嘗見累纖之物見妾必嘔逆而氣不平矣此
非貽憂於娘娘乎公主曰甚矣春娘之譕也春娘昔
者以人而爲鬼今欲以西施而爲無鹽春娘之言無
足可信也乃問於丞相曰答書以何日爲期乎丞相
曰約以明日會矣鴻月大驚曰兩部教坊猶未下令
勢已急矣可奈何哉即召頭妓而言曰明日丞相與
越王約會於樂遊原兩部諸妓須持樂器餙新粧明
曉陪丞相行矣八百妓女一時聞令皆理容畫眉執

器習亦爲明日許矣翌曉天明丞相早起着戎服佩
弧矢乘雪色千里崇山馬從獵士三千人擁向城南
蟠月鷲鴞彫金鏤玉綴花裁葉谷率部妓結束隨行
並乘五花之馬跨金鞍躡銀鐙攬拖珊瑚之鞭輕攬
瑣珠之凄眠隨丞相之後八百紅粧皆乘駿驄擁鴻
月左右而去中路逢越王□、、軍容女亦是進丞相
之行并駕焉越王□相并鑣而行問於丞相曰丞
相所騎之馬何国之種也丞相曰出於大宛国也大
王之馬亦以死種也越王曰然此馬之名千里浮雲
驄去年秋陪天子獵於上林天廐萬馬皆追風逸足是

而無追及於此者即今張騎馬之桃花驄李將軍之
烏騅馬皆獅龍種而凡此馬皆駑駘也丞相曰去年
討蕃國時深險之水嶄截之壁人不能着足而此馬
如蹈平地未嘗一蹶少游之成功寔賴此馬之力杜
子美所謂身入一心成大功者非耶少游班師之後
爵品隆崇戎務亦閑纔乘平轎緩行坦途人身馬俱
歇生病矣請身大王揮鞭一馳較健馬之快步試旧
將之餘勇越王大喜曰亦吾意也遂分付於侍者使
兩家賓客及女樂候待於鳳城正欲執鞭策馬矣適
有大鹿爲獵軍所逐掠過越王之前王使馬前壯士

射之於是衆矢齊發皆不能中王大怒躍馬而出以
一矢射其左背而殪之衆軍皆呼千歲丞相稱之曰大
王神弓無異汝陽王也王曰小技何足稱乎我欲見
丞相射法亦可試否言未訖天鵝一隻適自雲間飛
來諸軍皆曰此禽最難射也宜用海東青也丞相笑
曰汝姑勿放即抽出金鏃箭於腰間翻身仰射中天鵝左目而墜於馬前幾
王大贊曰丞相妙手今之養由己也兩人遂揮鞭一
喝兩馬脅出星流電邁神行鬼沒瞬息之間已涉大
野而登高丘矣按轡並立周覽山川領略風景仍論
射法劉衛娓娓不止侍者始追及以所獲蒼鹿白鷄獻銀

盤而進之兩人下馬披草而坐拔所佩宝釼割肉煑啗互勸深盃遥見紅袍兩官飛鞍而來一隊從人隨其後盖自城中而出也一人疾走而告曰兩殿宣醞矣迷相與趍起王徃候命中兩大監酌御賜黄封義酒以勸兩人仍授飛鳳彩箋一封兩人盥手跪伏拆見以大獵郊原為題而賦進矣兩人頓首四拜各賦四韻一首付黄門而進之丞相詩曰

晨驅壯士出郊垌釼若秋蓮矢若星帳裏群娥天下白馬前双鵰海東青恩分玉醞争含感醉拔金刀自割腥仍憶去年西塞外大荒風雪獵王庭

越王詩曰

蹀躞飛龍閃電過御鞍鳴鼓立平坡流星勢疾殲

蒼鹿明月所開落白鷴穀氣能教康與發聖恩留
帶醉顏酡汝陽神射君休說爭似今朝得高多
黃門拜辭而歸於是兩家賓客以次列坐庖人進饌
釘餖生香駝駱之峰猩猩之唇出於翠釜南越荔支
永嘉甘柑相溢於玉盤王母瑤池之宴人無見者漢
武柏梁之會事已古矣不必强援而以之人間之珍
品異菊殽有加於此者女樂數千三面四圍羅綺成
帷環珮如雷一束纖腰爭妬毛嬙之枝百隊嬌容欺
奪烟花之色豪絲哀竹沸曲江之水列唱繁音動終
南之山酒半越王謂丞相曰小生過蒙丞相眷春而

逼之微誠無以自效携來小妾數人欲睹丞相一歡請
君至於前或歌或舞獻壽於丞相如何丞相謝曰少
游何敢身大王寵姬相對乎妾時姻婭之誼敢有僭
越之計矣少游侍妾數人亦有爲觀盛會而來者少
游亦欲呼來使身大王侍妾各奏長技以助餘興王
曰丞相之教亦好矣於是蟾月鶯鴻及越宮四美人
承命而至叩頭於帳前丞相曰昔者寧王畜一美人
名曰芙蓉太白忌於寧王只聞其聲不得見其面今
少游能見四仙之面所得比太白十倍矣彼四美人
姓名云何四人起而對曰妾亦即金陵杜雲仙陳留

少叅見武昌萬玉燕長安胡英〻也丞相謂越王曰
少游曾以布衣遊於兩京間聞玉燕娘子之盛名如
天上人今見其面實過其名矣越王亦聞知蟾月兩
人姓名乃曰此兩人天下之所共推者而今者皆入
於丞相之府可謂得其主矣未知丞相得此兩人於
何時乎丞相對曰桂氏小游赴擧之日適仝洛陽票自從
之狄女曾入於燕王之宮少游奉使燕國也狄女抽
身隨我追及於復路之日矣越王撫掌笑曰狄娘子
之俠氣非楊家紫衣者所比也然狄娘子從相公之
日相公旣是翰林且浸丞郞則擄鳳之瑞人皆易見

桂娘子昔嘗丞相之窮困能知今日之富貴所謂識
宰相於塵埃者也尤亦奇也未知丞相何以得逢於
容路乎丞相笑曰少游追念其時之事誠可咍也下
士窮從一驢一童間關遠路為飢火所迫過飲村店
之濁醪行過天津橋上適見洛陽才子數十人大張娼樂
於樓上飲酒賦詩少游以弊衣破巾詣其座上猥月
亦在其中矣雖諸生奴僕未有如少游之疲弊者而醉
興方濃不知慚愧捨拾荒蕪之詞不如其詩意何如
句擒何如而桂娘拈出其詩於衆篇之中歌而咏之
盖座中初約諸人所作若入於桂娘之歌者則當讓

毋挂娘於其人故不敢毋少游相爭此亦緣也越王
大笑曰丞相爲兩場壯元吾以爲天地間快樂之事
是事之快高出於壯元上也其詩必妙也可得聞歟
丞相曰醉中卒爾之作何能記乎王謂蟾月曰丞相
雖已忘之娘或記誦否蟾月曰賤妾尙能記之未知
以紙筆寫呈乎以歌曲奏之乎王尤喜曰若兼聞娘
子之玉音則尤快矣蟾月就前以遏雲之聲歌以奏
之滿座皆爲之動容王大加稱服曰丞相之詩才蟾
月之絶色清歌足爲三絶也第三詩所謂花枝羞殺
玉人態未吐纖歌口已香者能畫出蟾娘當使太白

退步也近世之録句飾章加黄其妃白者安敢窺其藩
籬乎遂滿酌金鍾以賞蟾月鴻月兩人與越王宮四
美人迭舞交歌獻壽賓主真天生敵手小無參差而
况玉燕本與鴻月各名其餘三人雖不及於玉燕亦不
遠矣王頗自慰喜而已酔甚止巡與賓客出立於帳
外見武士擊刺奔突之狀王曰美女騎射亦甚可觀
故吾宮中精熟弓馬者有數十人矣丞相府中美人
亦必有自北方来者下令調發使之射雉逐兎以助
一場歡矣如何丞相大喜命擇能爲弓馬者數十人
使與越宮娥賭勝鸞鴻起告曰雖不習操弧亦慣見

宮人之馳射今日欲暫試之矣丞相喜即解給所珮

畫弓鸞鵡執弓而立謂諸美人曰雖不能中頭諸娘

勿笑也乃元上於駿馬馳突於帳前適有赤雉自草

間噪上鸞鵡飛轉纖腰執弓鳴弦五色彩羽傑落於

馬前丞相越王擊掌大讚鸞鵡轉身逐馳下於帳外

獵步就座諸美人皆稱賀曰吾輩虛做十年工夫矣

此時所獲翎毛山委山積兩處射如所獲雉兎亦多矣各獻於座前
丞相與越王等第其多寡各賞百金更成坐次俾得衆樂只使五六美人
各奏清歌洗酌更斟矣蟾月向念曰吾兩人雖不讓於越宮美女從乃
四人吾則一奴派卑甚矣惜哉不拉春娘而來也歌舞雖非春

娘之所長其艶色美談豈不能壓倒雲仙輩乎咄咄

不已矣忽聽脈則兩美人自野外驅油壁車轉行於

綠幛芳草之上稍〻前進矣俄到帳門之外守門者
問曰自越宮來乎從魏府至乎御者曰此車上兩娘即
楊丞相小室適有些故初未偕來矣門卒入告於丞
相〻〻曰是必春雲欲觀光而來行色何其太簡耶
即命召入兩娘子捲珠帘自車中而出在前者沈裊
烟在後者宛是夢中所見之洞庭龍女也兩人俱進
丞相座下叩頭拜謁丞相指越王而言曰此越王爰
下也汝輩以禮謁之兩人禮畢丞相賜座使與鳴月
同坐丞相謂王曰彼兩人從伐西蕃時所得也近因
多事未及率來必聞〻〻昨者大王同小歡觀盛會而

至矣王更見兩人其色舟鵲月鳴行雨縹紗之態超
越之氣似加ᄀ卽矣王大異之趣宮義人亦皆顏如
灰色矣王問曰兩娘何姓名也何地人耶一人對曰
小妾裊烟姓沈氏西涼州人也一人又對曰小妾凌
波姓白氏曾居瀟湘之間不幸遭變避地西邊今遂
相公而來耳王曰兩娘子殊非地上人也能解管絃
否裊烟對曰小妾塞外賤女也未嘗聞絲竹之聲將
以何技以娛大王乎但見特多事浪學釰舞而已乃
軍中之戲恐非貴人所可見也王大喜謂丞相曰玄
宗朝公孫大娘釰舞名於天下其後此曲遂絕不傳

於世我每詠杜子美詩而恨不及一快覩也此娘子
能解劒舞吠莫甚焉兩丞相各解贈所珮之劒裊烟
捲袖解帶舞一曲於金鑾之上倏閃揮㸌縱橫頓挫
紅粧白刃炫幻一色若三月飛雪乱洒於桃花叢上
俄而舞袖轉急劒鋒愈疾霜雪之色忽滿帳中裊烟一身
不復見矣忽有一丈青虹橫亘天衢颯々寒颷自動
於樽俎之間座中皆骨冷而髮竦矣裊烟欲盡所學
之術恐驚動越王乃罷舞擲劒再拜而退王久乃定
神謂裊烟曰世人劒舞何能臻此神妙之境我聞仙
人多能劒術娘子得非其人乎裊烟曰西方風俗好

以兵児作戲故妾童稚之年雖或學習豈有仙人之
奇術乎王曰我還宮中當擇諸姬中便捷善舞者而
送之望娘子勿憚教授之勞鳧烟拜而受命王又問
於凌波曰娘子有何才乎凌波對曰妾家旧在湘水
之上即皇英所遊之處也有時乎天高夜靜風清月
白則宝瑟之聲尚在於雲霄間故妾自児時倣其聲
音自彈自樂而已而恐不合於貴人之耳也王曰雖
因古人詩句知湘妃之能彈琵琶而未聞其曲流傳
於世人也娘子若能傳得此曲啁啾俗楽何足聆乎
凌波自袖中出二十五絃輒彈一曲哀怨清切水落

三峽鳴兮長天四座忽凄然下淚而已千林自振秋
聲作動枝上病葉紛紛交墜越王大異之曰吾不信
人間曲律能回天地造化之柄娘若人間之人則何
能使發育之春為秋數榮之葉自零也俗人亦可学
此曲歟凌波曰妾惟傳古曲之糟粕而已有何神妙
之術而不可學乎萬玉簫告於王曰妾雖不才以平日所習之樂試奏白蓮曲矣鮮花奏箏進於席前以纖葱拂弦能奏二十五絃之撥運指之法清高而流動殊可聽也遂相及鴻月兩人並稱之越王甚悅
駙馬罰飮金屈卮　聖主恩借翠微宮
是日樂遊原之宴烟波兩人未至助歡王及丞相與
雖有餘而野日將夕矣乃罷宴兩家各以金銀綵段

為纏頭之資量珠以斗排錦如耳越主身丞相滿月
色而飲入城門鐘鼓鬧矣兩家女樂爭途迭先珮音
如水香氣擁街遺簪墮珠盡入於馬蹄靈犀之鼓聞
於暗室之外長安士女聚觀如堵百歲老翁垂淚而
言曰我昔髮未總時見玄宗皇帝幸華清宮其威儀
如此不圖垂死之日復見太平景像也此時兩公主
身衆貫兩娘陪大夫人正待丞相之还丞相上堂引
沈裊烟白凌波現於大夫人及兩公主鄭夫人曰丞
相每言得賴兩娘子急難之恩垂成數千里拓土之
功故吾每以曾未見為恨矣兩娘之來何太晚耶烟波

對曰妾等遠方鄕閭之人也雖蒙丞相一顧之恩惟
恐兩夫人不虛一席之地未敢即踵於門下矣頃入
京師得聞於行路則皆稱兩公主有關雎喬木之德
化被踈賤恩覃上下云故方欲冒僭進謁之際適值
丞相觀獵之時叨參盛事獲承下誨妾亦之幸也公
主笑謂丞相曰今日宮中花色正滿相公必自詑風
流而此皆吾兄弟之功也相公知之乎丞相大笑曰
俗云貴人喜亂言非妄也彼兩人新到宮中太畏公
主威風有此謟言公主乃欲為功耶一座譁然大笑
秦賈兩娘子問於蟾月兩人曰今日宴席勝負如何

鶯鴻答曰蟾娘笑妾大言矣妾以一言使越宮奪氣
諸葛孔明以尺舸入江東掉三寸之舌說利害之機
周公瑾魯子敬輩惟口呿喘息而不敢吐氣平原君
入楚定從十九人皆碌碌無成使趙重於九鼎大呂
者非毛先生一人之功乎妾志大故言亦大之言志
必無宗也問於蟾娘則可知妾言之非妄也蟾月曰
鴻娘弓馬之才不可謂不妙而用於風流陣則雖或
可稱且於矢石場則安能馳一步而發一矢乎越宮
奪氣所以服新到兩娘子仙皃仙才也何足為鴻娘
之功乎我有一言當向鴻娘說也春秋之時賈大夫

負甚醜陋天下所共嗤也娶妻三年其妻未曾一笑
與妻出郊適射獲一雉其妻始笑之鴻娘之射雉或
與賈大夫同乎鴛鴻曰以賈大夫之醜負能因弓馬
之才始得其妻之笑若使有才有色而且能射雉則
尤豈不使人愛敬乎蟾月笑曰鴻娘之自誇逾往而
愈甚此無非丞相寵愛之過而驕其心也丞相笑曰我
固知蟾娘之多才而不知有經術也今復兼春秋之
癖也蟾月曰妾閑時或涉獵經史而豈曰能之翌日
丞相入朝於上太后召見丞相及越王兩公主已入宮
在座矣太后謂越王曰吾兒昨日與丞相以春色相

較孰勝孰負越王奏曰駙馬完福非人所爭但丞相於
此之福在女子亦為福乎不為福乎娘ミ以此問于
丞相　丞相奏曰越王謂不勝於臣者正如李白
見崔顥詩而奪其氣也於公主為福不為福臣非公
主不能自知問于公主太后笑顧兩公主ミミ對曰
夫婦一身榮辱苦樂不宜異同丈夫有福則女子亦
有福也丈夫無福則女子亦無福也丞相之所樂小
女亦同樂而已越王曰妹氏之言雖好非肺腑之言
也自古駙馬未有如丞相之放蕩者此由於紀綱之
不嚴也願娘ミ下步附於有司問輕朝廷蔑國法之

罪太后大笑曰駙馬誠有罪矣若欲以法治之則其
爲先身及兒女之憂不淺故不得不屈公法而循私
情矣越王復奏曰雖然丞相之罪不可輕赦請捉問
於御前覌其侵辞而处之可也太后大笑使越王代
草問目有曰

一自前古爲駙馬者不敢畜姬妾者非風流之不足
也非衣食之不贍也盖所以敬君父也尊国体也
況蘭英兩公主以位則寡人之女也以行則妊姒
之德也駙馬楊少游不思敬奉之道徒懷狂蕩之
心掘心於粉黛之處游意於綺羅之叢獵取美色

甚於飢渴朝求於東暮取於西眼窺燕趙之色耳
飫鄭衛之聲蟻屯於臺榭蜂簇於房闥兩公主雖
以樛木之德不生妬忌之心在少游敬謹之道安
敢乃爾驕佚有恣之罪不可不懲毋隱直招以俟
處分

丞相乃下殿伏地免冠待罪越王出立於欄外高聲讀
問目丞相聽訖納拱其辭曰
小臣楊少游猥蒙兩家之盛眷驟玷三台之崇班
則榮已極矣兩公主秉塞淵之德有琴瑟之和則
顧已足矣而童心尚存豪氣不除過聽聲妓之樂

略聚歌舞之女此無非小臣拙於富貴溢於盛滿
不知自撿之致而臣竊伏見国家令甲爲駙馬者
設有婢妾若婚娶前所得自有分揀之道小臣雖
有府中侍妾淑人秦氏皇上所命宜不在指論之
列小妾賈氏臣曾在鄭家花園時使令於前者也
小妾桂狄沈白四介女或未及釋爲時所卜或奉
命外国時所從而皆在婚姻以前至若并畜於府
中蓋從公主之命也非小臣所敢擅有也論以国
制斷以王法宜無可論之罪而聖教至此惶恐遑
脫

太后覧罷大笑曰多畜姬妾不害爲大夫風度容有
可恕而過好盃酌疾病可慮推考可也越王復奏曰
駙馬侍中不署姬妾少游雖誘於公主在其自処之
道宗有萬〻不可者更以此推問可也丞相着急乃
叩頭謝罪太后又笑曰楊郎眞社稷臣也我豈以女
婿待之仍命整冠上殿越王又奏曰少游功大雖難
加罪国法亦嚴不可全釋宜用酒罰太后笑而許之
宮女擎進白玉小盃越王曰丞相酒量本来如鯨罪
名亦重安用小盃自擇能容一斗金屈危滿酌清冽
酒而授之丞相酒户雖寛連飲數斗安得不醉乎乃

叩頭奏曰牽牛過眷織女被譴聘岳出游以畜妾於
家中被岳母之罰為天王家女婿誠難矣臣大醉請
退去矣仍欵起而仆之大后大笑命宮女扶送於叅
門之外謂兩公主曰丞相為酒所困气必不平汝亦
即随去公主承命即随丞相而去大夫人張燭堂上
方待丞相見丞相大醉問曰前日雖有宣醞之命不
曾一醉矣何今過醉耶丞相以醉眼怒視公主久而
答曰公主兄越王訴許於太后勒成小子之罪小子
雖善為說辞菫得清脫越王必欲加罪擠於太后罰
以盃酒小子若無酒量幾乎死矣此雖越王含憾於

樂原之見屈必欲報復而亦蘭陽猜我姫妾太多乃
生妬忌之心與其兄挾謀而必欲困我也平日仁尊
之心不可恃矣伏望母親以一盃酒罰蘭陽爲小子
雪憤柳夫人曰蘭陽之罪本不分明且不能飮一勺
之酒汝欲使我罰之以茶代酒可也承相曰小子必
欲以酒罰之柳夫人笑曰公主若不飮罰酒則醉容
之心必不解矣使侍女送罰盃於蘭陽公主執盃欲
飮承相忽然生疑欲奪其盃而嘗之蘭陽急投於席
上承相以指濡盞底餘瀝吸而嘗之乃沙糖汁也承
相曰太后娘〻若以沙糖水罰小子則母親亦當以

沙糖水罰蘭陽而小子所飮者酒也蘭陽安得獨飮
沙糖水乎招侍女曰持酒樽而來自酌一盃而送之
公主不得已盡飮承相又告於夫人曰勸太后而罰
臣者雖蘭陽鄭氏亦與其謀故在太后座前見兒子
受困目蘭陽而笑之其心不可測矣願毋親又罰鄭氏
夫人大笑又以罰盃送於鄭氏鄭氏離座而飮夫人
曰太后娘娘之罰少游因少游姬妾而今主毋兩人皆
飮罰酒姬妾等安得晏然乎承相曰越王樂原之會
蓋爲鬪色而鴻月烟波以小擊衆以弱敵強一戰樹
勳先奏捷書致令越王悵感仍使小子受罰此四人

可罰也柳夫人曰勝戰者亦有罰乎醉客之言可笑
即招四人各罰一盃四人飲 非鴻月兩人跪奏於柳
夫人曰太后娘娘之罰丞相寶貴妃妾之多非為樂
遊衆之勝也彼烟波兩人尚未奉丞相挑席而与妾
同飲罰酒不亦冤枉乎賈孺人奉觴於丞相如彼之
久受恩於丞相如彼之專而且不參樂園之會獨免
此罰下情皆菀抑矣柳夫人曰汝輩之言是也以一
大盃罰春雲春娘各笑而飲此時諸人皆飲罰盃座
中頗覺紛紜蘭陽公主被困於酒不堪其苦而推奏
淑人端坐座嘿不言不笑丞相曰秦氏獨醒窃笑醉

客之顚狂亦不可不罰滿酌一盃而傳之秦氏亦笑
而飮柳夫人問於公主曰公主素不飮酒々後之氣
何如答曰頭疼正苦矣柳夫人使秦氏扶歸寢房仍
使春雲酌酒而來把酒而言曰吾之兩婦女中之聖
也吾每恐損福矣少游酗酒使狂至令公主不安太
后娘々若聞之則必過慮矣老身不能教誨兒子有
此妄亂老身亦不可謂免罪吾以此盃自罰矣盡飮
之承相惶恐跪告曰母親因兒子狂悖有此自罰之
教兒子之罪豈嘗笞爲然後使鸞鳴滿酌一大椀而
來執其臺而跪曰少游不從母親之教令未免貽憂於

母親謹飮罰酒矣書㗛大醉不能定坐而欲向凝香閣以手指之大夫人使春雲扶而往之春雲曰賤妾不敢陪往矣桂娘子狄娘子妬小妾有寵矣仍囑蟾月兩娘使之扶去蟾月曰春娘子曰吾一言而不去妾在有嫌矣驚鴻笑而起扶擕丞相而去諸人乃散丞相以烟波兩人性愛山水花園中有一畝大漕清若江湖池中有彩閣名映彩樓使凌波居之池之南有假山奇峯斲玉重壁積鐵老松陰密瘦竹影疎中有一亭名曰氷雪軒使裊烟居之諸夫人及衆娘子遊花園之時則兩人為山中主人矣諸人從容謂凌波曰娘子神通

變化可得一觀乎淩波對曰此賤妾前身之事妾乘
天地之運借造化之力盡脫前身幻受人形所脫鱗
甲堆積如山雀變爲鈴之後豈有兩翼可以翱
翔乎諸夫人曰理固然矣裊烟雖時時舞劒於六
夫人及承相兩公主之前以供一時之翫而亦不
肯頻舞曰當時雖借劒術以逢承相而殺伐之
戲元非常時所可見也此後兩夫人六娘子
相得之樂如魚川泳而鳥雲飛相隨相依如箎
如塤承相恩情彼此均一此雖諸夫人聖德能
致一家之和而蓋當初九人在南岳時其所願如

此故也一日兩公主相議曰古之人娣妹諸人婚嫁
於一国之内或有爲人妻者或有爲人妾者而今吾
二妻六妾義逾骨肉情同娣妹其中或有从外国而
來者豈非天之所命乎身姓之不同位次之不齊有
不足拘也當結爲兄弟以娣妹稱之可也以此意言於
六娘子〻〻皆力辭而春雲鴻月尤落〻不應鄭夫
人曰劉関張三人君臣也終不廢兄弟之義我身春
娘自是閨中管鮑之交也爲兄爲弟何不可之有世
尊之[illegible]家之女尊卑絶矣貞淫別矣同爲大釋之
之弟[illegible]絲得上乘之正果歟初微賤何関於畢竟之

成就兩公主遂與六娘子詣宮中所藏觀音畫像之前焚香展拜作誓文而告之其文曰

維年月日弟子鄭氏瓊貝肅和李氏彩鳳秦氏春雲賈氏蟾月桂氏驚鴻狄氏裊烟沈氏凌波白氏越宿齊沐謹告于南海大師之前世之人或有以四海之人而爲兄弟者何則以其氣味之合也或有以天倫之親而爲路人者何則以其情志之乖也弟子八人亦始雖各生於南北散処於東西而及長同事一人同居一室氣相合也義相孚也比之於物一枝之花爲風雨所撼或落於宮殿或飄

於閨閣或墜於陌上或罹於山中或隨溪流而達
於江湖然言其本則同一根也雖其同根也故花
本無心之物而其始也同源於枝其終也同皈於
地人之所同受者亦一氣而已則氣之散也豈不
同皈於一處乎古今遼闊而生於一時四海廣大
而居同一室此寔前生之宿緣今生之奇會是以
弟子亦八人同約同盟結爲兄弟一吉一凶一生
一死必欲之相隨而不相離也八人中苟有懷異
心而背矣言者則天必殛之神必忌之伏望大師
降福消災以佑妾亦使百年之後同皈於極樂世

界幸甚 兩夫人以妹子呼之
此後六娘子雖自守名分不敢以兄弟稱号而恩愛
愈密八人皆各有子女兩夫人及春雲蟾月裊烟驚鴻皆生男
子彩鳳凌波皆生女子而亦嘗見産育之慽比尔身
凡人殊時天下昇平民安物阜廟堂之上無一事可
覩畫者丞相出則陪聖天子遊獵於上苑入則奉大夫人
讌于於北堂僛々舞袖任它光陰之流邁嘈々之急絃
催却春秋之代謝丞相艰涉堤而執勻衡者已累十
年享萬鍾之富盡三牲之養泰極否至天道之恒與
盡悲來人事之常也柳夫人以天年終壽九十九矣

丞相哀毁逾禮幾乎滅性两處憂之遣中使勉諭節
哀以王后禮葬之鄭司徒夫妻亦得上壽而終丞相
悲悼之情不下於鄭夫人丞相六男二女皆有父母
標致王樹芝蘭作耀於門闌第一子名大卿鄭夫人
出也爲吏部尚書其次曰次卿狄氏出也爲京兆尹
次曰舜卿賈氏出也爲御史中丞次曰季卿蘭陽公
主出也爲兵部侍郎次曰五卿桂氏出也爲翰林学
士次曰致卿沈氏出也年十五勇力絶倫智略如神
上大愛之爲金吾上將軍將京營軍十萬宿衛宮禁長女名傳丹
秦氏出也爲越王子琅琊王妃次女名永樂白氏出

也爲皇太子妾後封婕妤楊丞相以一介書生遇知
巳之主値有爲之時武定禍亂文致太平功名富貴
與郭汾陽齊名而汾陽六十方爲上將少游二十出
爲大將入爲丞相久居鼎位協賛國政過於汾陽二
十四考上得君心下協人望豐亨豫大之樂誠
曆千古絶百代而所未聞也丞相自以盛滿可戒大
名難居乃上疏乞退其疏曰
臣某謹頓首百拜上言于皇帝陛下臣竊伏以人
臣之落地而頓者不過曰將相也曰公侯也官至
將相公侯則無餘願矣父母之爲子而祝者不過

曰功名也曰富貴也身致功名富貴則無餘望矣
然則將相公侯之榮功名富貴之樂豈非人心之
所艷慕時俗之所傾奪者乎人所同艷而不知盛
滿之戒時所共爭而未免滅頂之禍此廣受所以
決勇退之志也田竇所以遭傾覆之灾也將相公
侯雖可榮而孰如知足乞骸之榮也功名富貴雖
可樂而孰如全身保家之樂乎臣才謭能薄而躐
取高位功淺望淺而久玷要路貴已極於人臣
榮亦及於父母臣之始願亦不敢萬一於此人豈
以是而期臣哉況猥以疎逖聯結掖庭視遇異於

群臣恩賚出於格外以藜莧之腸肚而飫錦繡之
味以蓬蒿之蹤跡而処沁水之園上以貽聖主之
辱下而重賤臣之分臣豈敢自安於食息乎早欲
斂迹避桀杜門辞恩以僭越濫冒之罪自謝於天
地神明而聖恩隆重未效消埃之報且臣筋力尚
堪驅策之労故臣不得不逡巡蹲居遲徊不去擬
效一分報酬之誠而即退守丘园以畢餘生矣今
殊遇未答而年齡倏高微悃莫展而蓬髮先衰形
如病木不秋而自枯心如眢井不汲而自渴雖欲
復效犬馬之力報丘山之德其勢末由矣今天下

賴陛下神聖四夷率服兵革不用萬民又安桴鼓
不警天休滋至年穀累登庶幾致三代大同熈皡
之治矣雖今臣以畄輦轂之下冒居廟堂之上不過
奉朝請而費廩粟坐咏康衢擊壤之歌而已尚何
有經理猷為之事乎噫君臣猶父子也父母之心
雖不肖不才之子在於膝下則喜之出於門外則
思之臣伏想陛下必以臣為舊履旧物經幄老臣
不忍其一朝退去而嗚呼人子之思父母何異於
父母之愛其子也臣荷陛下眷注之寵既至矣沐
陛下生成之澤亦深矣一毫一毛莫非造化陶鑄

之功則臣亦豈敢遠辞天陛退伏丘壑便訣堯舜
之聖邦蒭已盈之器不可使濫已泛之駕不可復
乘伏乞陛下諒臣不堪任事察臣不願居尊特許
卷依松楸以保殘齡俾免亢龍之悔當歌詠聖德
感激洪私以益結草之報矣
上覽其疏乃以手書賜批曰
卿勳業溢於鍾鼎德澤被於生民學術足以贊治
威望足以鎮国卿即国家之柱石寡躬之股肱也
昔太公召公皆老百歲而尚輔周室能致至理今
卿既非於經所謂致仕之年則卿雖謝事徑退朕

不可許矣况張璧强不有仙骨鄰侯老猶不棄松
栢傲霜雪而猶勁蒲柳値秋風而先零此其性質
之堅脆不同也卿自有松栢之操何憂蒲柳之衰
乎朕覩卿風彩猶新不減於玉堂草詔之日精力
尚堅不讓於渭橋討賊之時卿雖稱老朕固不信
頃回箕山之高節以贊唐虞之至治是朕之望也
丞相以前世佛門高弟且受藍田山道人秘訣多有
修鍊之功故春秋雖高容顔不衰時人皆以仙人擬
之是以詔書中及之此後丞相又上疏求退甚懇上
引見曰卿辭一至於此朕豈不能勉副以成卿五湖

高節爭但卿若就所封之国非徒国家大事無可與
相議者況今皇太后駙馭上賓長秋已空朕何忍與
英陽及蘭陽相離也城南四十里有雉宮即翠微宮
也昔玄宗避暑之処也此宮窈而深僻而賑可合
年優遊故特賜卿使之居処矣即下詔加封丞相魏
国公爵太史又加賞封五千戸姑収丞相印綬

揚丞相登高望遠　真上人返本還元

丞相尤感聖恩叩頭祇謝乘家即移接於翠微宮此
宮在終南山中樓臺之壮麗景致之奇絶即蓬萊仙
境也王維學士詩曰仙居未必能勝此何事吹嘯向

碧空以此一句可占其絶勝矣丞相㘴其正殿奉安
詔旨及御製詩文其餘樓閣臺榭两公主諸娘子分
居丞相日與两夫人六娘子臨水弄月入谷尋寺搵過雲壁
則賦詩而傳之坐松隂則撫琴而弾之晩年請果之朴
令人起羨丞相就閑謝客亦已累年矣仲秋既望即丞
相晬日諸子女設宴獻壽至十餘日繁華景色不可言也
宴罷諸子女各歸其家俄而 菊秋 佳節已迫矣菊
花綻蕊萸菜垂凉正當登高之時也翠微宮西
畔有高臺登臨則八百里秦川如掌樣見也丞相最
愛其臺是日與两夫人六娘子登其上頭插一枝黄

菊以賞秋景相對暢飲而已迨照倒射於昆明靈影
低垂於廣野秋色燦爛如展活畫丞相手把玉簫自
吹一曲其聲嗚嗚咽咽如怨如訴如泣如思若荊卿
渡易水舟高漸離擊筑相和伯王在帳中乎虞美人
唱歌怨別諸美人悲思盈襟慘悽不樂兩夫人問曰
丞相早成功名久享富貴一世所羡近古所罕當此
佳辰風景正美菊英泛觴玉人滿座是亦人生之樂
事而簫聲甚悲使人堪涕今日之簫聲非舊日之聞
何也丞相乃投玉簫徙倚闌頭飛手指明月而言曰
北望則平郊四廣頹垣荒址立夕照殘影明滅於荒草

之間者即秦始皇阿房宮也西望則悲風悄林暮雲
羃山者漢武帝茂陵也東望則粉墻僚繞於青山朱
甍隱暎於碧空且有明月自来自去凭欄下頭更無一
人倚者即玄宗皇帝与太真同遊之華清宮也噫此
三君皆千古英雄以四海為戶庭以億兆為臣妾雄
豪意氣軒輊宇宙直欲攬三光而閲千歲矣而今安
在哉少游以河東一布衣恩承聖主位致將相且與
諸娘子相遇厚意深情至老益密非前生未了之緣
必不及於是也男女以緣而會緣盡而散乃天理之
常也吾輩一敀之後高臺自頹曲池且堙今日歌舞

舞榭便作衰草寒烟必有樵童牧兒悲歌暗歎從前
而相謂曰此乃楊丞相與諸娘子所遊之處大丞相
富貴風流諸娘子玉容花態已寂寞矣人生到此則
豈不如一瞬之頃乎天下有三道曰儒道曰仙道曰
佛道三道之中惟佛最高儒道成全明倫紀貴事業
留名於身後而已仙道近誕自古求之者甚多而終
無所驗秦皇漢武及玄宗皇帝可鑑也吾自致仕來此
每夜着睡則夢中必参禪於蒲團之上此必與佛家
有緣也我將效張子房從赤松子棄家求道越南海
尋觀音上五臺禮文殊得不生不滅之道欲超塵世

之苦海但努君嘗半生相從而未幾將往遠別故悲
愴之心必自不於猜拜之中也諸娘子前身皆南岳
仙女且塵緣將盡於此時也及聞丞相之言自有感
動之心各言曰相公繁華之中乃有是心豈非天之
所啓乎妾亦嬪妹八人當共処深閨朝夕礼佛以待
相公之還而相公今行必値明師而遇良朋得聞大
道矣伏望得道之後必先敎妾亦丞相大喜曰吾九
人之心旣相合矣尚何事之可慮乎我當以明日往
行矣諸娘子曰妾亦當各奉一盃以餞丞相矣方命
侍兒洗盞更酌揆卯之拜忽出於欄外召逕諸人皆

曰何許人敢來於是處乎而已有一衲胡僧至前庵
眉尺長碧眼波明形貌動靜甚異矣上高臺身丞相
相對坐曰山野之人謁於大丞相矣丞相已知非俗僧
非起答禮曰師傅來從何處乎胡僧笑曰丞相不觧平生
故人乎曾聞貴人善忘果是也丞相熟視之似是舊面而
猶不分明矣忽大悟顧諸夫人而言曰少游曾伐吐蕃
時夢參於洞庭龍王之宴歸路暫上於南岳見老和
尚跏趺於法座與衆弟子亦講佛經矣師傅豈乃夢
中所見之和尚乎胡僧拍掌大笑曰是矣是矣然只
記夢中之一見不記十年之同處誰謂楊丞相聰明

乎丞相啁然曰少游十六歲以前不離父母之眼前
十六歲登第連有職名不出京城南使燕鎭西擊吐
蕃之外足跡無所及処何時別師傅十年相從乎胡
僧笑曰丞相尙未醒昏夢矣少游曰師傅可能使少游大
覺乎胡僧曰此不難矣高擧手中錫杖六叩欄干至再
遶有白雲乱起於四面山谷之間陣陣飛來環擁臺上晦晦
暗暗咫尺不卞丞相若在醉夢中矣良久乃大聲疾呼曰
師傅不以正道指敎少游乃以幻術相戱耶言未盡雲
氣盡捲胡僧及兩夫人六娘子皆死蹤跡矣大驚大惑定
睛詳視則層樓複室蹤蹟廢塞箚都不可見而自顧其

身則宛在小庵中蒲團上火消香灺月在西峰自撫其頭則
頭髮新剃餘根鬆鬆百八顆念珠已掛項前真是小和尚
形模非復大丞相威儀神情恍恍曾騰憧憧矣既久忽覺
其身是蓮花道場性真小和尚也回念初被師傅戒責隨
去往豐都幻生人世為楊家之子早擢壯元為翰苑之官出將
三軍入總百揆上疏乞退謝事就閑與兩公主六娘
子對歌舞聽琴瑟盃酒團欒晨昏行樂皆一場春夢
中事耳乃曰此必師傅知吾一念之差俾著人間之夢要令
性真知富貴繁華男女情慾皆妄幻也急向石泉淨
洗其面着衲整衣自詣方丈公闍梨已會矣大師

高拜問曰性真人間滋味果如何耶性真叩頭流涕
曰性真已大覺矣弟子無狀操心不正自作之孼誰
怨誰咎宜処缺陷之世界永受輪回之咎殃而師傅
喚起一夜之夢能悟性真之心師傅大恩雖閲千万
劫而不可報也大師曰汝乘興而去興盡而來我有
何干豫之事乎且汝曰弟子夢人間輪回之事此汝
以夢與人世分而二之也汝夢猶未覺也莊周夢為
蝴蝶〻〻又變為莊周 莊周之夢為蝴蝶耶蝴
蝶之夢為莊周耶終不能卞之孰知何事之為夢何
事之為真耶今汝以性真為汝身以夢為汝身之夢

則汝亦以身與夢謂非一物也性真小游孰是夢也
孰非夢也性真曰弟子蒙暗不能卞夢非真也真非
夢也望師傅說法使弟子覺之大師曰我當說金剛
經大法以悟汝心而當有新來弟子汝姑待之言未
畢守門道人入告曰昨日所來衛夫人座下仙女八
人又到請謁於大師矣大師命召之八仙女詣大師
之前合掌叩頭曰弟子亦雖侍衛夫人左右而素無
所学未制妄念情慾乍動重譴隨至塵土一夢無人喚
醒幸蒙師傅慈悲親徃挈來而昨日徃衛夫人宫中摧
謝前日之罪旋辭夫人永依佛门伏乞師傅快赦旧

愆特亟明教大師曰女仙之意雖義佛法深遠不可
粹学非大德量大脊頭則道不能成矣唯仙女自量
而處之八仙女即退滌滿面之臙粉脫遍身之綺縠
取金剪刀自剃緑雲之髮復入告曰弟子等既已変
形誓不慢師傅之教訓矣大師曰善哉〻〻汝亦入
人也至誠如此寧不感動遂引上法座講說經文其
經有白毫光射世界天花下如乱雨亦語說法將畢
乃誦四句之偈性真及八尼姑皆頓悟本性大得
寂滅之道大師見性真戒行純熟乃會衆弟子而言
曰我本為傳道遠入中国今既得傳法之人我今行

矣以袈裟及一鉢淨瓶錫杖金剛經一卷給性真遂
向西天而去此後性真率蓮花道場大衆大宣敎化
仙君龍神人君鬼物尊重性真如六觀大師八尼皆
師事性真深得菩薩大道畢境皆歛於極樂世
界嗚呼異哉

崇禎後再度乙巳錦城午門新刊

午門

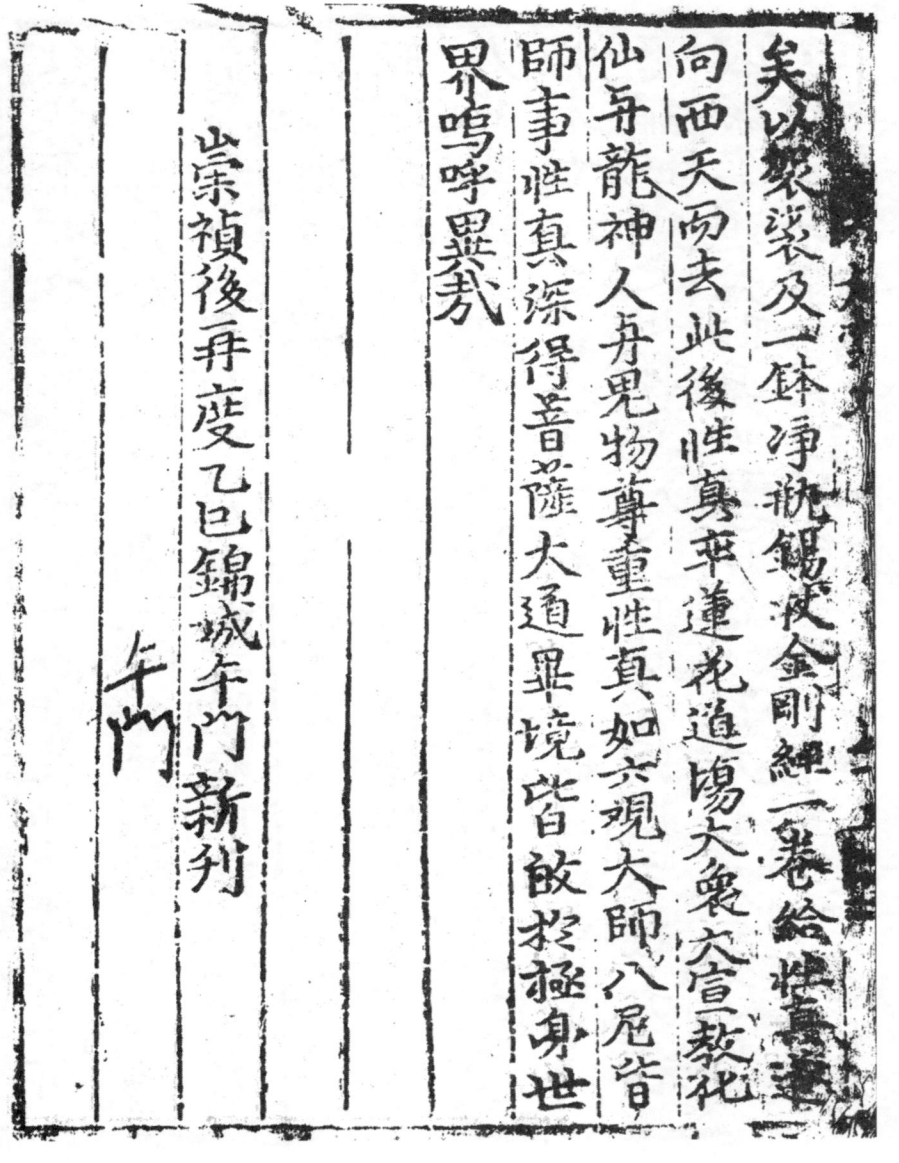

방각본 계해본

【해제】

방각본 계해본

이 방각본은 <구운몽>의 이본군을 노존본 계열 · 을사본 계열 · 계해본 계열로 나눌 때, 바로 계해본 계열의 母本에 해당된다. 이 책은 목판본으로서 을사본(英祖元年刊 1725년)을 모본으로 하여 複刻된 것으로, 을사본의 아류이지만, 한문본으로서는 가장 많은 독자를 가졌을 것으로 생각한다. 다만 이 책의 단점은 을사본이 이 책의 체재로 복각될 당시, <구운몽>의 주인공 성진이 양소유로 환생했다가 우여곡절 끝에 부귀와 영화가 절정에 이르면서 비로소 인생의 일장춘몽을 깨닫게 되는 "大覺" 장면이 판각자의 부주의로 빠져나간 것이다. 하지만 19세기 초에 이것이 판각되어 가장 많은 독자를 수용케 한 것은 무엇보다도 이 책이 갖고 있는 의의일 것이다. <新飜九雲夢>(1912 · 東文館) 및 유일서관본(1913 · 唯一書館) 등 국역본이 바로 계해본을 텍스트로 하여 국역된 것임을 생각하면, <구운몽>의 이본 가운데 이 책이 얼마나 많이 독자층을 확보하였는가를 여실하게 알 수가 있다. 중국 북경대학에서 출간된 <구운몽>(韋旭昇 편)도 계해본을 대본으로 하였다.

이 방각본은 상 · 중 · 하 6권 3책으로서 상권이 52장, 중권이 58장, 하권이 59장 도합 169장이며, 매장 10행, 매행 20자 내외로 되어 있고, 板心은 縱이 19㎝, 橫이 16㎝이고, 판각연도는 이 책 말미에 "崇禎後三度癸亥"로 되어 있어 純祖 3년(1803)에 판각된 것을 분명하게 알 수 있다. 판각지는 全州란 이야기가 있으나 확실치 않다. 여기에 臺本이 된 계해본은 필자 소장이다.

이 판본은 『고전소설 제1집 구운몽』(고려서림, 1986)에 영인된 바 있다.

九雲夢卷之一

蓮花峯大開法宇　眞上人幻生揚家

天下名山曰有五焉東曰東岳即泰山西曰西岳即
華山南曰南岳即衡山北曰北岳即恒山中央之山
曰中岳即嵩山此所謂五岳也五岳之中惟衡山距
中土最遠九疑之山在其南洞庭之湖經其北湘江
之水環其三面若祖宗儼然中處而子孫羅立而拱
揖焉七十二峯或騰踔而直天或嶄嶭而截雲如奇
標俊彩之美丈夫七竅百骸皆秀麗清爽無非元氣
所鍾也其中最高之峯曰祝融曰紫蓋曰天柱曰石

稟曰蓮花五峯也其形擢𨖍其勢陵高雲翳掩其眞
面霞氣蔵其半腹非天氣廓掃白色晴朗則人不能
得其彷彿焉昔大禹氏治洪水登其上立石記功德
天書雲篆歷千萬古而尚存秦時仙女衛夫人修鍊
得道受上帝之職率仙童玉女來鎭此山即所謂南
岳衛夫人也盖自古昔以来靈異之蹟瓌奇之事不
可殫記唐時有高僧自西域天笁國入中國愛衡岳
秀色就蓮花峯上結草庵以居講大乘之法以敎衆
生以制鬼神於是而教大行人皆敬信以為生佛復
出於世富人薦其財貧者出其力鉅疊嶂架絶壑鳩

材傒工六開法宇幽夐臺閒勝槩萬千杜工部詩所
謂寺門高開洞庭野殿脚插入赤沙湖五月寒風冷
佛骨六時天象朝香爐四句已盡之矣山勢之傑道
場之雄稱為南方之最其和尚惟手持金剛經一卷
或稱六如和尚或稱六觀大師弟子五六百人中修
戒行得神通者三十餘人有小闍利名性真者皃瑩
氷雪神凝秋水年才二十歲三莊經文無不通解聰
明知慧卓出諸髡大師極加愛重將欲以衣鉢傳之
大師每與衆弟子講論大法洞庭龍王化為白衣老
人來叅法席咊听經文一日大師謂衆弟子曰吾老

且病不出山門已十餘年今不可輕動矣汝輩衆人中誰能爲我入水府拜龍王替行回謝之禮乎性眞請行大師喜而送之性眞著七斤之袈裟曳六環之神笻飄飄然向洞庭而去俄而守門道人告於大師曰南岳衛眞君娘娘送八介女仙已到門矣大師命召之八仙女次第而入周行大師之座至三回乃已以仙花散地詑跪傳夫人之言曰上人處山之西我則處山之東起居相近飮食相接而賤冗多事使我苦惱尙未淂一造法座穩聽玄談此仁之智蔑矣交隣之道闕矣茲送婢子敬修起居之禮兼以天花仙

果七宝紋錦以表區區之誠遂以所須花果宝貝擎進於六師大師親受之以授侍者供養於佛前屈身而禮叉手而謝曰老僧有何功德荷此上仙之盛餽仍設斎以待八仙於其敀致敬謝之意而送之八仙女同出山門携手而行議相曰此南岳天山一立一水無非我家境界而自和尚闡道塲之後便作鴻溝之分蓮花勝景在於咫尺而未得探討矣今者吾儕以娘娘之命幸到此地且春色正姸山日亦暮趂此良辰陟彼崔嵬振衣於蓮花之峯濯纓於瀑布之泉賦詩而吟槀與而敀誇張於宮中諸嬬妹不亦快乎

皆曰諾遂相與緩步而上俯見瀑布之源緣崖而行
邐水而下少憩于石橋之上此時正當春三月也林
花各綻紫霞葱籠望之如展錦繡之色谷鳥爭鳴嬌
音宛轉聞之如奏管絃之曲春風使人怡蕩物色撓
人留連八仙女油然而感怡然而樂踞坐橋上俯瞰溪
流百道流泉滙為澄潭清冽瑩澈如掛廣陵新磨之
鏡翠蛾紅粧照耀水底依俙然一幅美人圖新出於
龍眠手下也自愛其影不忍即起殊不覺夕照度嶺暝
靄生林也是日性眞至凋庭劈琉璃之波入水晶之
宮龍王大悅出迎於宮門之外延入殿上分席而坐

性真俯伏奏大師邀謝之言龍王恭己而聽之遂命
設大宴而接之珍果仙菜豈潔可口龍王親自執酌
以勸性真々々固讓曰酒者伐性之狂藥即佛家大
戒賤僧不敢飲也龍王曰釋氏五戒中禁酒乎豈不
知寡人之酒与人間狂藥大异只能制人之氣赤當
蕩人之心上人獨不念寡人勤恳之意耶性真感其
厚眷不敢强拒乃連倒三危拜辭龍王出水府御泠
風向蓮花而來至山底頗覺酒暈上面昏花顴眼自
訟曰師父若見滿頰紅潮則豈不驚恠而切責乎即臨
溪而坐脫其上服搔亂於晴沙之上手掬清波沃其

醉面忽有異香撲鼻而來旣非蘭麝之薰亦非花卉之馥而精神自然震蕩鄙吝倏尒消鑠悠揚荏弱不可形喻乃自語曰此溪上流有何叢奇花郁烈之氣浮於水而來耶吾當往而尋之更整衣服沿流而上此時八仙女尚在石橋之上正身性眞相遇性眞捨其杖錫上手而礼曰僉女菩薩俯聽貧僧之言貧僧即蓮花道場六觀大師弟子也奉師之命下山而去方還敝寺中矣石橋甚狹菩薩各坐男女恐不得分路惟願僉菩薩暫移蓮步特借啟路八仙女答拜曰妾等卽衛夫人娘娘侍女也承命於夫人問候於大師

皎路適必留於此矣妾等聞之乱云於行路男子由
左而行婦女由右而行此橋本来偏窄妾等且已先
坐今道人從橋而去於礼不可請別尋他路而行性
真曰溪水既深且無他逕欲使貧僧從何處而行乎
仙女等曰昔達摩尊者棄芦葉渉入海和尚若學道於
六觀大師則必有神通之術渉此小川何難之有而
乃与児女子争道乎性真笑而荅曰試覌諸娘之意
必欲索行人買路之錢也貧寒之僧本無金錢適有
八顆明珠請奉献於諸娘子以買綿之路說罷手持桃
花一枝以擲於仙女之前四隻緑芽即化為明珠祥光

滿地瑞彩彌天若出於海蚌之懷胎八仙女各拾取
一介顧向性真嚬然一笑竦身乘風騰空而去性真
佇立矯頭擡首遠望良久雲影始滅香風盡散惘然
如失怊悵而歸以龍王之言復於大師〻〻詰其晚
歸對曰龍王待之甚款挽之甚懇情禮所在不敢拂
衣而即出矣大師不答使之退休性真來到禪房日
已曛黑自見仙女之後嫩語嬌辭尚留耳邊艷態姸
姿猶在眼前欲忘而難忘不思而自思神魂恍惚悠
〻蕩〻兀然端坐默念於心曰男兒在世幼而讀孔
孟之書壯而逢堯舜之君出則作三軍之帥入則為

百揆之長著錦袍於身結紫綬於腰揖讓八主澤利百姓目見嬌艷之色耳聽幻妙之音榮輝極於當代功名垂於後世此固大丈夫之事也忽我佛家之道不過一盂飾一瓶水數三卷之經文百八顆之念珠而已其德雖高其道雖玄寂寞太甚矣枯淡而止矣假令悟上乘之法傳祖師之統直坐於蓮花臺上三魂九魄一散於烟焰之中則夫孰知一介性真生於天地間乎思之如此念之如彼欲眠不眠夜已深矣霎然合眼則八仙女忽羅列於前矣驚悟開睫已不可見矣遂大悔曰釋教工夫正心志斯爲上行矣我

出家十年曾無半點苟且之心邪心忽發今乃如此
豈不有妨於戒之前程乎遂自爇梅檀跌坐蒲團振
勵精神輪盡項珠方靜念千佛矣忽然 ○ 一童子
立窓外呼之曰師兄着寢否師父命召之矣性眞大
愕曰深夜從召必有故也仍與童子詣方丈大師
集衆弟子儼然正坐威儀肅肅燭影煌煌乃勵聲責
之曰性眞汝知汝罪乎性眞顚倒下階跪而對曰小
子服事師傅十閱春秋而曾未有毫髮不恭不順之
事誠愚且昏宗不知自作之罪大師曰修行之功其
目有三曰身也曰意也曰心也汝往龍宮飮酒而醉

故到石橋邂逅女子以言語酬酢折贈花枝身之相
戱及其還來且尚纏綣初旣盡心於美色旋且留意
於富貴慕世俗之繁華厭佛家之寂滅此三行工夫
一時壞了其罪固不可仍留於此地也性真叩頭泣
訴曰師父〻〻性真誠有罪矣然自破酒戒曰主人
之強勸而不獲已也身仙女酬酢言語只爲借路本
非有意有何不正之事乎及歸禪房雖萠惡念一剎
那間自覺其非暢狂心之走作竊善端之自發咋指
追悔方寸復正此儒家所謂不遠而復者也苟使弟
子有罪則師父撻楚儆戒亦教誨之一道何必迫而

黜之俾絶自新之路乎性眞十二歲棄父母違親戚
依故師父即剃頭髮言其義則無异生我育我語其
情則所謂無子有子父子之恩深矣師弟之分重矣
蓮花道塲即性眞之家舍此何之大師曰汝欲去之
吾令去之汝苟欲留誰使汝去乎且汝自謂曰吾何
去乎汝所欲往之處即汝可歸之所也仍復大聲曰
黄巾力士安在忽有神將自空中而來俯伏聽命大
師分付曰汝領此罪人往豐都交付於閻王而回性
眞聞之肝胆俱落涕淚迸出無數叩頭曰師傅〻〻
聽此性眞之言昔阿蘭尊者入於娼女之家與同寢

帝失其操守而釋伽大佛不以爲罪但設法而教之弟
子雖有不謹之罪比之阿難猶且輕矣何必欲送於
豊都乎大師曰阿難尊者未制妖術雖與娼物親近
其心則未嘗變矣今汝則一見妖色全失素心嬰情
冕綫流逸富貴其視於阿難也何如汝罪如此一番
輪回之苦焉得免乎性眞惟涕泣而已頓無行意大
師復慰之曰心苟不潔雖處山中道不可成矣不忘
其根本雖落於十丈狂塵之間畢竟自有税駕之処
汝必欲復故於此則吾當躬自率來汝其勿疑而行
性眞知不可奈何拜辭於佛像及師父與師兄弟相

別隨力士而故入陰魂之関過望鄉之臺至豊都城
外守門鬼卒問其所從來力士曰承六觀大師法旨
須罪人而來矣鬼卒開城門而納之力士直抵森羅
殿以押來性真之意告之閻王使之召入指性真而言
曰上人之身雖在於南岳山蓮花之中上人之名已
載於地藏王香案之上矣寡人以為上人得成大道
一陞蓮座則天下衆生必將普被陰德矣今仍何事
辱至於此乎性真大慚良久乃告曰性真無狀曾遇
南岳仙女於橋上不能制一時之心故仍以得罪於
師父待命於大王矣閻王使左右上言於地藏王曰

南岳六观大師使黃巾力士押送其弟子性真要令
冥司論罪而此與他罪人自别敢仰禀矣菩薩荅曰
修行之人一往一来當依其所願何必更問閻王方欲
按決矣两鬼卒又告曰黃巾力士以六观大師法命
領八罪人來到於门外矣性真聞此言大驚矣閻王
俞召罪人南岳八仙女俯匐而入跪於庭下閻王問曰
南岳女仙所處言也仙家自有無窮之勝槩自有不
盡之快樂何為而到此地耶八人含羞而對曰妾等
奉衛夫人娘〻之命修起居於六觀大師路逢性真
小和尚有問荅之事矣大師以妾等為玷汚叢林之

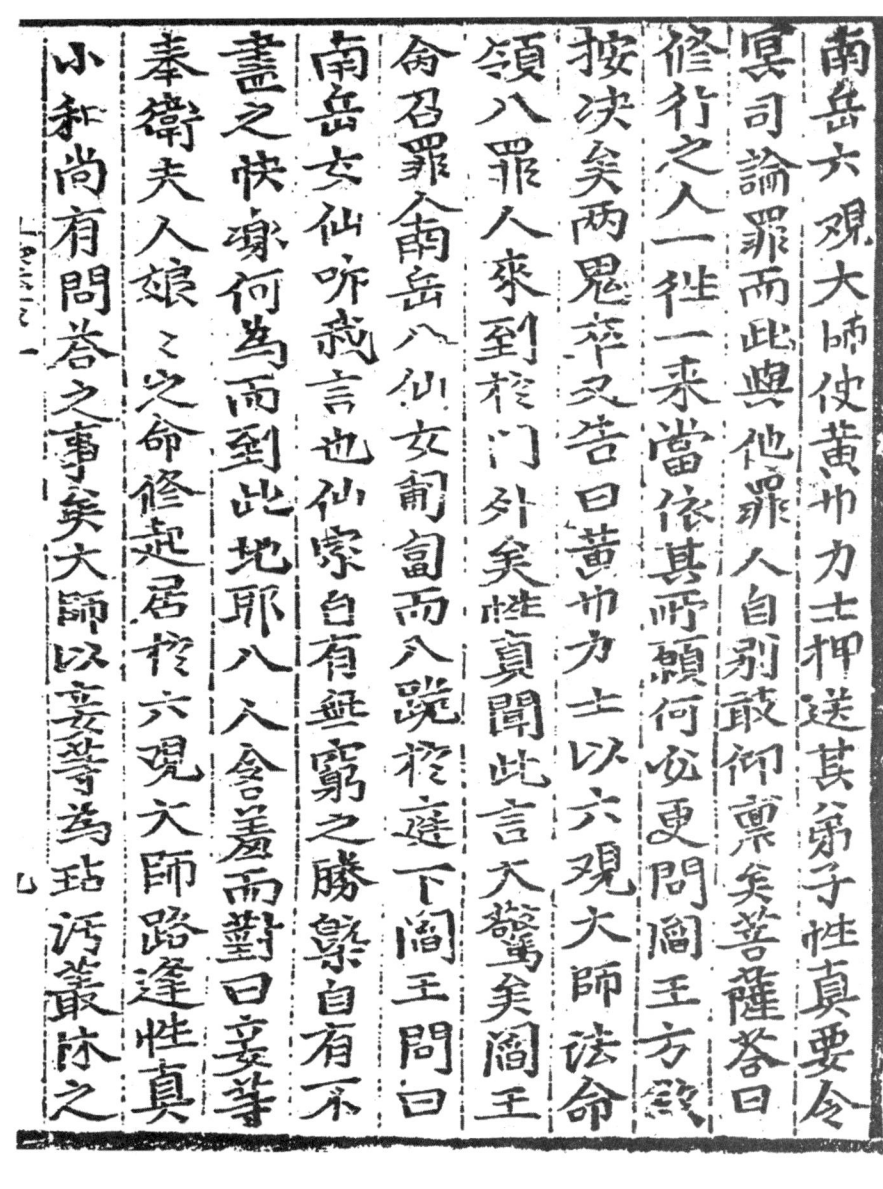

靜界移謫於衛娘之府中拉送妾等於大王妾等之
升沉苦樂皆懸於大王之手伏乞大王大慈大悲使之
再生於樂地閻王定使者九人招之前密之分付曰
率此九人遠往人間言訖大風倏起於殿前吹上九
人於空中散之於四面八方性真随使者爲風力所
驅飄之搖之無所終薄至于一處風聲始息兩足已
在地上矣性真收拾驚魂擧目而見之則蒼山盡之
而四圍清溪曲之而分流竹籬茅屋隱映草間者才
十餘家數人相對而立私相語曰楊處士夫人五
十後有胎候誠人間稀罕之事矣臨産已久尚無兒

聲可惟可慮性真默想曰今者我當輪生於人世而顧此
形身只箇精神而已骨肉正在蓮花峯上已火燒矣
我以年少之故未畜弟子更有何人收我舍利思量
反覆心切悽愴俄而使者出揮手招之言曰此地即
大唐國淮南道秀州縣也此家即楊處士家也處士
乃汝父親其妻柳氏乃汝慈母也汝以前生之緣爲
此家之子汝須速入毋失吉時性真即入見則處士
戴葛巾穿野服坐於中堂對炉湔藥香臭靄靄然襲
衣房內隱隱有婦人呻吟之聲矣使者促性真入房
中性真疑慮逡巡使者自後推擠性真蹶然仆地神

昏氣窒若在天地翻覆之中者然性真大呼曰救我
救我而聲在喉間不能成語只作小兒啼哭之聲矣
侍婢走告於處士曰夫人誕生小郎君矣處士奉藥
撓而入夫妻相對滿面歡喜性真飢則飮乳飽則止
哭當其始也心頭尚記蓮花道場矣及其漸長知父
母之恩情然後前生之事已茫然不能知矣處士見其
兒子骨格清秀撫頂而言曰此兒必天人謫降也名
之曰少遊子之曰千里流光水駛羣角日長於焉之
間已至十歲容如溫玉眼若晨星氣質擢秀智慮深
遠魁然若大人君子矣處士謂柳氏曰我本非世俗

之人而以與君有下界因緣故久留於烟火之中逢
蓬仙侶寄書招邀者已久而念君孤子不能決去今
皇天默佑英子斯得聰達超倫顔膚接幸真吾家千
里駒也君既得依倚之所晚年必將觀榮華而享富
貴也此身去留須不介念也一日衆道人來集於堂
上與処士或騎白鹿或驂青鸖向深山而去此後惟
往之自空中寄書札而已蹤跡未嘗到家矣
華陰縣囯交通信　　藍田山道人傳琴
自楊処士作仙之後母子相依經過日月少遊才過
毀年才名藹蔚本郡太守以神童薦于朝而少游以

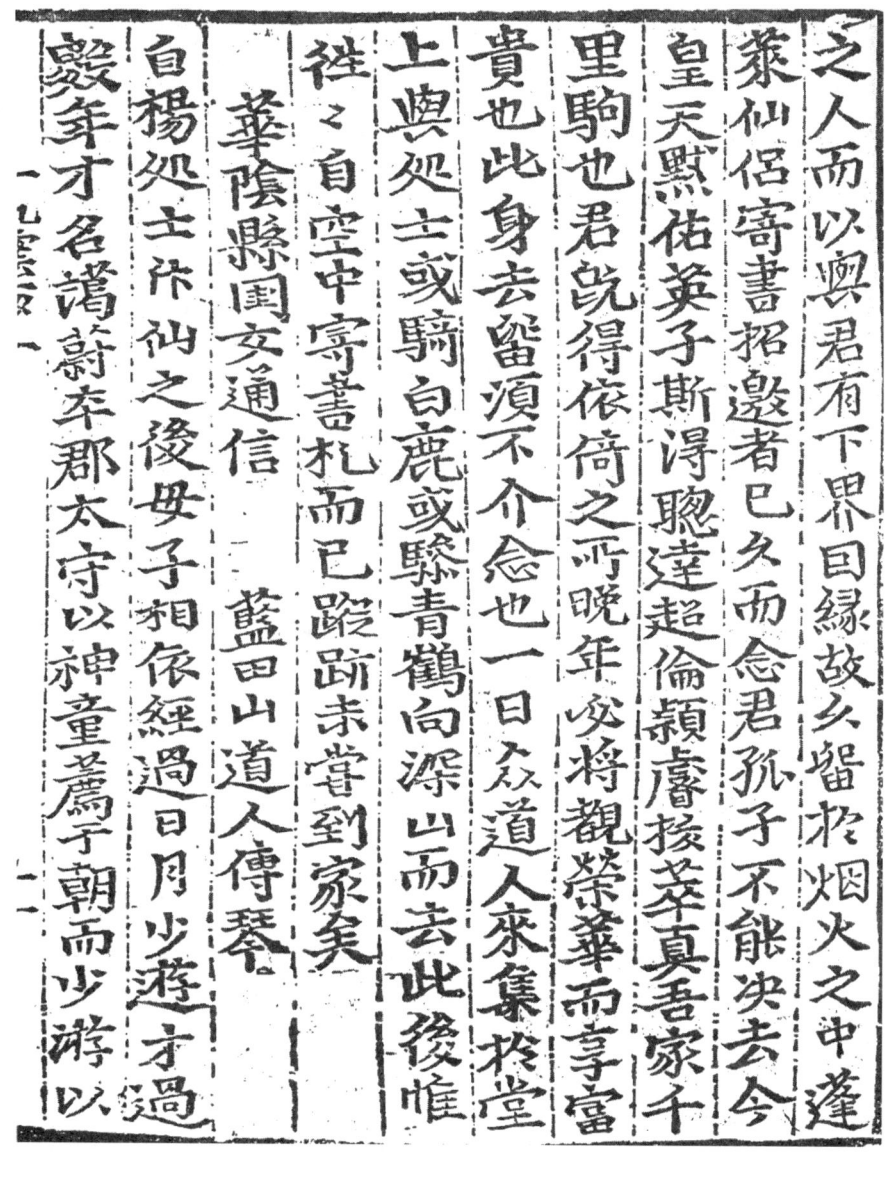

親老爲辭不官髫齔之年至十四五秀美之色似潘岳孫
越之氣似青蓮文章燕許如也詩莉鮑謝如也筆法
儫命鍾王智略弟畜孫呉諸子百家九流三教天
文地理六韜三略舞槍之法用劔之術神援鬼敎無
不精通蓋以前世修行之人心竅洞徹腦海恢廓師
処瀟灑如竹迎刃非凡流俗士之比也一日告於母
親曰父親升天之日以門戶之貴付之於少子而今
家計貧窶老母勤勞兒子若甘爲守家之狗尾之
龜而不求世上之功名則家聲無以繼矣母心無以
慰矣甚非父親期待之意也聞國家方設科抄選天

下之群才兒子欲暫離母親膝下歌鹿鳴而西遊柳
氏見其志氣卒不碌〻少年行役不能無慮遠路離
別亦且悶心而已知其沛然之氣不可以沮乃黽勉
而許之盡賣釵劍備給盤纏少游拜辭母親以三尺
書童一匹蹇驢取道而行〻累日至華州華陰縣距
長安已不遠矣山川風物一倍明麗以科期尚遠日
行數十里或訪名山或尋古跡客路殊不寂寞矣忽見
一區幽庄近隔芳林嫩柳交影綠烟如織中有小樓丹碧
照耀蕭洒遼邃幽致可想遂垂鞭徐行迫以視之則
長條細枝拂地嫋娜若美女新浴綠髮臨風自梳可

愛亦可賞也少游手攀柳絲躑躅不能去歎賞曰吾
鄉蜀中雖多珍樹曾未見裊裊千枝毿毿萬縷者此
柳音也乃作楊柳詞其詩曰
楊柳青如織長條拂畫樓願君勤種意此樹最風
流楊柳何青青長條拂綺楹願君莫攀折此樹最多
情詩成浪詠一遍其聲清亮豪爽宛若扣金擊石一陣
春風吹其餘音飄落於樓上其中適有玉人午睡方
濃忽然驚覺推枕起坐拓開繡戶徙倚雕欄流眄凝

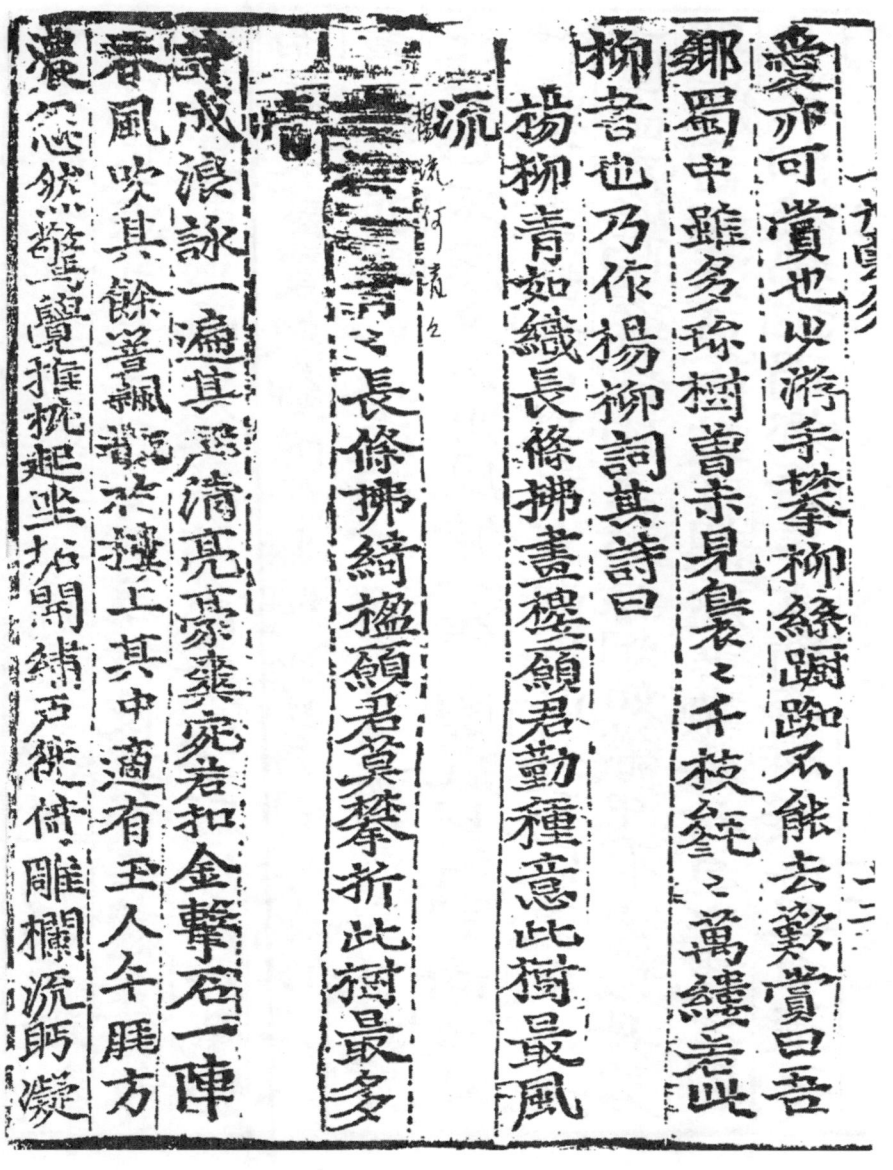

睇四顧尋聲忽與楊生兩眸相値鬢髮雲鬟乱毛双
鬟玉釵欹斜眼波朦朧芳魂若癡弱質無力睡痕猶
在於眉端鉛紅半消於臉上矣天然之色嫣然之態
不可以言語形容丹青描畫也兩人脉々相看未措
一辭楊生先送書童於村前客店使備夕炊矣至是
還報曰夕飯已具矣美人凝情熟視閉戶而入惟有
障々暗香泛風而來而已楊生雖大恨書童之一番驚
如屬弱水遂與書童回來一步一顧紗窗已緊閉而
不開矣來坐客店悵然消魂原來此女子姓秦氏名
彩鳳即秦御史女子也早喪慈母且無兄弟年纔及

第宗適於人時御史上京師小姐獨在於家畫窓之
外忽逢楊生見其貌而悅其風彩聞其詩而慕其才
華乃思惟曰女子從人終身大事一生榮辱百年苦
樂皆係於丈夫故卓文君以寡婦而從相如今我即
處子之身也雖有自媒之嫌臣亦擇君古不云乎今
若不問其姓名不知其居住宅日雖稟告於父親而
欲送媒妁東西南北何處可尋於是展一幅之箋寫
數句之詩封授於乳媼曰持此封書往彼客店尋得
俄者身騎小驢到此樓下詠楊柳詞之相公而傳之
俾知我欲結芳緣永托一身之意也此吾莫重之事

愼勿虛徐此相公其容顔如玉眉宇如画雖在於衆人
之中昂之如鳳凰之出雞群媼必親見傳此情書亂
媼曰謹當如教而昇時老爺若有問則將何以對之耶
小姐曰此則我自當之汝勿慮焉乳娘即出門而去旋
又還問曰相公或已娶室或既定婚則何以為之耶
小姐移時沉吟乃言曰不幸已娶則我固不嫌為副
而我觀此人年是青陽恐未及有室家矣乳娘往于
客店訪問吟詠楊柳詞之客此時楊生出立於店門之
外見老婆來訪恠迎而問曰賦楊柳詞者即小生也
老娘之問有何意耶乳娘見楊生之美不復致疑但

云此非討話之地也楊生引乳娘坐於客榻問其來
尋之意乳娘問曰郎君楊柳詞咏於何処乎荅曰生
以遠方之人初入帝城愛其佳麗歷覽逬勝今日之
午適過一處即大路之北小樓之下綠楊成林春色
可玩感興之餘賦得一詩而詠之矣老娘何以問之
媪曰郎君其時身何人相面耶楊生曰小生幸值天
仙降臨樓上之時艶色尚在於眼異香猶洒於衣矣
媪曰老身當以実告之其家盖吾主人秦御史宅也
其女即吾家小姐也小姐自幼時心明性慧大有知
人之鑑一見相公便欲托身而御史方在京華徃復

禀定之間相公必轉向定處大海浮萍秋風落葉將
何以訪其蹤跡乎絲蘿雖切願托之心蚪今宗其自
躊之恥而三生之緣重一時之嫌小也是以舍經從
權包羞冒嘶使老妄問郎君姓氏及鄉貫仍探婚娶
與否矣生聞之喜色溢面謝曰小生楊少游家本在
楚年幼未娶矣惟老母在堂花燭之禮當告兩家父
母而後行之結親之約今以一言而定之矣華山長
青渭水不絕乳娘亦大喜自袖中出一封書以贈生
生折見即楊柳詞一絕也其詩曰
樓頭種楊柳擬繫郎馬住如何折作鞭催向章臺

路
生艶其清新亟加歎服称之曰雖古之王右丞李學
士蔑以加矣遂披彩牋寫一詩以授媼其詩曰
楊柳千萬絲絲〻結心曲願作月下繩好結春消
息
乳娘受置於懷中出店門而去楊生呼而語之曰小
姐眷之人小生楚之人一散之後萬里相阻山川脩
夐消息難通況今日此事既無良媒小生之心無可
憑信之処也欲乘今夜之月色望見小姐之容光未
知老娘以為如何小姐詩中 亦有此意望老娘更

稟于小姐乳娘去即還來曰小姐奉吳郎和詩十分
感激且備傳郎君之意則小姐曰男女未及行禮私
與相見極知其非禮然方欲托身於其人而何可有
違於其言乎且中夜相会人言可畏异日父親若知
之則必有厚責欲待明日相会於中堂相與約定云矣楊
生嗟歎曰小姐明敏之見正大之言非小生所及也
對乳娘再三勤囑毋令失期乳娘唯々而去是夜生
留宿於店中轉展不寐坐待晨鷄苦恨春宵之長也
俄而斗杓初轉村鼓催鳴方欲呼童而秣馬矣忽聞
千萬人喧闐之聲潮湧湯沸自西方而來矣楊生大

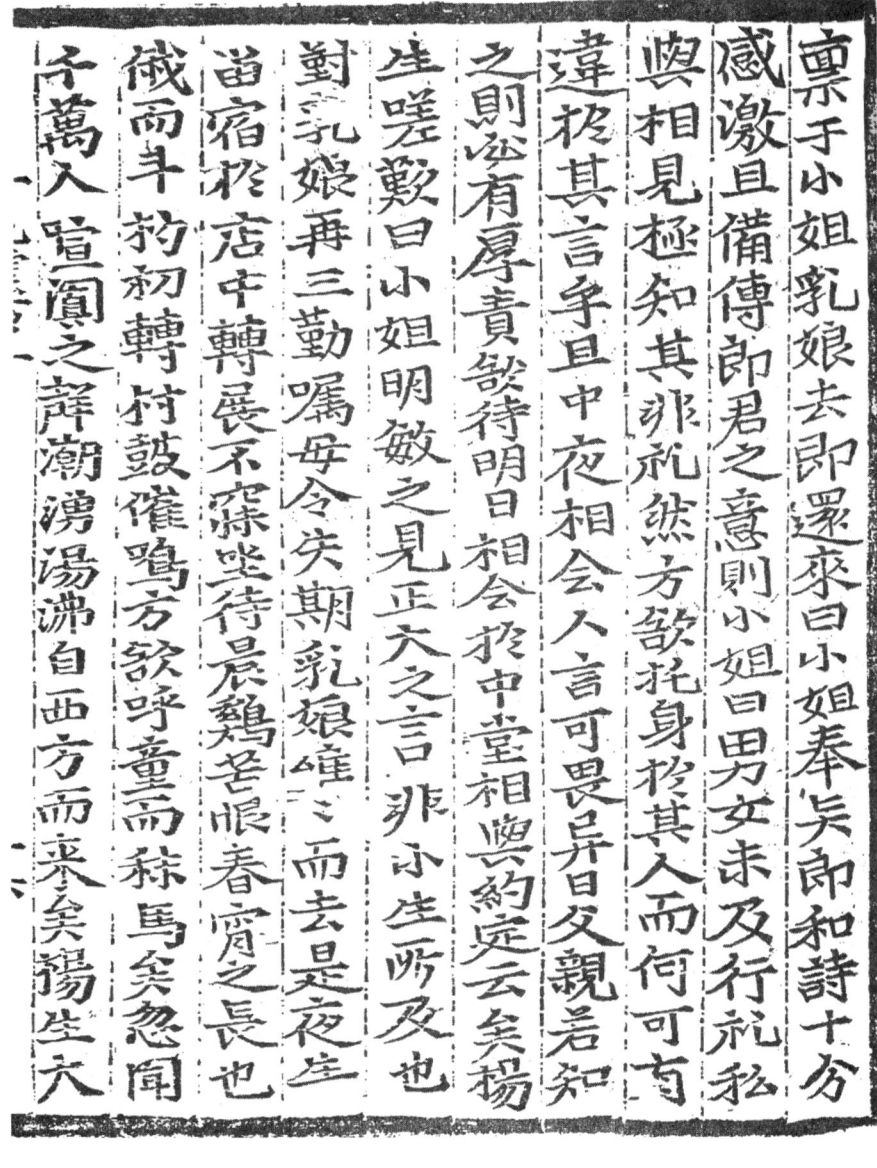

驚攝衣而出立街而見之則執兵之亂卒避亂之衆
入籠山絡野紛駢雜還軍聲動地哭音干霄問之於
人則曰神策將軍仇士良自稱皇帝矜兵而反天子
出巡楊州閉中六亂賊兵四散劫掠人家且傳言閉
函關不通往來之人毋論良賤皆征軍丁矣生慌忙
驚惧遂率書童鞭驢從行望藍田山而去欲竄伏於
岩穴之間矣仰見絶頂之上有數間草屋雲影掩
翳鶴聲清亮楊生知有人家從岩間石逕而上有道
人凭几而卧見生至起坐問曰君是避亂之人必淮
南楊處士令郎也楊生趨進再拜含淚而對曰小生

果是楊処士子也自别吅爻只依慈母氣質甚曾
寸學俱蔑而妄生儌倖之計冒充覌國之賓行到華
陰猝值变乱不啚今日獲拜大人此必上帝俯鑑微
誠故令吅偣大仙之几杖得聞吅爻之消息伏乞仙
君毋惜一言以慰人子之心家吅今在何山而佟優
亦何如道人笑曰尊君身莪著碁於紫阁峯上别去
属耳未知其去向何處而童顔不改緑鬂長春
惟君毋用傷悵楊生泣訴曰或曰先生可得一拜於
家吅亭道人又笑曰父子之情雖深仙凡之分迥殊
雖欲為君啚之未由也而况三山渺邈十洲空濶尊

公去就何以得知君既到此姑且留宿徐待道路之通餘去亦未晩也楊生雖聞及親安寧之報道人落落無顧念之意會合之望已絶矣心緒悽惋淚流被面道人慰之曰合而離離而合亦理之常也何以爲無益之悲也楊生拭泪而謝當隅而坐道人指壁上玄琴而問曰君能解此乎生對曰雖有素癖而未遇良師不得其妙處矣道人使童子授琴於生使彈之生遂置之膝上奏風入松一曲道人笑曰用手之法活動可教也乃自移其琴以千古不傳之四曲次第教之清而幽雅而亮宗人間之所未聞者生本來精

通音律且多神悟一擧能盡傳其妙道人大喜又出白玉洞簫自吹一曲以教生乃謂之曰知音相遇古人所難今以此一琴一簫贈君日後必有用処君其識之生受而拜謝曰小生之得拜先生盖是家親之指導先生即家親故人小生敢事先生何異於家親乎侍先生杖屨以備弟子列小子願也道人笑曰人間富貴自來逼君〻將不可免也何能從遊老夫捿在岩穴乎況君畢竟所皈之処與我各异非我之徒也但不忍負殷勤之意贈此彭祖方書一卷老夫之情此可領也習此則雖不能久視延年亦足以消病却老

也生復起拜而受之仍問曰先生以小子期之以人間富貴敢問前程之事矣小子於華陰縣秦家女子方設婚爲亂兵所逐奔竄至此未知此婚可得成乎道人大笑曰婚姻之事昏黑似夜天機不可輕泄然君之佳緣在於累處秦女不必偏自繾綣也生跪而受命陪道人同宿於客堂天未明道人喚覺楊生而謂之曰道路旣通科期退定於明春想大夫人方切倚閭之望須早歸故鄕毋貽北堂之憂仍計給路費生百拜床下稱謝厚眷收拾琴書行出洞門不勝依黯矯首回顧茅茨及道人已無去處惟曙色蒼然

彩霞葱籠而已上八山之初楊花未落一夜之間緑
花蕭蔱矣生六以爲惟悶之人已秋八月矣來訪旧
日客店新經兵火村落蕭條與向來經過之時大
異赴京之士紛紛下來生問都下消息則答曰国家
以諸道兵馬過五箇月始削平賊乱大駕還都秋京
宜以明春退定矣楊生往訪秦御史家則繞溪裏柳
揺落於風霜之後殊非旧日景色朱樓粉墻已成灰
燼陳礎破瓦堆積遺墟而已四隣荒凉亦不聞雞犬
之聲生愴人事之易变悵佳期之已曠攀援柳條佇
立斜陽徒吟秦小姐楊柳之詞一字一涕衣裾盡濕

欲問往事不見人跡乃詫然而設問于店主曰彼秦
御史家屬今在何處耶店主嗟惋曰相公不聞耶前
者御史仕宦在京惟小姐與婢僕守家官軍恢復京
師之後朝廷以秦御史爲受逆賊僞爵以極形斬之
小姐押去京師而其後或言終不免慘禍或言沒入
掖庭矣今朝官人押領罪人等數多家屬過此店之前
問之則曰此屬皆沒入爲英南縣奴婢者也或云秦
小姐亦入於其中矣楊生聽之泪汪然自下曰藍田山
道人云秦氏婚事昏黑似夜小姐必已死矣更無詰
問之處乃治行具下去秀州此時柳氏聞京都禍亂之

輒恐児子死於兵火日夜呼天幾不得自保矣及見
刂游相持痛哭若遇泉下之人未幾旧歲已盡新春
忽届矣生又將作赴汛之行柳氏謂生曰去年汝往
皇都幾陷危境至今思惟凜〻可怕汝年尚穉功名
不急然吾所以不挽汝行者吾亦有主意故也顧此
秀州既狹且僻門戸才良寔無堪爲汝配者而汝已
十六歲也今若不定幾何其不失時乎京師紫清观
社舅師即吾表兄出家雖久計其年歲則尚或生存
此兄氣宇不凡知慮有裕名門貴族無不出入奇哉
情書則応親汝如子而出力周旋爲求賢匹汝須留

意於此仍作書而付之生受命始以華陰事告之輒
有悽感之色柳氏嗟咄曰秦氏雖美旣無天緣禍家
餘生必難全生設令不死逢著亦難汝須永斷浮念
更求他姻以慰老母在堂之懷也生拜敎登程及到
洛陽猝値驟雨避入於南門外酒店沽酒而飮生謂
店主曰此酒雖美亦非上品也主人曰小店之酒無
勝於此者相公若求上品天津橋頭酒肆所賣之酒
名曰洛陽春一斗之酒千錢其價味雖好而價則高
矣生靜思洛陽自古帝王之都繁華壯麗甲於天下我
去年取他路而去未見其勝槩今行當不落莫矣

九雲夢卷之二

楊千里酒樓擢桂　桂蟾月鴻被薦賢

生乃使書童算給酒價仍馳驢向天津而行及抵城中山水之勝人物之盛果叶所聞矣洛水橫貫都城如鋪白練天津橋迤邐澄波直通大路隱隱如彩虹之飮水蜿蜿若蒼龍之展腰朱甍聳空碧瓦耀日色映清漪影艳香街可謂第一名區也生知其為店主所謂酒樓乃催行至其樓前金鞍駿馬塡塞通衢僕夫林立譁聲雷聒仰視樓上則絲竹裊鳴聲在半空羅綺紛繽香聞十里生以為河南府尹讌客於此

使書童問之爭言城裡少年諸公子聚集一時名妓
設宴玩景生聞之已覺醉興翩翩豪氣騰騰於是當
樓下驢直入樓中年少書生十餘人與美人數十雜
坐於錦筵之上騁高談浮大白衣冠鮮明意氣軒輕
諸生見楊生容顔秀美符彩洒落齊起迎揖分席列
坐各通姓名後上座有盧生者先問曰吾見楊兄行
色所謂槐花黃舉子忙者也生曰誠如兄言矣又有
杜生者曰楊兄苟是赴舉之儒則雖云不速之賓參
於今日之会亦不妨也生曰以兩兄之言觀之則今
日之会非但以酒盃留連而已必結詩社而較文章也

若小弟者以楚國寒賤之人年迺旣少知識甚狹雖
以薄劣猥充鄉貢忝與於諸公盛会之末不亦僭乎
諸人見楊生語遜而年幼頗輕易之荅曰吾輩之会
非為結詩社也而楊兄所謂較文章蓋彷彿矣然兄
是後來之客雖作詩可也不作亦可也身吾輩飮酒
洽好矣仍促傳巡盃使蒲坐諸妓迭奏衆樂楊生亦
擡醉眸獵視羣娼二十餘人各執其藝而惟一人超
然端坐不奏樂不接語淑美之容冶艶之態眞國色
也望之如南海觀音婷婷揷立於會叢之中矣生神
魂蕩亂自忘巡盃其美人亦頻顧楊生暗以秋波送

情生又聯視則累幅詩箋堆積於美人之前遂向諸
生而言曰彼詩箋必諸兄佳製可得一賞否諸人柰
及劉美人輒起摸其華箋置之於楊生座前生一〻
披閱則六都十餘丈詩而其中雖不無優劣生熟蓋
平〻無驚語佳句也生心語曰我曾聞洛陽多才子
矣以此見之則虛言也乃還其詩箋於美人對諸生
拱手而言曰下土賤生未嘗見上國文章矣今者幸
玩諸兄珠玉快示之心不可勝喩此時諸生已大醉
矣恰〻笑曰楊兄但知詩句之妙而已不知其間有
尤妙之事也生曰少弟過蒙諸兄眷愛酒召之問已

徐悳形之友所謂妙筆何階向少筠詒来耶王生大
笑曰說道於兄何害之有吾洛陽素称人才府庫是
以近前科甲洛陽之人不為壯元則必為探花吾輩
諸人皆得文字上虛名而不能自定其優劣高下矣
彼娘子姓桂名蟾月非但姿色歌舞獨步於東京古
今詩文無所不通且其詩眼尤妙矣昊如鬼神洛陽
諸伎納卷而来則一閱其文斷其立落言如符合未
當一失其神鑑如此也以是吾輩各以所製之文送
於桂娘經其品題取其入眼者載之歌曲被之管絃
以之而定其高下長其聲價如旗亭故事況桂娘姓

名蓋應月中之桂新榜魁元之吉兆寔在於此矣揚
生試聞之曰非妙事乎有杜生者曰此外有別妙而
又妙者諸詩之中桂卿擇其一首而歌之則作其詩
者今夜當與桂卿好結芳緣而吾輩皆作賀客而已
斯豈非妙而又妙者乎揚兄亦男子也苟有一段豪興
亦賦一詩與吾輩爭衡似好也生曰諸兄之詩成之
已久未知桂卿已歌何人之詩乎王生曰桂卿尙靳
一関清音櫻唇久鎖玉齒未啓陽春絶調猶不入於
吾儕之耳桂卿若不故作嬌態則必有羞澁之心而
然也生曰小弟曾在楚中雖或依樣畫芦作一兩首詩

而即局外之人也吾諸兄較藝恐未安也王生大言
曰楊生容貌美於女子矣又何無丈夫之意耶聖人
有言曰當仁不讓於師又曰其爭也君子第恐楊兄
無詩才也苟有才也豈可徒執偽嫌乎楊生雖外飾
虛讓一見桂娘豪情已不可制矣見諸生座傍尚有
空箋生抽其一幅縱橫走筆題三章詩比如風檣之
走海渴馬之奔川諸生見其詩思之敏捷筆勢之飛
動莫不驚訝失色矣楊生擲筆於席上謂諸生曰宜
先請教於諸兄而今日座中桂卿即考官也納卷時
刻恐不及也即送其詩箋於桂卿其詩曰

楚客西遊路入秦酒樓來醉洛陽春月中丹桂誰
先折今代文章自有人
天津橋上柳花飛珠箔重々映夕暉側耳要聽歌
一曲錦筵休復舞羅衣
花枝羞殺玉人粧未吐纖歌口已香待得樑塵飛
盡後洞房花燭賀新郎
蟾月乃轉星眸霎然着過檀板一聲清歌自發嫋々
如縷咽々如訴鶴唳青田鳳鳴丹丘秦箏奪其聲趙
瑟失其曲滿座皆洒然易容初諸人數視楊生許令
作詩矣及其三詩皆入於蟾月之歌咸憮然敗興相

顧無言欲讓蟾月於楊生則近於無膽欲背座中之
初約則難於失信面面直視嘿嘿癡坐楊生知其氣
色倏起告辭曰小弟偶蒙諸兄款接叨忝盛宴旣醉且飽
誠切感幸前路尚遠行色甚忙未得終日迭話他日曲江之會當罄
此餘情矣乃從容下去諸生亦不肎挽止矣生出至樓前
方欲跨驢蟾月忙步而來謂生曰此路南畔有粉墻墻外有
櫻桃盛開此乃妾家相公須先往訪得此家待妾還歸妾
亦從此往矣生點頭而諾南向而去蟾月上樓謂諸生曰
諸相公不以妾爲陋以數闋之歌卜今夜之緣將何
以処之耶諸人猶不舍愛慕之情答曰楊哥客也非

吾輩中人何可以此爲拘乎互相和應終無定論蟾
月以冷談應之曰人而無信妾不知其可也座上娼案非
不足也諸相公盡其不盡之興妾適有病未得待坐終
宴矣乃緩步而去諸人初旣有約且見其冷談之色
不敢出一言矣此時楊生往住店搬移行李趁黃昏
往尋蟾月之家蟾月先已還家掃中堂燃華燭悄然而待
之楊生繫驢櫻桃樹下往叩重門蟾月聞剝啄之聲跕
屣出迎曰下樓之時郎先而妾後妾已先到而郎何後
也楊生曰以主人而待客可乎以客而待主人可乎
眞所謂非敢後也馬不前也遂相與扶携而入兩人

相對其喜可知蟾月蒲酌至盃以金縷衣一曲侑之芳姿嫩聲能割人之腸而迷人之魂生情不能抑相携就寢雖巫山之夢洛浦之遇未足以踰其樂矣至夜半蟾月於枕上謂生曰妾之一身自今日已托於郎君矣妾請畧暴情事惟郎君俯察而怜憫焉妾本詔州人也父曾爲此州驛丞矣不幸病死於他鄉家事零替故山迢遞力單勢蹙無路返葬繼母賣妾於娼家受百金而去妾忍辱含痛屈身事人只祈天或垂憐幸逢君子復見日月之明而妾家樓前卽去長安道也車馬之聲晝夜不絶來人過客孰不落鞭於妾之門前

妾從來四五年間眼閱千萬人矣尚未見近似於
郎君者今何幸遇我郎君至願已畢郎君若不以妾
鄙棄之則妾願爲樵爨之婢敢問郎君之意如何生
乃欵答曰我之深情豈與桂娘少間哉第我本貧秀
才也且堂有老親與桂卿偕老恐不槩於老親之意
若具妻妾則亦恐桂娘之不樂也桂娘雖不以爲嫌
天下必無可爲桂娘女君之淑女是可慮也蟾月曰
郎君是何言也當今天下之才無出於郎君之右者
新榜壯元固不足論也丞相印綬大將節鉞非久當致
於郎君手中天下美女孰不願從於郎君乎將見紅

拂隨李靖之匹馬綠珠步石崇之香塵蟾月何人敢有
一毫專寵之心惟願郎君娶賢婦於高門以奉大夫
人後亦勿棄賤妾焉妾請自今以後潔身而待命矣
生曰去年我曾過華州偶見秦家女子其容貌才華
足與桂娘可較伯仲而不幸今也則亡桂卿欲使我
更求淑女於何処乎蟾月曰郎君所言者必是秦御
史女彩鳳也御史曾者爲吏於此府秦娘子與賤妾
情誼頗綢密矣其娘子且有卓文君之才貌郎君豈
無長卿之情而今雖思之亦無益矣請郎君更求於
他門矣楊生曰自古絕色本不世出今桂卿秦娘兩

人生幷一代吾恐天地精明之氣殆已盡矣蟾月大
笑曰郎君之言誠如井底蛙矣妾姑以吾娼妓中公
論告於郎君矣天下有青樓三絶色之語江南万玉燕
河北狄驚鴻洛陽桂蟾月〻〻即妾也妾則獨得虛
名玉燕驚鴻眞當代絶艶豈可曰天下更無絶色乎
生曰吾意則彼兩人猥与桂卿齊名矣蟾月曰玉燕
以地之遠雖未得見南來之人無不稱賛可知其决
非虛名驚鴻与妾情若兄弟驚鴻一生本末請略陳
之驚鴻播州良家女也早失怙恃依其姑母自十歲
美麗之色名於河北近地之人欲以千金買以為妾

媒婆填門鬧如群蜂而鸞鴻言於姑母皆斥遣衆媒
婆問於始娘曰姑娘東推西卻不肯許人必得何許
佳郎乃合於意乎欲以爲大丞相之妾乎欲以爲
節度使之副室乎欲許於名士乎欲送於秀才乎鸞
鴻替對曰若如晉時東山攜妓之謝安石則可以爲
大宰相之妾矣若如三國時使人誤曲之周公瑾則
可以爲節度使之妾矣有若玄宗朝獻清平詞之翰
林學士則名言可隨矣有若武帝時奏鳳凰曲之司馬
長卿則秀才可從矣惟意是適何可逆料乎衆婆大
笑而散鸞鴻私以爲窮鄉女子耳目不廣將何以揀

一乙區八二

天下之奇才擇閨中之賢匹乎惟娼女則英雄豪傑無不接席而酬酢公子王孫亦皆闢門而逢迎賢愚易卞優劣可分比之則求卞於楚岸探玉於藍田奇才美品何患不得遂願自賣於娼家必欲托身於奇男亦及數年名聲大噪去年秋山東河北十二州文人才士會於鄭都設宴以誤鸞鴻以一曲霓裳舞於席上翩如鸞鴻鶴如翔鳳百隊羅綺盡失顏色其才其負此可見矣宴罷獨上於銅雀臺帶月徘徊感古悲傷詠斷腸之遺句弔分香之往跡仍竊笑曹孟德不能藏二喬於陵中見之者無不愛其才奇其志

傾今閨閤之中豈獨無其人乎驚鴻與妾同遊於上
國寺與之論懷驚鴻謂妾曰尒我兩人苟得意中之
君子互相薦引全事一人則庶不誤百年之身矣妾
亦諾之矣妾遠遇郎君輒思驚鴻而驚鴻方入於山
東諸侯宮中此所謂好事多魔者耶侯王姬妾富
貴雖極亦非驚鴻之願也仍唏噓曰惜乎安得一見
驚鴻說此情也楊生曰青樓中雖有許多才女安知士
夫家閨秀不讓娼家一頭地乎蟾月以妾目見無如
崔娘子者苟下崔娘一等妾不敢薦於郎君然妾飽
聞長安之人爭相稱道曰鄭司徒女子窈窕之色幽

閒之德爲當今女子中第一妾雖未親見大名之下本
無虛事郎君歸到京師留意訪問是所望也問答之間
紗窓已微明矣兩人同起梳洗畢蟾月曰此處非郎
君久留之地也况昨日諸公子尙不無怏怏之心恐
不利於相公須趂早登程前頭叨侍之日尙多何必
爲兒女子屑屑之悲乎生問曰娘言誠如金石當銘
鏤於心所矣遂相對揮淚分袂而去

倩女冠鄭府遇知音　老司徒金榜得快壻

楊生自洛陽抵長安定其旅舍頓其行裝而科日尙
遠矣招店人問紫清觀遠近云在春明門外矣卽備

礼段往尋杜鍊師〻〻年可六十餘歲戒行甚高為
覌中女冠之首矣生進以礼謁傳其母親書簡鍊師
问其安否垂涕而言曰戒牙令堂姐〻相别已二十
年後生之人軒仰若此入世流光信如白駒之怍也
吾老矣厭處於京師煩嚚之中方欲遠向崆峒尋仙
訪道鍊魂守真栖心於物外矣姐〻書中有所托之
言吾當不得已為君必留楊生風彩明秀如仙當世
闺艷之中恐難得相敵之良配也然從頂商量如有
閒日更加一来焉楊生曰小侄親老家貧年近二十
而身処僻鄉未能擇配方當喜惧之日及晷衣食之

愚誠孝莫展歉愧深切令 拜叔母眷念至斯感荷良
深矣即拜辭而退時科日將迫而自聞指婚之諾稍
弛求名之心數日後復往觀中鍊師迎笑曰一處有
処女言其才與貌則真楊郎之配而但其家門稍太高
与代公侯三代相國楊郎若為今勝魁元則此婚
事庶可望矣其前發口無益也楊郎不必煩訪老身
勉修科業期於大捷可也楊告第誰家也鍊師曰
春明門外鄭司徒家也朱門臨道門上設棨戟者即
其第也司徒有一女而其処子仙也非人也生忽思
蟾月之言潛念曰此女子果如何而大得聲譽於兩

京之間乎問於鍊師曰鄭氏女子師傅曾見之乎鍊師曰我豈不見乎鄭氏胡郎天人不可以口舌形其美也生曰小侄非敢為誇大之言也今春科第當如探囊中物也此則固不足掛念而平生有癡竅之願不見処子則不欲求婚願師傅特出慈悲之心使小子一見其顔色如何鍊師大笑曰宰相家女子豈有得見之路乎楊郎或慮老身之言有未可信者乎生曰小子何敢有疑於尊言乎凡人之所見各自不同安保其師傅之眼必如小子之目乎鍊師曰萬無此理也鳳凰麒麟婦孺皆稱祥瑞青天白日奴隷亦知

高明苟非無目之人則豈不知子都之美乎楊生猶不快而歸矣必欲受諾於鍊師翌日清晨又往道觀鍊師笑謂曰楊郎必有事也生曰小子不見鄭小姐則終不能無疑於心更乞師傅念母親付托之意察小子委曲之情密運沖襟別出妙計使小子一遭望見則當結草而圖報矣鍊師掉頭曰未易哉沉吟半餉乃謂曰吾見楊郎聰睿明透學問之暇或知音律乎生曰小子曾遇異人學得妙曲五音六律頗皆精通矣鍊師曰宰相之家甲第巍巍中門五重花園深深繚垣數丈自非身具羽翼不可越也且鄭小姐讀

詩學禮律身有範一動一靜合度合儀既不焚香於
道觀又不薦齋於尼院正月上元不觀燈市之戲三
月三日不作曲江之遊外人何從而窺見乎且有一
事或冀萬幸而恐揚郎不肯從也生曰鄭小姐如可
得見雖令我天入地握火蹈水何敢不從乎鍊師
曰鄭司徒近因老病不樂仕宦惟寄興於園林鍾鼓
夫人崔氏性好音樂而小姐聰慧頓悟千萬百事無
不明知至於音律清濁節奏繁衍一聞輒解毫分縷
析雖妙如師襄神如子期未必過此而蔡文姬之能
知斷絃蓋餘事耳崔夫人聞有新翻之曲則必招致

其人使奏於座前令小姐論其高下評其工拙憑几
而聽以此爲暮春之樂吾意楊郎若解彈琴預習一
曲而待之三月晦日乃靈符道君誕日鄭府每年必
送解事婢子賫來香幣於觀中楊郎當以此時換着
女服手弄三尺綠綺使彼聞之則彼必啟告於夫人
夫人聽之則必請去矣入鄭府之後得見小姐與否
皆係於天緣非老身所知而此外無他計矣況君貌
如美人且不生髭髯家之人或有不累髮不掩耳者
變服亦不難矣生喜而謝拜而退屈指待日矣原來
鄭司徒無他子女惟有一女 小姐而已崔夫人解娩

之日於昏困中見之則有仙女把一顆明珠入於房
櫳俄而小姐生矣名之曰瓊貝及長嬌姿雅仪奇才
徽範蓋千古一人也父母鍾愛甚篤欲得佳郎而無
可意者年至二八尚未笄矣一日崔夫人召小姐乳
母錢姫謂之曰今日道君誕日汝持香燭往紫清觀
傳與壯鍊師兼以衣段茶果致吾惓惓不忘之意錢
姫領命乘小轎至道觀鍊師受其香燭供享於三清
殿且奉三種盛饌百拜而謝爲供錢姫而送之此時
楊生已到別堂方橫琴而奏曲矣錢姫留別鍊師正
欲上轎忽聽琴韵出於三清殿廻西小廊之上其聲

甚妙宛轉清新如在雲霄之外矣錢娘停轎而立側
听頗久顧問於鍊師曰我在夫人左右多听名琴而
此琴之聲果初聞也未知何人所彈也鍊師答曰日
昨年少女冠自楚地而來欲壯觀皇都始此淹留而
時々之弄琴其聲可愛貧道聾於音律者不知其工
焉知其拙今嫣々之有此嘉獎必善手也錢娘曰吾夫
人若聞之則必有召命鍊師須挽留此人勿令之他
鍊師曰當如教矣送錢娘出洞門後入以此言傳於
楊生々々大悅苦待夫人之召矣錢娘歸告於夫人曰
紫清觀有何許女冠能做奇絶之響誠可異事矣夫人

曰吾欲一聽之矣明日送小轎一乘侍婢一人於觀中
傳語於錬師曰小女冠雖不欲辱臨道人須爲之勸送
錬師對其侍婢謂生曰尊人有命君須勉往生曰遐
方賤蹤雖不合進謁於尊前而大師之教何敢有違
於是具女道士之巾服抱琴而出隱然有魏仙君之
道骨飄然有謝自然之仙風矣鄭府人皆欽歎不已
楊生乘小轎至鄭府侍婢引入於內庭夫人坐於中
堂威儀端嚴楊生叩頭再拜於堂下夫人命賜坐謂
之曰昨日婢子往道觀幸聽仙樂而來老人方願一
見得接道人清儀頓覺俗慮之自消楊生避席而對

曰貧道本是楚門孤賤之人也浪迹如雲朝暮東西
玆日賤技獲近於夫人座下是豈始望之所及哉夫
人使侍婢取楊生手中之琴置膝摩挲乃稱賞曰眞
箇妙材也生答曰此龍門山上百年自枯之桐木性
已盡於霹靂至强不下於金石雖以千金賭之不可
易也酬答之頃砌陰已改而漠然無小姐之形影矣
楊生心甚着急疑慮自起告於夫人曰貧道雖傳得
古調而今之不彈者多貧道亦不能自知其聲之非
今而古也頃仍縈清視於女觀而聞之則小姐之知
音則今世之師曠願欵賤藝以聽小姐之下教也夫

人使侍兒招小姐俄而繡幕乍捲蘅澤微生小姐来
坐於夫人座側揚步起拜畢斂目而望之太陽初湧
於彤霞芳蓮皎映於綠水矣神搖眸眩不能正視錫
生嫌其坐席稍遠眼力有碍乃告曰貧道欲受小姐
之明教而華堂廣濶辯韻散泄或恐不專於細听也
夫人謂侍兒曰女冠之座可移於前也侍婢移席請
坐雖已偪於夫人之座而適當小姐座席之右反不
如真視相望之時也生亦以爲恨而不敢再請侍婢
設香案於前開金炉爇名香生乃改坐援琴先奏霓
裳羽衣之曲小姐曰美哉此曲宛然天寳太平之氣

像也此曲人必解之而曲臻其妙未有如道人之手
段者也此非所謂漁陽鼙鼓動地来驚罷霓裳羽衣
曲者乎暗亂之淫樂不足聽也願聞它曲揚上更奏
一曲小姐曰此曲樂而淫哀而促卽陳後主玉樹後
庭花也此非所謂地下若逢陳後主豈宜重問後庭
花者乎亡国之繁音不足尚也更奏它曲揚生又奏
一闋小姐曰此曲如悲如喜如感激者然如思念者然
昔蔡文姬遭亂被拘生二子於胡中矣及曹操贖還
文姬將歸故国留別兩兒作胡笳十八拍以寓悲憐
之意所謂胡人落淚霑邊草漢使斷腸對歸客者也

其辞雖可听也失節之人㫖見道哉清新其曲楊生
又奏一腔小姐曰王昭君出塞曲也昭君春係旧君
瞻望故鄉悲此身之失所怨畫師之不公以無限不
平之心付之於一曲之中所謂誰憐一曲傳樂府能
使千秋傷綺羅者也然胡姬之曲邊方之辞本非正
音也抑有它曲乎楊生又奏一轉小姐改容而言曰
吾不聞此辞久矣道人寔非凡人也此則英雄不遇
其時寄心於塵世之外而忠義之氣壹鬱於叔夜之
中得非嵇叔夜廣陵散乎及其被戮於東市也顧日
影彈一曲曰悲哉人有欲學廣陵散者乎吾惜之而

不傳矣嗟呼廣陵散從此絕矣所謂獨鳥下東南廣
陵何處在者也後人無傳之者道人必遇嵇康之精
灵而學也生膝席而答曰小姐之英慧出人上萬之
也貧道嘗聞之於師其言亦與小姐一也又奏一齣
小姐曰優〻哉風〻哉青山峩〻綠水洋〻神仙之
跡超貌塵臼之中此非伯牙求仙操乎所謂鍾期旣
遇奏流水而何慚者也道人存于百歲後知音也伯
牙之灵如有所知必不恨鍾子期之死也揚生又彈
一闋小姐輒正襟跪坐曰至矣盡矣聖人遭遇亂世
遑〻四海有拯濟萬姓之意非孔宣父誰能作此曲

乎必猗蘭操也所謂逍遙九州無有定處者非其
意乎楊生跪坐添香復彈一拜小姐曰高哉美哉猗
蘭之操雖出於大聖人憂時救世之心而猶有不遇
時之歎也此曲與天地萬物熙〻同春巍〻蕩〻無
得以名也是必大舜南薰曲也所謂南風之薰兮可
以解吾民之慍者非其詩乎盡善盡美者無過於此
者雖有他曲不願聞也楊生敬而對曰貧道聞樂律
九變天神下降貧道所奏者只八曲也尚有一曲請
王振之矣拂拭調絃內手而彈其聲悠揚闓悅能使
人魂佚而心蕩庭前百花一時齊綻乳燕雙飛流鶯

互歌小姐蛾眉暫低眼波不收泯黙而坐矣至鳳兮
〻〻歸故鄉遨遊四海求其凰之句乃開眸再望偷
視其帶紅暈轉上於雙頰黃氣忽消於八字正若被
惱於春酒者也卽雍容起立轉身入內生愕然無語
推琴而起惟瞪視小姐之背魂飛神飄立如泥塑夫
人命坐之問曰師傅俄者所彈者何曲也生佯對曰
貧道傳得於師而不知其曲名故正待小姐之命矣
小姐久而不出夫人使侍婢問其故侍婢還報曰小
姐半日觸風氣候欠安不能出來矣楊生大疑小姐
之覺悟歟〻〻不安不敢久留起拜於夫人曰伏聞小

姐玉躰不平貧道寔切憂慮矣伏想夫人必欲親自諗
視貧道請退去矣夫人出金帛而賞之尼辭而不受曰
出家之人雖粗解戒律不過自適而已敢受伶人之
纏頭乎因頓首而謝下階而去夫人憂小姐之病即
召問之已快愈矣小姐還于寢室問於侍女曰春娘
之病今日何如侍女曰今日則已差聞小姐聽琴新
起梳洗矣原来春娘姓賈氏其父西蜀人也上京為
承相府胥吏多有功勞於鄭司徒家矣未久病死時
春娘年方十歲司徒夫妻憐其無依収置府中使與
小姐仝遊其齒於小姐較一月矣容貌靜麗百態俱

備端正尊貴之氣像雖不及於小姐而亦絶代佳人
也詩才之奇筆法之妙女紅之工足與小姐相上下
小姐視如同氣不忍暫離雖有奴主之分宗同朋友之
誼本名即楚雲而小姐以其態度之可愛採韓吏部
多態度春空雲之句改其名曰春雲家內之人皆以
春雲呼之春雲來見小姐而問曰朝者諸侍女爭言
中堂彈琴之女冠容如天仙手彈稀音小姐大加稱
賛小婢忘却在病方欲玩賞其女冠何其速去耶小
姐發紅於面徐言曰吾動身如玉持心如盤足跡不
出於重門言語不交於親戚乃春娘之所知也 一朝

爲人所詐忽受難洸之蕃辱自此何忍亂面對人乎
春雲驚曰怪哉此何言也小姐曰俄來女冠果然其
容貌秀矣琴曲妙矣即囁嚅不畢其說春雲曰其人
貌如何耶小姐曰其女冠始奏霓裳羽衣次奏諸曲
其終也奏帝舜南薰曲我一〻評論遵季札之言仍
請止之其女冠言有一曲矣更奏新聲乃司馬相如
挑卓文君之鳳求凰也我始有疑而見之其容貌亂
止與女子大异是必詐僞之人欲賞春色而変服而
来矣所恨者春娘若不病一見可卞其詐也我以閨
中處女之身與所不知男子半日對坐露面接語天

下寧有是事耶雖母子之間我不忍以此言告之矣
非春娘誰與說此懷也春娘笑曰相如鳳求凰然子
獨不聞耶小姐必見杯中之弓影也小姐曰不然此
人奏曲皆有次第若彼無心求凰之曲何必奏之於
諸曲之末乎況女子之中容皃或有清弱者矣或有
壯大者矣氣像豪爽未見如此人者也予意則国
試已迫四方儒生皆集於京師其中恐有誤聞我名
者妄生探芳之計也春雲曰其女冠果是男子則其
容顏之秀美如此其氣像之豪爽如此其精通音律
又如此可知其才品之高矣安知非真相如乎小姐

曰彼雖相如我則決不作卓文君也春雲曰小姐無
爲可笑之說文君寡婦也小姐處女也文君有意而
從之小姐無心而听之小姐何以自比於文君乎兩
人嬉〻談笑終日自樂一日小姐侍夫人而坐司徒
自外而入持新出榜眼以授夫人曰女兒婚事至今
未定故欲擇佳郎於新榜之中矣聞壯元楊少游淮
南之人也時年十六歲且其科製人皆稱賛此必一
代才子且聞其風儀俊秀標致高爽將成大器而時
未娶妻若得此人爲東床之客則於我心足矣夫人
曰耳聞本不如目見人雖過稱我何盡信必也親見

而後方可定之矣司徒曰是亦不難

詠花鞋透露懷春心
幻仙庄成就小星緣

小姐聞其父親之言還入寢室謂春雲曰向日彈琴女冠自稱楚人年可十六七歲矣淮南即楚地且其年紀相近吾心寔不能無疑也此人若其女冠則必來謁於父親矣汝須待其來到留意而見之春雲曰其人妾曾未之見雖與相對其何知之春雲之意則不如小姐從青鎻之內親自窺見矣兩人相對而笑此時楊少遊連魁於會試及殿試即被揀於翰苑拜名聳一世矣公侯貴戚有女子者皆爭送媒妁而生

盡却之徃見禮部權侍郎以求婚於鄭家之意縷縷
告之仍要紹介侍郎裁一札而付之生即袖徃鄭司
徒家通其姓名司徒知楊壯元之至謂夫人曰新榜
壯元來矣即迎見於外軒楊壯元戴桂花擁仙樂進
拜於司徒文彩之美禮貌之恭已令司徒口呿而滋
露矣一府之人惟小姐一人之外莫不奔走聳觀爲春
雲問於夫人侍婢曰吾聞老爺與夫人唱酬之言前
日彈琴女冠即楊壯元之表妹有彷彿處乎爭言曰
果是矣覩其氣止容貌小無參差中表兄弟何其酷
相似耶春雲即入謂小姐曰小姐明鑑果不差矣小姐

曰汝須更往聞其爲何語而來春雲即出去久而還
曰吾老爺爲小姐求婚於楊壯元壯元拜而對曰晩生
自入京師聞令小姐窈窕幽閑妄出非分之望矣今
朝往謁於座師權侍郎則侍郎許以一書通於大人
而覼念門户之不敵如青雲濁水之相懸人品之不
同如鳳凰烏雀之各異侍郎之書方在晩生袖中而慚
愧趦趄不敢進矣乃擎而獻之老爺見而大悅方
促進酒饌矣小姐驚曰婚姻大事不可草卒而父親
何如是輕諾耶語未了侍婢以夫人之命招之小姐
承命而往夫人曰楊壯元楊小游一榜所推萬人所稱

汝之父親既已許婚吾老夫妻已得托身之人矣更
無可憂者矣小姐曰小女聞侍婢之言楊壯元容仪
一如頃日彈琴之女冠果其然乎夫人曰婢輩之言
是矣我愛其女冠仙風道骨拔出於世久猶不忘方
欲更邀而家尙多事詐莫之遂矣今見楊壯元宛如
女冠相對以此足知楊壯元之美矣小姐曰楊壯元
雖美小女與彼有嫌與之結親恐不可也夫人曰是
甚怪事〻〻吾女兒處於深閨楊壯元处於淮南本
無干涉之事有何嫌疑之端乎小姐曰小女之事言
之可慚故尙未得告知於母親矣前日女冠即今日

之楊壯元也変服弄琴欲知小女之姸媸也小女陷
於姸詐終日打話豈可曰無嫌乎夫人驚懼無語司
徒送楊壯元出入內寢喜色已津津矣謂小姐曰瓊貝
汝今日有乘龍之慶甚是快活事也夫人以小姐之
言傳之司徒吏問於小姐知楊生彈求凰曲之顛末
大笑曰楊壯元真風流才子也昔王維學士着樂工
衣服彈琵琶於太平公主之第仍占壯元至今為流
傳之美談楊即為求淑女換着女服寔多才之人一
時遊戱之事何嫌之有況女兒只見女道士而已不
見楊壯元也楊壯元之換女道士於汝何関也與卓

文君之屬簾竊見不可同日道也有何自嫌之心乎
小姐曰小女之心宗無所愧見欺於人一至於此以
是憤恚欲死爾司徒又笑曰此則非老父所知也他日
汝可問之於楊生也夫人尙於司徒曰楊郎欲行禮
於何尙乎司徒曰納幣之禮從俗而行之親迎則稱
侍秋間陪來大夫人後方定日矣夫人曰禮則然矣
遲速何論遂擇吉日捧楊翰林之幣仍請翰林處於
花院別堂翰林以子婿之禮敬事司徒夫妻司徒夫
妻愛翰林如親子焉一日小姐偶過春雲寢房春雲
方刺繡於錦鞋爲春陽所惱倚枕繡欃而眠小姐曰

入房中細見繡線之妙歎其才品之妙矣襆下有小
紙寫數行書展見則即味鞋之詩也其詩曰
憐渠最得玉人親步步相隨不暫捨燭滅羅帷解
帶時使爾拋却象床下
小姐見罷自語曰春娘詩才尤將進矣以繡鞋比之
於身以玉人擬之於吾言常時與我不曾相離彼將
從人必與我相疎也春娘誠愛我也又微吟而笑曰春
雲欲上於吾所寢象床之上欲與我同事一人此兒之
心已動矣恐驚春娘回身潛出轉入內堂見於夫人
夫人方率侍婢備翰林饌矣小姐曰自楊翰林來

侄吾家老親以其衣服飮食爲憂指揮婢僕損傷精
神小女當自當其苦而非但於人事有嫌在礼亦無
所據春娘年旣長成能當百事小女之意送春雲於
花園俾奉楊翰林內事則老親之憂可除其一分矣夫
人曰春雲妙才奇質何事不可當乎但春雲之父曾
已有功於吾家且其人物出於等夷祖公每欲爲春
雲求良匹終事女兒恐非春雲之願也小姐曰小女
視春雲之意不欲與小女分離矣夫人曰從嫁婢妾
於古亦有然春雲之才皃非等閒侍見之比與汝同
歸恐非遠念小姐曰楊翰林以遠地十六歲書生媒

三尺之琴調戯宰相家深閨処子其氣像豈循守一
女子而終老乎他日簇承相之府享萬鍾之祿則堂
中將有幾春雲乎適司徒入來夫人以小姐之言〻
於司徒曰女兒欲使春雲從侍楊郎而吾意則不然
行禮之前先送媵妾殊知其不可〻司徒曰春雲与
女兒才相似而皃相若也情愛之篤亦相同也可使
死從不可使相離也畢竟同歸先送何妨少年男子
雖無風情亦不可獨栖孤房與一柄殘炷爲伴况楊
翰林乎急送春娘以慰寂寞之懷恐無不可而但不
備礼則太涉草〻欲具礼則亦有所不便者何以則

可以得中也小姐曰小女有一計欲借春雲之身以
雪小女之恥司徒曰汝有何計試言之小姐曰使十
三兄如此如此則小女見淩之恥可以除矣司徒大
笑曰此計甚妙矣盖司徒諸姪子中有十三郎者賢
而攙警志氣浩蕩平生喜作諧謔之事且與楊翰林
氣味相合真莫逆交也小姐歸其寢所謂春雲曰春
娘吾與汝頭髮覆額心肝已通共爭花鬪終日嘻呼
今我已受人聘禮可知春娘之年亦不釋矣百年身
事汝必自量未知欲托於何樣人也春雲對曰賤妾
偏荷娘子撫愛之恩涓埃之報未由自效惟願長奉

巾匜於娘子以終此身也小姐曰我素知春娘之情
身我同也我與春娘欲議一事今楊郎以枯桐一聲
弄此閨裡之處女貽辱深矣受侮多矣非吾春娘誰
能為我雪恥乎吾家山莊即終南山最僻處也距京
城堇平鳴地而景致蕭洒非人境也借此別區設春
娘之花燭且令鄭兄導楊郎之迷心行如此如此之計則
撫琴之詐謀彼不得更售矣聽曲之深羞可以快消
矣惟望春娘毋憚一時之勞春雲曰小姐之命賤妾
何敢違乎但異日何以更面於楊翰林之前乎小姐曰欺
人之羞不猶愈於見欺者之羞乎春雲微々笑曰死

且不避當惟命焉翰林職事湛直之外無奔忙之苦
矣持被之餘閑日尚多或尋朋友或醉酒樓有時跨
驢出郊訪柳尋花一日鄭十三謂翰林曰城南不遠
之地有一靜界山川絶勝吾欲與一遊瀉此幽悄翰
林曰正吾意也遂挈壺榼屛騶隷行十餘里芳草被
堤青林繞溪劇有山樊之興翰林與鄭生臨水而坐
把酒而吟此時正春夏之交也百卉猶存萬樹相映
忽有落花泛溪而來翰林咏春來遍是桃花水之句
曰此間必有武陵桃源也鄭生曰此水自紫閣峰發
源而來也曾聞花開月明之時則往往有仙樂之聲

出於雲烟縹緲之間而入或有聞之者第則仙分甚
淺尚未得入其洞天矣今日當身大兄躡灵境尋仙
蹤拍泣崖之肩窺玉女之窓矣翰林性本好竒聞之
欣喜曰天下無神仙則已若有之則只在此山中矣
方振衣欲賞忽見鄭生家〻僮流汗而來喘促而言
曰娘子患候猝癃走請郎君矣鄭生忙起曰本欲身
兄壯遊於神仙洞府矣家憂此迫仙賞已違向所謂
仙分甚淺者右可驗矣促鞭而送翰林雖甚無聊而
賞興猶不盡矣步隨流水轉入洞口幽澗淙〻羣峰
真〻無一点飛塵胡襟自覺蕭爽矣獨立溪上俳徊

吟哦矣丹桂一葉飄水而下葉上有數行之書使書
童拾取而見之有一句詩曰
仙尨吠雲外知是楊郎來
翰林心窃怪之曰此山之上豈有人居此詩亦豈人
所作乎攀蘿緣壁忙步連進書童曰日暮路險進無
所托請老爺還彼城裡翰林一不聽又行七八里東嶺
初月已在山腰矣遂影步光穿林橄澗惟聞驚禽啼
而悲猿嘯矣已而星摇峰頂露鎖松梢可知夜將深
矣四無人家無處投宿欲覓禪菴佛寺而亦不可得
方蒼茫之際十餘歲青衣女童浣衣於溪过見其來

忽而驚起且去且呼曰娘子〻〻郎君來矣生聞之
尤以爲恠又進數十步山回路窮有小亭翼然臨溪
窈而深幽而閒真仙居也一女子被霞光帶月影子然
彿立於碧梔花下向翰林施禮曰楊郎來何晩耶翰
林驚見其女子身著紅錦之袍頭揷翡翠之簪腰横
白玉之珮手把鳳尾之扇嬋娟清高認非世界人也
乃慌忙荅禮曰学生乃塵間俗子本無月下之期而
有此晩來之教何也女子請徃亭上共做穏話仍引
入亭中分賓主而坐招女童曰郎君遠來慮有飢色
略以薄饌進之女童受命而退少焉排瑶床設綺饌

擎碧玉之鍾進紫霞之酒未冽香濃一酌便醺翰林
曰此山雖僻亦在天之下也仙娘何以厭瑤池之樂
謝王京之侶而辱居於此乎美人長吁短歎曰欲說田
事徒增悲懷妾是王母之侍女郎是紫府之仙吏玉
帝賜宴於王母衆仙皆會郎偶見小妾擲仙果而戲
之郎則誤被重譴幻生於人世妾則幸受薄罰謫在
於此而郎已爲膏火所蔽不能記前身之事也妾之
謫限已滿將向瑤池而必欲一見郎君乍展旧情懇
囑仙官退却一日之期已至郎君將到此而方佇待
耳郎今辱臨宿緣可續時桂影將斜銀河已傾翰林

携美人同寢若刻玩之入天台與仙娥結緣似夢而非夢似真而非真也纔盡繾綣之意山鳥已啅於花梢而隱紗已微明矣美人先起謂翰林曰今日即妾上天之期也仙官奉帝勅備幢節來迎小妾之時若知鳥君在此則彼此將俱被譴罰郎君促行矣郎君若不忘旧情又有重逢之日矣遂題別詩於羅巾以贈翰林其詩曰

相逢花滿天相別花在地春色如夢中弱水杳千里

楊生覽之難懷斗起不勝悽黯自裂汗衫和題一首而贈之其詩曰

天風吹玉珮白雲何處收巫山他夜雨願濕襄王衣

義人奉覽曰瓊樹月隱桂殿霜飛作九萬里外面目
者惟此一詩而已遂藏於香囊仍再三催促曰時已
至矣卽可行矣翰林摻手拭泪各稱保重而別纔出
林外回瞻亭榭碧樹重々瑞靄朧々如覺瑶臺一夢
及歸家精爽倏飛忽々不樂獨坐而思之曰其仙女
雖自云已蒙天赦歸期在卽安知其行必在於今日
乎暫留山中藏身密處目見羣仙以幢幡來迎之後
下來亦未晩也我何思之不審行之太躁耶悔心憧

達宵不寐惟以手書空作咄々字而已翌曉
早起澤書童復往所日留宿之處則桃花帶笑流水
如咽虛亭獨留香塵已闃矣翰林悄然憑欄悵望靑
霄指彩雲而歎曰想仙娘乘彼雲而朝上帝矣仙影
已斷向嗟及矣乃下亭倚桃樹而泣灑曰此花應識
崔護城南之恨矣至夕乃憮然而迴至數日鄭生來
謂翰林曰頃日回室人有疾不得與兄同遊尚有恨
矣即今桃李雖盡城外長郊柳陰正好與兄當偷得
半日之閑更辦一場之遊玩蝶舞而聽鶯歌矣翰
林曰綠陰芳草亦勝花時矣兩人共轡同行催出城

門涉遠野擇茂林藉草而坐對酌數壽傍有一抔荒
墳寄在於斷岸之上而落蓬蒿四沒莎草盡剝惟有
雜卉成叢綠影相交數点幽花隱映於荒煙亂餘之
間也翰林因醉興指点而歎曰賢愚貴賤百年之後
盡歸於一丘土此孟嘗君所以泪下於雍門琴者也
吾何以不醉於生前乎鄭生曰兄必不知彼墳也此
即張女娘之墳也女娘以美色鳴一世人以張麗華
稱之二十而夭瘞於此後人哀之種花柳雜植於墓前
以誌其處矣吾輩以一盃酒澆其墳以慰女娘芳魂
如何翰林自是多情者乃曰兄言可也遂與鄭生至

至其墳前舉酒澆之各製四韻一首以弔孤魂膺抹
之詩
美色曾傾國芳魂已上天管絃山鳥学羅綺野花
傳古墓空春草虛樓自暮烟秦川舊聲價今日
屬誰邊
鄭生之詩
問昔繁華地誰家窈窕娘荒凉蘇小宅寂寞薛濤
庄草帶羅裙色花留宝靨香芳魂招不得惟有暮
鴉翔
兩人傳看浪吟更進一盃鄭生繞墓徊徨至崩頹之

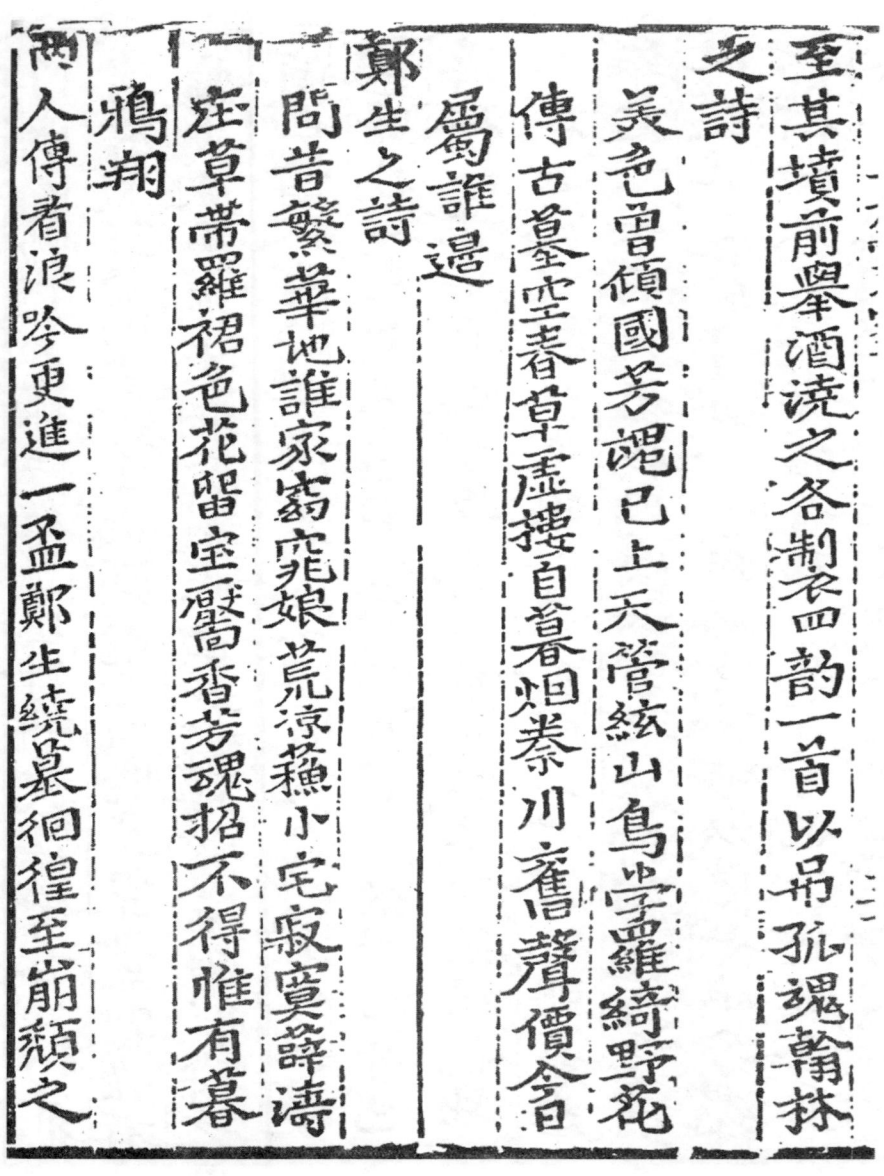

處得白羅所書絶句一首而詠之曰何處多事之
人作此詩納於女娘之李翰林索見之則
卽自家裂衫製詩以贈仙娘子者也乃大驚於心曰
向日所逢美人果是張女娘之靈也驚汗自出頭髮
上竦心不能自定而已自解曰其色之美如此其情
之厚如此似亦天緣也鬼亦天緣也仙與鬼不必卞
之矣乘鄭生起旋之時更酌一盃潛澆於墳上默禱
曰幽明雖殊情義不隔惟祈芳魂鑑此至誠更趁今
夜重續舊緣禱畢 拉鄭生還歸 是夜獨在
花園倚枕欹坐想其美人思甚渴涸耿耿不成眠矣

時月光窺簾樹影滿面群動已息人語正闃而似有
跫音自暗中而至翰林開户視之則乃紫閣峯仙女
也翰林滿心驚喜跳出門限携来玉手欲入房中美
人辞曰妾之根本郎已知之得無嫌猜之心乎妾之
初遇郎君非不欲直吐而或恐驚動假托神仙叨侍
一夜之枕席榮已極矣情已密矣庶幾斷魂再續朽
骨更肉而今日郎君又訪賤妾之幽宅澆之以酒弔
之以詩慰此無主之孤魂妾於此不勝感激懷恩戀
德欲謝厚眷而布微悃而来敢欲以幽陰之質復近
君子之身乎翰林更挽其袖而言曰世之悪鬼神者

愚迷怯懦之人也人死而爲鬼〻幻而為人以人而
畏鬼人之騃者以鬼而避人鬼之癡者其本則一也
其理則同也何人鬼之卞而幽明之分乎我見若斯
我情若斯娘何以背我耶美人曰妾何敢背郎君之
恩而忽郎君之情哉郎君見妾眉如蛾翠臉如猩紅
而有眷戀之情此皆假也非真也不過作謀巧餙欲
與生人相接也郎君欲知妾真面目也即白骨髮尾
綠瞀相縈而已郎君何可以如此之陋質欲近於貴
体乎翰林曰佛語有之人之身傅以水漚風花假成
者也孰知其真也孰知其假也携抱入寐穩度其夜

情之縝密一信於前矣翰林謂美人曰自今夜夜相
會毋或自沮美人曰惟人與鬼其道雖異至情所格
自相感應郎君之眷妾誠出於至情則妾之欲托於
郎君夫豈淺哉俄聞晨鐘之聲起向百花深處而去
翰林憑欄送之以夜為期美人不答倏然而逝矣

九雲夢卷之初終

九雲夢卷之三

賈春雲爲仙爲鬼　狄驚鴻乍陰乍陽

翰林自遇仙女以來不尋朋友不接賓客靜處花園專心一意夜至則待來日出則待夜惟望使彼感激而美人不肯數來翰林念轉篤而望益切矣久之兩人自花園挾門而來在前者即鄭十三在後者生面也鄭生引在後者見於翰林曰此師傅即太極宮杜真人相法卜術與李淳風袁天綱相頡頏也欲相揖兄而邀來矣翰林向真人而揖曰慕仰尊名宿矣尚未承顔一奉乃有數耶先生必審見鄭生之相以為

如何鄭生先答曰此先生相小弟而稱曰三章之
內必得高第將為八州刺史於弟足矣此先生言必
有中兄試問之翰林曰君子不問福只聞災殃惟先
生直言可也真人熟視而言曰楊翰林面眉皆秀鳳
眼向鬢位可踏於三台耳根白如塗粉圓如垂珠名
必聞於天下權骨蒲面必手執兵權威震四海封侯
於萬里之外可謂百無一欠而但今日有目前之橫
厄若不過哉殆哉〻〻翰林曰人之吉凶禍福無不
自已有之而惟疾病之來人所難免無乃有重病之
兆耶真人曰此非尋常之災殃也青色貫於天庭邪

氣侵於明堂相公家內或有來歷不分明之奴婢乎
翰林於心已知張娘之祟而蔽於恩情略不驚恐答
曰无是事也真人曰然則或過古墓感傷於胸中或
與鬼神相接於夢裡乎翰林曰亦無是事也鄭生曰
杜先生曾無一言之差楊兄更加商念翰林不答真
人曰人生以陽明保其身鬼神以幽陰成其氣若晝
夜之相反水火之不容今見女鬼邪穢之氣已罩於
相公之身數日之後必入於骨髓相公之命恐不可
救矣此時毋曰貧道不曾說來也翰林念之曰真人
之言雖有所據女娘永好之盟固矣相愛之情至矣

夫豈有害吾之理乎楚襄遇神女而同席狎褻豈鬼
鬼而生子從古亦然哉何獨慮乃謂眞人曰人之死
生壽夭皆定於有生之初我苟有將相富貴之相鬼
神其於我何眞人曰夭亦相公也壽亦相公也死與於
哉矣乃拂袖而去翰林亦不強留焉鄭生慰之曰楊
兄自是吉人神明必有所助何鬼之可慮乎此流注
生以誕術動人可惡也乃進酒終夕大醉而散是日
翰林室夜分乃醒焚香靜坐苦待女娘之來已至深
更杳無形迹翰林拍案曰天欲曙矣娘不來矣欲滅
燭而寢矣窓外忽有且啼且語之聲細聽之則乃女

娘也曰郎君以妖諸之符荘於頭上妾不敢近前
妾雖知非郎君之意是亦天緣盡而妖魔戲也惟望
郎君保畜妾從此永訣矣翰林大驚而起拓戶而視
之已無人形而只有一封書在於階上乃拆見之郎
女娘之所製也其詩曰

昔訪佳期躡彩雲更將清酌酹荒墳深誠未效恩
先絶不怨郎君怨鄭君

翰林一吟一唏且悲且恠以手撫頭有一物在於總
髮之間出而見之乃逐鬼符也大怒叱田妖人誤我
事也遂裂破其符痛恚益切更把女娘之詩徵吟一

度大憘曰張女之怨鄭君深矣此乃鄭十三之事也
雖非惡意沮敗好事非道士之妖乃鄭生也君盍辱
之遂次女娘之詩囊以莊之曰詩雖成矣誰可贈矣
詩曰
泠然風馭上神雲莫道芳魂寄孤墳園裡百花之
底月故人何處不思君
達明往鄭十三家鄭生出去矣三日往尋終未一遇
女娘影響音益緲邈矣欲訪於紫閣之亭則精灵已歛
欲尋於南郊之墓則音容難接死処可問尤許可旋
抑塞紆軫寢食頓減矣一日鄭司徒夫妻置酒饌邀

翰林討穩而飛觴司徒曰楊郎神觀近何憔悴耶翰林曰與十三兄連日過飮恐因此而然矣鄭生忽來到翰林以怒目睨視不與語矣鄭生先問曰兄近來職事倥偬耶心緒不佳耶陟岵之情苦耶濫酒之疾作耶兒何憔悴耶神何蕭索耶翰林微答曰旅遊之人安得不然司徒曰家中婢僕傳言楊郎與一美姝共話於花園此語信耶翰林答曰花園僻矣人誰往來必傳之者妄也鄭生曰以楊兄豁達之量爲兒女羞愧之態耶兄雖以大言斥杜眞人觀兄氣色不可掩也弟恐兄迷而不悟禍將不測潛以杜眞人逐鬼

之荷置於兄東髮之間而兄醉倒不省㑹其夜潛身
於園林蒙密之中窺見則有鬼女哭辭於兄寢室亦即
踰墻而去此真人之言驗矣小弟之誠至矣兄不我
謝而乃反嗔怒何耶翰林知其不可牢諱向司徒而
言曰小婿之事頗涉恠駭當備告於岳丈矣具其首
尾悉陳無餘仍曰小婿固知十三兄之愛我而女娘
雖曰鬼神莊而不誕正而不邪决不貽禍於人小婿
雖疲劣亦丈夫也不必爲鬼物所迷而鄭兄乃以不
經之符斷其自來之路寔不能無介於中也司徒擊
掌大笑曰楊郎文彩風流與宋玉同定已作神女賦

也老夫非為戲言於楊郎也少時偶値異人果學少
翁致鬼之術矣今當為賢婿致張女娘之神以謝侄
兒之罪以慰吾婿之心未知如何翰林曰此岳丈弄
小婿也少翁雖能致李夫人之魂而此術之不傳也
久矣小婿於岳丈之言不敢信也鄭生曰張女娘之
魂楊兄則不費一言而致之小弟則能以一符而逐
之鬼中之可使者也兄何疑乎司徒乃以麈尾打屛
風曰張女娘安在一女子忽自屛後而出含笑含嬌
立於夫人之後翰林一擧目已知其張女娘也恍〻
惚〻莫知端倪直視司徒及鄭生而問[illegible]人耶鬼

耶鬼何以能出於白晝耶司徒及夫人啓齒而笑鄭
生捧腹大噱顛仆不能起左右侍婢等已折腰矣司
徒曰老夫方為賢婿而吐其實矣此兒非鬼非仙郎
吾家所畜賈氏女子其名春雲近日楊郎塊然花園
喫盡苦況老夫送此美女以侍賢郎欲以慰客中之
無聊蓋出於吾老夫妻好意而年少輩居間用詐戲
謔太過遂使賢郎無端苦惱不亦笑乎鄭生方止笑
而言曰前後再度之逢皆我所媒而不感媒妁之恩
反以仇讐視之楊兄可謂負功忘德者也翰林亦大
笑曰岳丈既以此女送於小弟鄭兄從中操弄而已

何功之可賞鄭生曰操弄之責弟寔甘心發蹤指示自有其人此豈獨為小弟之罪哉翰林向司徒而笑曰苟有是也或者岳丈為少婿作遊戲事也司徒曰否〻老夫之髮已黃矣豈可作兒戲乎楊郎誤思也翰林顧鄭生曰非兄作倆而誰復為此戲乎鄭生曰聖人有言出乎爾者反乎爾揚兄更思之曾以何許欺何許人乎男子尚化為女子以俗人而為仙以仙子而為鬼何足怪哉翰林乃大覺笑向司徒曰是哉〻〻小婿曾有得罪於小姐之事矣小姐猶不忘睚眦之怨也司徒與夫人皆笑而不答翰林顧謂春雲曰春

娘汝固慧黠矣欲事其夫而先欺之甚於婦女之道
何如耶春雲跪而對曰賤妾但聞將軍令不聞天子
詔也翰林嗟歎曰昔神女朝為雲暮為雨今春娘朝
為仙暮為鬼雲與雨雖異一神女也仙與鬼雖變一
春娘也襄王惟知一神女而已何與於雲雨之變化
今戒亦知一春娘而已何論其仙鬼之互變乎然襄
王見雲則不曰雲而曰神女見雨則不曰雨而曰神
女今戒遇仙則不曰春娘而曰仙遇鬼則不曰春娘
而曰鬼是戒不及於襄王遠矣春娘之變化非神女
所及也吾聞強將無弱卒其裨將若此其大將不待

親見而可知也座中皆大笑更進酒肴終夕大醉春
雲亦以新人與於末席至花春雲執炜陪翰林至花
園翰林醉甚把春雲之手而戲之曰汝眞仙乎眞鬼
乎仍熟視之曰非仙也非鬼也乃人也吾仙亦愛之
鬼亦愛之況人乎又曰仙亦非汝也鬼亦非汝也或
使汝而爲仙或使汝而爲鬼者亦眞有爲仙爲鬼之
術而以楊翰林爲俗客而不欲相從耶以花園爲陽
界而不欲相訪耶人能使汝爲仙爲鬼而戲稀不能
使汝而變化乎使汝而欲爲仙也其將爲月殿之姮
娥乎使汝而欲爲鬼也抑將爲南岳之眞〻乎春雲

雲對曰賤妾潛越宗多欺罔之罪惟相公寬假之翰
林曰當汝之變化為鬼亦不以為忌到今豈有追咎
之心乎春雲起而謝之楊翰林得第之後即入翰苑
自縻職事尚未能覲方欲請暇歸鄉省拜母親仍陪
來京第即過婚禮而時國家多事吐蕃數侵掠邊境
河北三節度或自稱燕王或自稱趙王或自稱魏王
連結强隣稱兵交亂天子憂之博謀於群臣廣詢於
廟堂將欲出師致討大小臣僚言議矛楯皆懷姑息
苟且之計翰林學士楊以遊出班奏曰宜如漢武帝
招諭南越王故事亟下詔書誥以禍福終不聽命用

武取勝為萬全之策也上從之使少游即草詔於上
前少游俯伏受命走筆製進上大悅曰此文典重凹
截恩威並施大得誥諭之躰狂寇必自戢矣即下於
三鎮趙魏兩國則去王號服朝命上表請罪遣使進
貢馬一萬匹紬一千匹惟燕王恃其地遠兵強不肯
歸順上以兩鎮之服皆少游之功降旨褒崇曰河北
三鎮專擅一隅屈強造乱殆百年矣德宗皇帝起十
萬衆命將征伐終未能挫其強而服其心矣今楊少
游以盈尺之書服兩鎮之賊不勞一師不殺一人而
皇威遠暢於萬里之外朕宗嘉之賜以紬三千匹馬

五千匹表予優奬之意仍欲進秩少游進前辭謝
代草王言即臣職分兩鎭皈化莫非天威臣以何功
叨此重賞況一鎭猶梗聖化敢肆跳梁恨不能提劍
蹴殳以雪國家之耻陞擢之命何安於心人臣願忠
罔無間於職階之崇卑兵家勝敗不專在於士卒之
多小臣願得一枝之兵倚杖六朝之威進與燕寇決
死力戰以報聖恩之萬一上壯其意問於大臣皆曰
三鎭互為脣齒之形而兩鎭既已屈服小燕孤賊特
猶漁穴蟻垤也以兵臨之則必若摧枯拉朽而王者之
兵先諫後伐請遣少游喻以利害不服則即加兵可

也上然之使揚少將持節御翰林奉詔旨受鈇鉞
將祭行拜辭於司徒〻〻曰邊鎮驁逆不用朝命非
一口也揚郎以一介書生入不測之危地如有不虞
之變亦於無備之處豈但為老夫之不幸吾老且
病雖不與朝廷末議而欲上一書而爭之翰林止之
曰岳丈毋用過慮藩鎮不過乘朝廷之不靖嘡誤於
一時也今天子神武朝政清明趙魏兩國且已束手
單弱之小鎮偏小之一燕何能為哉司徒曰上命旣
下君意已定者夫更無他言惟顧加飡而已夫人垂
涕而別曰自得賢郎頗慰老懷而今遠行我懷如何

王程有限只祝來旋疾也翰林退至花園治行節於
春雲執衣而泣曰相公之朝直於玉堂也妾必早起
整包裹具奉著朝袍相公必流眄顧妾常有春々不
忍離之意今當萬里之別何無一言相贈翰林大笑
曰大丈夫當國事受重任死生且不可顧區々私情
安足論乎春娘無作浪悲以傷花色謹奉小姐穩度
時日待吾復事成功腰懸如斗大金印得意歸來也
卽出門乘車而行々至洛陽舊日經過之跡尚不改
矣當時以十六歲蘋然一書生著布衣騎蹇驢猶々
拂々行色艱關不啻如蘇秦不上之勞矣才過數年

建玉節駈駟馬洛陽縣令奔走除道河南府尹匍匐
導行光彩照耀於一路先聲震慑於諸州閭里徑且覌
行路咨嗟豈不誠偉哉翰林先使書童往探桂蟾月消
息書童往問居之家重門深鎖畫樓不開惟有櫻桃花
爛開於墻外而已訪於隣人則曰蟾月去年春與遠
方相公結一夜之緣其後稱有疾病謝絕遊客官府
設宴託故不進矣未幾佯狂盡去珠翠之飾粧着道
士之服遍遊山水尚未還歸不知其方在何山云矣書
童以此來報翰林歎意沮若墜深坑過其門墻撫
迄潛辛夜入客館不能交睫府尹進娼女十餘人而

娼之皆一時名艶也與粧麗服三面圍坐前者天津
橋上諸妓亦在其中夭爭妍誇嬌欲睹一眄而翰林
自無催緒不近一人登莞臨行遂題一詩於壁上其
詩曰雨過天津柳色新風光宛似去年春可憐玉節
歸來地不見當壚勸酒人寫訖擲筆乘軺取其前路
而去諸妓立望行塵只切懸想而已爭謄其詩納於
府尹〻〻責衆娼曰汝輩若得揚翰林之一顧則可
增三倍之價而一隊新粧皆不入於翰林之眼洛陽
自此無顔色矣問於衆妓知翰林屬意之人揭榜四
門訪蟾月去處以待翰林復路之日矣翰林至燕國

絕徼之人未曾睹皇華威儀見翰林如地上祥麟雲
間瑞鳳到底擁車塞路無不以一覩爲快而翰林威
如疾雷恩如時雨邊民亦皆欣欣鼓舞嘖舌相稱曰
聖天子將活我矣翰林與燕王相見翰林盛稱天子
威德朝廷處分以向背之執順逆之機縱橫闡闔言
皆有理滔滔如海波之寫凜凜如霜飈之烈燕王瞿
然而驚惕然而悟乃以膝蔽地而謝曰弊藩僻陋自
外聖化習故狃常違不知逆此承明教大覺前非自
此當永戢狂圖恪守臣職惟皇使啟奏朝廷使小邦
固庵獲安轉禍爲福則是小鎭之幸也因設宴於辟

鏤宮以餞翰林將行以黃金百鎰名馬十匹贐之翰
林卽言受離燕王而西向行十餘日至邯鄲之地
有美少年乘匹馬在前路矣仍前導僻易下立於路
傍翰林望見曰彼書生所騎者必駿馬也漸近則其
少年美如衛玠嬌如潘岳翰林曰吾嘗周行兩京之
間而男子之美者未見如彼少年者也其貌如此其
才可知謂從者汝請其少年隨後而來翰林午憩驛
館少年已至矣翰林使人邀之少年入謁翰林愛而
謂曰學生於路上偶見潘衛之風彩便生愛慕之心
乃敢使人奉邀而惟恐不我顧矣今蒙不遺幸叨合

席此所謂傾盖若舊者也願聞賢兄姓名少年答曰
小生北方之人也姓狄名白鸞生長窮鄉未遇碩師
良友學術踈識書劍無成尚有一片之心欲爲知己
者死今相公使過河北威德并行雷厲風飛陸慴水
慄人慕榮名其右概乎小生不揆鄙拙欲托門下一
效鷄鳴狗盜之賤技矣相公俯察至願有此辱速豈
直爲小生之榮宗有光於大人㝠屈身待士之盛
德也翰林尤喜曰語云同聲相應同氣相求兩情相
投甚是快事此後與狄生并鑣而行對床而食過勝
地則共談山水値良宵則同賞風月不知鞍馬之勞

行役之苦矣還到洛陽過天津橋乃有感旧之意曰
桂娘之自稱女冠浮遊山間着想欲守初盟以待吾
行而吾已杖節而來桂娘獨不在焉人事乖張佳期
蜿晩烏得無惆悵之心乎桂娘若知吾頃日之虛過
則必來待於此而想其蹤迹不在於道觀則必在於
尼院道路消息何以得聞噫今行又不得相見則未知
費了幾許日月有團會之期乎忽送遐矚則一佳人
獨立樓上高捲緗簾斜倚綠欄注目於車塵馬蹄之
間即桂蟾月也翰林思想之餘忽見旧面傾望之色
可掬矣隼凄如風瞥過樓前兩人相視凝情而已哉

至客館蹔月先從捷徑ㄱ來俟於館中見翰林下車
進拜於前倍入悱懔接裾而坐悲喜交切淚下言前
乃傴身而賀曰驅馳原隰貴躰萬福是慰戀慕之賤
悰也仍歷陳別後事曰自別相公ㄱ子王孫之會於
守縣令之宴左右招邀東西侵逼遭逆境者非一二
而自剪頭髮稱有惡疾堇免脅迫之辱盡謝華粧幻
着山衣避城中之罝罦揷谷裡之靜室每逢遊山之
客訪道之人或自城府而至或從京師而來者輒問
拓公消息矣今年孟春忽聞相公口含天綸路經此
地車徒行色遠矣遙望燕雲惟洒血淚縣令爲相公

至道觀以相公舘壁所題一首詩示賤妾曰向者揚
翰林之奉命過此金橋滿車而以不見蟾娘爲恨終日
看花不折一枝惟題此詩而故娘何獨棲山林不念
故人使我接待之禮太埋沒乎仍以過致敬禮自謝
前日之事懇請還故旧居以待相公之迴賤妾如知
女子之身亦尊重也當賤妾獨立於天津樓上望相
公之行也滿城群妓攔街行人孰不羨小妾之貴命
欽小妾之榮光也我相公已占壯元方爲翰林之
報妾已聞之矣第未知已得主饋之夫人乎翰林曰
曾已定婚於鄭司徒女子花燭之礼雖未及行之賢

淑之行已聞之熟矣桂卿之言小無逕庭良媒厚恩太
山亦輕矣更展旧情未忍即離仍留一兩日而以桂
娘在寢久不訪狄生矣書童忽來密告曰小僕見狄
生秀才非善人也與蟾娘子相戲於衆稠之中蟾娘
子既從相公則與前日大異矣何敢若是甚無禮乎
翰林曰狄生必無是理蟾娘尤無可疑汝必誤見也
書童怏〻而退俄而復進曰相公以小僕為誑妄矣
兩人方相與歡戲相公若親見之則可知小僕之虛
實矣翰林係出西廊而望見則兩人隔小墻而立或
笑或語攜手而戲欲聽其密語稍〻近往狄生聞曳

履聲驚而走蟾月顧見翰林頗有羞澁之態翰林問
曰桂娘曾與狄生相親乎蟾月曰妾與狄生雖無宿
昔之雅而與其妹子有舊誼故問其安否矣妾本娼
樓賤女自然濡染於耳目不知遠嫌於男子執手娼
戲附耳密語以招相公之疑賤妾之罪宗合萬殞翰
林曰吾無疑汝之心汝須無介於中也仍商量曰狄
生少年也必以見我為嫌我當召而慰之使書童請
之已去矣翰林大悔曰昔楚莊王絕纓以安其羣臣
矣我則欲察曖昧之事仍失才美之士今雖自責何
可及也即使從者遍訪於城之內外是夜與蟾月話

舊論心對酒取樂至夜半滅燭而寢矣至微明始覺則蟾月方對粧鏡調鉛紅矣鴻情留目心忽驚悟更見之則翠眉明眸雲鬟花瞼柳腰之勺約雪膚之皎潔皆蟾月而細審之則非也翰林驚愕疑惑而亦不敢詰焉

蓬萊殿宮娥乞佳句
金鸞直學士吹玉簫

翰林細繹深推知非蟾月而後乃問曰美人何如人也對曰妾本播州人姓名狄驚鴻也自幼時與蟾娘結為兄弟昨夜蟾娘謂妾曰吾適有病不得侍相公矣汝須代我之身俾免相公之責以此妾敢替桂娘

猥陪相公矣言未畢蟾月開戶而入曰相公又得新
人妾敢獻賀矣賤妾曾以河北狄鷩鴻薦於相公賤
妾之言果何如翰林曰見面大勝於聞名更察鷩鴻
女形則與狄生無毫髮異矣乃言曰原來狄生是鴻
娘之同氣也男女雖異容皃卽同狄娘為狄生之妹
乎狄生為狄娘之兄乎我昨日得罪於狄兄矣狄兄
今何在乎鷩鴻曰賤妾本無兄弟矣翰林又細見六
梧笑曰邯鄲道上從我而來者本狄娘也昨日墻隅
與桂娘語者亦鴻娘也未知鴻娘以男服瞞我何也
鷩鴻對曰賤妾何敢欺罔相公乎賤妾雖皃不適人

才不如人乎願從君子人矣燕王過聞妾名睹以
明珠一斛貯之宮中雖口飫珍味身厭錦繡非妾之
願也苑苑如鸚鵡深鎖於雕籠心欲奮飛而恨不能
得也項日燕王邀相公開大宴也妾穴窓紗而見之
則是賤妾所願從之者也然宮門九重何以能越長程
萬里何以自致百爾思度菫得一計而相公淮燕之
日妾若抽身而從之則燕王必使人追蹤故待相公
啓程後十日偷騎燕王千里馬第二日追及於邯鄲
及拜相公宜告實狀恐煩耳目不敢開口欺隱之責
實難逃也前日之著男子巾服者欲避追者之物色

昨夜之效唐姬古事者盖循桂娘之情愿也前後之
罪雖有可恕而惶恐之心亦益切矣相公若不録其
過不鄙其陋而假喬木之蔭借一枝之巢則妾當與
蟾娘同其去就待相公有室之後與蟾娘進賀於門
下矣翰林曰鴻娘高義雖楊家執拂之妓不敢致也
義愧無李衛公將相之才而已欲相好豈有量哉鴻
娘亦謝之蟾月曰鴻娘旣代妾身以侍相公妾亦當
代鴻娘而謝於相公矣仍起拜業〻是日翰林與兩人
經夜明朝將行謂兩人曰道路多煩不得同車將待
丞家即相迎矣至京師復命於闕下時燕藩表文及

貢獻金銀綵段以適至矣上大悅慰其勤勞褒其勳
庸將議封侯以答其功曰翰林力辭讓其議擢拜禮
部尚書兼帶翰林學士賞賚便蕃寵遇隆至人皆榮
之翰林還家司徒夫妻迎見於中堂賀其成功於危
地喜其超秩於卿月歡聲動一家矣尚書啟花園學
春娘設稚花結新歡鄭重之情可想矣上重揚以游
文學頻召便殿討論經史翰林以直宿最頻一日能
夜對餞直廬宮壺漏滴禁苑月上翰林不堪豪興獨
上高樓憑欄而坐對月吟詩忽見風便而聞之則洞
簫一曲自雲霄忽飄之間漸漸而來矣地密聲遠蛾

亦能下其調響而俗耳所不聞者坐招院吏而問曰此聲出於宮墻之外耶或宮中之人有能吹與曲者守院吏曰不知也仍命晉酒連飲數觥仍出所藏玉簫自吹數曲其聲直上紫霄彩雲四起聽之若鸞鳳之和鳴也青鶴一双忽自禁中飛來應其節奏翩翩自舞院中諸吏大奇之以為王子晉在吾翰苑中矣時皇太后有二男一女皇上及越王蘭陽公主也蘭陽之誕生也太后夢見神女奉明珠置懷中矣公主旣長蘭心蕙質閨範盡則超出於銀漢玉葉之中一動一靜一語一默皆有法度頓無俗態文章女工亦

皆逼真太后以此鍾愛甚篤時西域太真國進白玉
洞簫其制度極妙而使工人吹之聲不出矣公主一
夜夢遇仙女教以一曲公主盡得其妙及覺試吹太
真玉簫聲韻甚清律呂自叶太后及皇上皆異之而
外人莫之知矣公主每吹一曲群鶴自集於殿前蹁
躚對舞太后謂皇上曰昔秦穆公女弄玉善吹玉簫
今蘭陽妙曲不下於弄玉必有簫史者然後方使蘭
陽下嫁矣以此蘭陽已長成而尚未許聘矣是夜蘭
陽適吹簫於月下以洞鶴舞之曲罷青鶴飛向玉堂
而去六旋於翰苑是後宮人盛傳楊尚書吹玉簫舞仙

鶴甚喜延入宮中天子聞而奇之以為公主之緣必
屬於此人問於太后太后答之曰楊少游年歲與
御妹相當甚標致才學於群臣中無二雖求之天下
不可得也太后大笑曰簫和婚事詎無定處哉心常
自料結矣今聞是語楊少游即蘭陽天定之配也
但欲見其為人而定之矣上曰此不難矣後日當召
見楊少游於別殿講論文章娘從簾內一窺則可知
矣太后益喜與皇上定計蘭陽公主名簫和其玉簫
刻簫和二字故以此名之 一日天子燕坐於蓬萊殿
使小黃門召楊少游黃門往翰林院則院吏曰翰林

才已出去矣往問鄭司徒家則曰翰林亦還矣黃門
奔馳慌忙莫知去向矣時楊尚書與鄭十三大醉於
長安酒樓使名娼朱娘王露唱歌軒軒笑傲意氣自
若黃門飛鞚而來以命牌召之鄭十三大驚跳出翰
林醉目矇矓鬢髮崩鬖與省黃門之已在樓上矣黃
門立促之翰林使二娼扶而起着朝袍隨中使入朝
天子賜座仍論歷代帝王治乱興亡尚書出入古今
敷奏明愷天顔動色又問曰組繪詩句雖非帝王之
要務惟我祖宗亦嘗留心於此詩文或傳播於天下
至今称誦卿試為我論聖帝明王之文章評之入呈

客之詩篇勿憚勿諱定其優劣上而帝王之作誰爲
雄也下而臣隣之詩誰爲最也尚書伏而對曰君臣
唱和自大堯帝舜而始不可尚已無容議爲漢高祖
大風之歌魏太祖月明星稀之句爲帝王詩詞之宗
西京之李陵蘇鄰之曹子建南朝之陶淵明謝靈運
三人最其表著者也自古文章之盛莫如國朝者國
朝人才之蔚興無過於開元天寶之間帝王文章玄
宗皇帝爲千古之首詩人之才李太白無敵於天下矣
上曰卿言實合於朕意矣朕每見太白學士清平詞
行樂詞則恨不與同時也朕今得卿詩羨太白乎朕

遵國制使宮女十餘人掌翰墨亦謂女以書也頗有
彫篆之才能摸月露之形其中亦有可觀者矣卿效
李白倚醉題詩之舊事試揮彩毫一吐珠玉毋負宮
娥畏仰之誠朕亦欲觀卿倚馬之作吐鳳之才即使
宮女以御前琉璃硯甲白玉筆床玉蟾蜍硯滴移置
於尚書席前諸宮人已承宣詩之命矣各以華箋羅
巾畫扇擎進於尚書〻〻醉興方高詩思自湧遂拈
彩管次第揮洒風雲倏起雲烟爭吐或製絶句或作
四韻或一首而止或兩首而罷日影未移牋帛已盡
宮女以次跪進於上〻〻一〻鑑別箇〻稱揚謂宮娥

等曰學士亦就勞矣特宣御醞諸宮女或擎黃金盤
或把琉璃鍾或執鸚鵡杯或擎白玉床滿酌清醴備
列佳肴或跪或立迭勸迭進翰林左受右接隨獻輒
倒至十餘巡韶顏已酡玉山欲頹上命止之又教曰
學士一句可直千金真所謂無價寶也詩曰投之木
果報以瓊琚尒輩以何物爲潤筆之資乎羣娥或抽
金釵或解玉珮或卸指環或脫金釧爭投亂擲頃刻
成堆上召謂小黃門曰爾收取尚書所用筆硯及硯
滴宮娥潤筆之物隨尚書而去傳給於其家尚書叩
頭謝恩欲起還仆上命黃門扶掖而出至宮門騶從

齊擁上馬以到花園春雲扶上高軒解其朝服而問
曰相公過醉誰家酒乎翰林醉甚不能答已而蒼頭
奉賞賜筆硯及釵釧首飾等物積亂於軒上尚書戲
謂春雲曰此物皆天子賞賜春娘者也我之所得與
東方朔誰優春雲更欲問之翰林已昏倒鼻息如雷
翌日高春尚書始起盥洗矣閽者走告曰越王殿下
來矣尚書驚曰越王之來必有以也顛蹐出迎王上
座施禮年可二十餘歲眉宇炯然真天人也尚書跪
問曰大王枉屈於陋地抑有何教也王曰寡人竊慕
盛德雖矣出入異路尚稽承穩茲奉上命來宣聖旨

矣蘭陽公主正當芳年朝家方揀駙馬矣皇上愛尚
書才德已定釐降之儀先使寡人諭之詔命將繼下
矣尚書大駭曰皇恩至此臣首至地過福之災有不
暇論而臣與鄭司徒女子約婚納聘已經歲矣伏望
大王以此意奏達於皇上王曰吾當啓奏於天階而
惜乎皇上愛才之意已歸虛矣尚書曰此關係人倫
之大事亦可忽也臣當請罪於闕下矣王卽辭歸尚
書入見司徒以越王之言告之春雲已告於內閣矣
擧家遑遑莫知所爲司徒條沮不能出一言尚書曰
岳丈勿慮天子聖明守法度重禮義必不壞了臣子

之倫紀小婿雖不肖誓不作宋弘之罪人矣先時太
后出臨蓬萊殿窺見楊少游心甚喜悅謂皇上曰此
真蘭陽之匹也吾既親見更何議乎即使越王先諭
於楊少游天子方欲命召面諭矣時上在別殿忽
思昨日少游詩才筆法俱極精妙更欲親覽使太監
盡収女中書等所受詩牋諸宮人皆深藏於篋笥而
惟一宮人持題詩畫扇獨歸寢所置之懷中終夕悲
啼忘寢廢食此宮女非它人也姓秦名彩鳳華州秦
御史女子御史死於非命沒入於宮掖宮人皆稱秦
女之美上召見之欲封婕妤時皇后有寵嫌秦女之

太后白於上曰秦家女可合昵侍至尊而陛下殺其
父而近其女恐非古先哲王立刑遠色之道也上從
之問於秦氏曰汝知文字乎秦女曰僅解魚魯矣上
命爲女中書使掌宮中文書仍令進往皇太后宮中
陪蘭陽公主讀書習字公主大愛秦氏妙色奇才視
如宗戚跬步相隨不忍一時分離秦氏是日侍太后往
蓬萊殿仍承上命與女中書等乞詩於揚尚書〻〻
之七竅百骸曾已銘鏤於秦氏之心肝矣豈有不知
之理哉秦女生存尚書旣不能知之况天威咫尺亦
不敢擧目秦女一見尚書心如火熾若非匿哀恐綻

人知痛情義之不通悲舊緣之難續手把圓扇口詠
淸詩一展一吟不忍暫釋其詩曰
紈扇團團似明月佳人玉手爭皎潔五絃琴裏薰
風多出入懷裡無時歇
紈扇團團月一團佳人玉手正相隨無路遮郎如
花面春色人間總不知
秦氏詠前一首而歎曰楊郎不知我心矣我雖在宮
中豈有承恩之念哉又詠後一首而歎曰我之容顔
也人雖不得見之楊郎必不忘於心而詩意若斯恐
只誠如千里矣仍憶在家之時與楊郎唱和楊柳詞

之事悲不自抑和淚濡筆續題一詩於扇頭方吟哢
矣忽聞太監以上命來索畫扇秦氏骨驚膽落肥向
白顫呻苦之聲自出於口曰我其死矣我其死矣
宮女掩淚隨黃門　侍妾含悲辭主人
太監謂秦氏曰皇上欲復見楊尚書之詩故小宦承
命來取矣秦氏泣謂曰薄命之人死期已迫偶和其
詩題於其尾自犯必死之罪皇上若見之則必不免
誅戮之禍與其伏法而死毋寧自決之為快也方將
以此殘命付於三尺之下而身死後揜土一事專恃
於太監伏乞太監哀之憐之收瘞殘骸無令為鳥鳶之

之食辛甚〻〻太監曰女中書何爲此言也聖上仁
慈寬厚迥出百王或者終不加罪設有震疊之威我
當出力救之中書隨我而來蔡氏且哭且行隨太監
而去太監使蔡氏立於殿門之外入以諸詩進於上
上擧眼披閱至蔡氏之扇尚書所題之下又有它詩
上詰之問於太監〻〻告曰蔡氏謂臣云不知皇爺
有嚴敢之命猥以荒蕪之語續題於其下此死罪也
不貸也仍欲自死臣開諭而以須寧而來矣上又詠
其詩〻曰
紈扇團如秋月團憶曾樓上對羞顏初知咫尺不

相識卻悔教君仔細看
上見畢曰秦氏必有私情也不知於何處與何人相見
而其詩意如此耶然其才足惜而亦可獎也使太監
召之秦氏伏於階下叩頭請死上下敎曰直告則當
赦死罪汝與何人有私情乎秦氏又叩頭曰臣妾何
敢抵諱於嚴問之下乎臣妾家敗亡之前楊尙書赴
擧之路適過臣妾家樓前臣妾偶與相見和其楊柳詞
送入遞意與結婚媾之約矣頃當蓬萊引見之日妾
能解旧面而楊尙書獨不知故妾憶而興感撫躬自
悼偶題胡亂之說終至於上累聖鑑臣妾之罪萬死猶

輕上悲憐其意乃曰汝去以揚抑詞結婚媾之約汝
能記得否桊氏即繕寫以上之曰汝罪雖重汝才可
惜且御妹愛汝殊甚故朕特用寬典赦汝重罪汝其
感豢国恩殫竭心誠以事御妹宜矣叩下其孰翁桊
氏拜受惶恐頓謝而退是日上侍太后而坐說三自揚
尚書家曰來入朝以揚尚書曾已納聘之意桊之皇
太后不悅曰揚少游爵至尚書宜知朝廷事體而何
其固滯若是耶上曰少游雖已納聘與成親有異朕
面諭則似不可不從也翌日命召禮部尚書揚少游
少游承命入朝上曰朕有一妹資質超常非卿無可

與為配者朕使越王以朕意諭之矣聞卿托以納聘云此卿之不思也甚矣前代帝王選擇駙馬也或出其正妻若王獻之終身悔之惟宋弘不受君命朕意則與古先帝王不同既為天下萬民之父母則豈可以非禮之事加於人哉今卿雖斥鄭家之婚鄭女自當有可歸之處卿無糟糠下堂之嫌豈可有害於倫紀乎尚書頓首奏曰聖上不惟不罪又從而諄諄面命若家人父子之親臣感祝天恩之外更無可奏者矣然臣之情勢與他人絕異臣遠方書生入京之日無處可托辱承鄭家眷遇之恩迎以舍之禮以待

之非但儷皮之禮已行於入門之日已與司徒定翁
婿之分有翁婿之情且男女既已相見恰有夫婦之
恩義而未行親迎之禮者盖以國家多事不遑將母
也今幸藩鎮皈化天憂已紓臣方欲急請還鄉迎皈
老母卜日成礼矣意外皇命及於無狀小臣驚惶震
惧不知所以自處也臣若恃威畏罪將順皇命則鄭
女以死自守必不他適此豈非匹婦之失所王政之
有歉者乎上曰卿之情理雖云悶迫若以大義言之
則卿與鄭女本無夫婦之義鄭女豈可不入於他人
之門乎今朕之欲與卿結婚者不獨朕以拄石待卿

也以手足覩御也太后慕卿威容德晃親自主張恐
朕亦不得自由矣尚書猶且固讓上曰婚姻大事也不
可以一言決定朕姑與卿着碁以消長日矣命小黃
門進局君臣相對賭勝日昏乃罷鄭司徒見楊尚書
之來悲慘之色溢於滿面拭淚而言曰今日皇太后
下詔使退楊郎之禮緣故老夫已出付於春雲亂於
花園而顧念小女之身世吾老夫妻心事當作何如
狀也吾則堇能撑支而老妻沉慮成疾方昏瞀不省
人事矣尚書失色無言過食頃乃告曰是事不可但
己小婿當上表力爭朝廷之上亦豈無公論司徒以

之曰楊郎之違拒上命已至再矣今若上疏則豈無
批鱗之慎哉必有重譴不如順受而已且有一事楊
郎之仍處花園大有不安於事體若倉卒相離甚
缺然移寓祀所實合事宜矣楊尚書不答屢夜花園
春雲鳴ㄱ咽ㄱ淚痕染襴乃奉納幣物曰賤妾以小
姐之命來侍相公已有年矣偏荷盛眷恒切感愧神
姑鬼精事乃大謬小姐婚事無復餘望賤妾亦當永
訣相公敢侍小姐天守地守鬼守人守仍飮泣聲如
縷矣尙書曰吾方欲上疏力辭皇上庶或回聽設示
能得聽女子許身於人則從夫禮也春娘吳豈背哉

之人哉春娘曰賤妾雖不明亦嘗聞古人緒論矣豈
不知女子三從之義乎春雲情事有異於人妾自
吹葱之日與小姐游戲及至毁齒之歲與小姐居處
忘貴賤之分結死生之盟吉凶榮辱不可異同春雲
之從小姐如影之隨形身固既去則影豈獨留乎尚
書曰春娘爲主之誠可謂至矣但春娘之身與小姐
異小姐東西南北惟意擇路春娘從小姐事它人得
無有妨於女子之節乎春雲曰相公之言到此不可
謂知吾小姐也小姐已有定計長在吾老爺及夫人
膝下待過百年之後潔身斷髮去托空門發願於佛

前世之生之前言長為女子之身春雲蹤跡亦將如斷
而已相公如欲復見春雲相公禮幣復入於小姐房
中然後當議耳矣不然則今自即生離死別之日也
妾任相公使令者專矣蒙相公恩愛者多矣報效之
道惟在於拂枕席奉巾櫛而事與心違到此地頭只
願後世為相公犬馬以效報主之忱矣惟相公保攝
保攝向隅呼唬者半月乃翻身下階再拜而入尚書
五情憒亂萬慮膠擾仰屋長吁撫掌顰噈而已乃上
一疏言甚激切其疏曰
禮部尚書臣楊小游謹頓首百拜上言于皇帝陛

下伏以倫紀者王政之本也婚姻者人倫之始也一失其本則風化大壞而其國亂不謹其始則家道不成而其家亡有關於家國之興衰者不其較著乎是以聖王哲辟未嘗不留意於是欲治其國必以扶倫紀爲重欲齊其家必以定婚姻爲先者何莫非端本出治之道別嫌明微之意也臣頃已納幣於鄭女且已託跡於鄭家則臣固有妻也固有室也不意今者飲妹之盛禮遽及於無似之賤臣臣之始疑終惑震駭悚惕實不知聖上之舉措朝家處分果能盡其禮而得其當也設令臣未行醮

皮之幣不作甥舘之客漢賊而拋徽才瀰而學蔽
則寔不合於錦繡之抄綠而況與鄭女已有伉儷
之義與婦翁已定舅甥之分不可謂六禮之未行
也豈可以貴价之尊下嫁於匹夫之微而不問禮
之可否不分事之輕重冒苟且之譏而行旅禮之
禮乎至於密下內旨使之廢已行之禮儀退己捧
之聘幣尤非臣攸聞也臣恐陛下未能效光武待
宋弘之寬也賊臣危迫之㤪已關於聖明之聽鄭
女窮蹙之情亦係於私家之事臣固不敢更懇於
紸纊之下而臣之所恐者乎改由臣而亂人倫因

臣而廢以至於上累聖治下壞家道終不赦亂亡
之禍也伏乞聖上重礼義之本正風化之始亟収
詔命以安賤分不勝幸甚
上覽疏轉奏於太后〻〻大怒下楊少游於獄朝廷
大臣一時齊諫上曰朕知其罪罰之太過而太后娘
娘方震怒朕不敢赦太后欲困楊少游不下公事者
一至數日鄭司徒敢惶恐杜門謝客此時吐蕃强盛輕
易中國起十萬人兵連陷邊郡先鋒至渭橋京師震
驚上會群臣議之皆曰京城之卒未滿數萬外方援
兵勢不可及暫弃京城出巡關東召諸道兵馬以圖

恢復可也上猶豫未決曰諸臣中惟楊少游善謀能
斷朕甚器之前日三鎭之服皆少游之功也罷朝入
告太后使々者持節放少游召見問計少游奏曰京
城宗廟所在宮闕所寄今若棄之則天下人心必從
動搖且爲强賊所據則亦未可指日恢拓矣代宗朝
吐蕃與回紇合力驅百萬兵衆犯京師其時王師之
單弱甚於此時汾陽王臣郭子儀以疋馬却之臣之
方略比子儀雖萬々不相及願得數千軍掃蕩此賊
以報再生之恩上素知少游有將帥才即拜爲大將
使發京營軍三萬討之尚書拜辭而出指揮三軍陣

於渭橋討賊先鋒擒左賢王賊勢大挫潛師遁去尚
書追躡三戰三捷斬首級三萬獲戰馬八千匹以捷書
報之天子大悅使即班師論諸將之功以次賞賚少
游在軍中上疏其疏曰臣聞王者之兵貴於萬全而
坐失機會則功不可成也又聞常勝之家難與慮敵
而不乘飢弱則賊不可破也今賊之兵夕不可謂不
强器械不可謂不利而彼則以客而犯主我則以飽而
待飢此臣所以得樹尺寸之功而賊所以勢日蹙而
兵日弱矣兵法乘勝〻〻而不勝者以糧饋之不及
也地利之不便也今賊氣既挫蹈藉而走賊之勞弊

極矣雄州大城皆思峙蒭粮則我無半救之患平原
廣野最得形便則彼無設伏之處若蓄銳勇進追躡
其後則庶幾坐収全功今乃狃一時之小捷棄萬全
之良策徑罷王師不竟天討者臣未知其得計也伏
願陛下特排朝議廓揮乾斷許令臣馳兵遠襲直擣
巢穴臣雖不能燔龍城之積勒燕然之石並使隻輪
不返一箭不費以除我聖上西顧之憂矣疏奏上壯
其意嘉其忠即進秩拜御史大夫兼兵部尚書征西
大元帥賜尚方斬馬劍彤弓赤箭通天御帶白旄黃
鉞詔發湖方河東隴西諸道兵馬以助其軍勢揚少

游奉詔向闕拜謝擇吉日祭旗纛仍行言其兵法
則六韜之神謀也語其陣勢則八卦之奇變也軍容
井井號令肅肅而建瓴之勢成破竹之功數月之間
復所失五十餘城驅六軍至積雪山下一陣回風怒
起於馬前有鳴鵲橫穿陣中而去尙書於馬上卜之
得一卦曰賊兵必襲我陣而終有吉也留陣山底鋪鹿
角蒺藜於四面整齊三軍設備而待尙書坐帳中燒
燭觀看兵書巡軍已報三更矣忽寒飇滅燭冷氣
襲人一女子自空中下立於帳裡手把尺八匕首色
如霜雪矣尙書知其刺客而神色不變威撿益冽徐

問曰汝子何人夜入軍中有甚意也女子答曰妾承
吐蕃國贊普之命欲取尚書首級而來矣尚書笑曰
大丈夫何畏死也須速下手女子擲釰而前叩頭而
對曰貴人毋慮妾何敢驚動貴人乎尚書乾而扶起
曰君旣挾釖刃入軍營又不害我何也女子曰妾之
本末雖欲自陳恐非立談之間所能盡也尚書賜坐
而問曰娘子之涉險冒危來見少游必有好意也將
何教之其女子曰妾雖有刺客之名實無刺客之心
妾之心肝當吐露於貴人矣自起燃燭當前而坐其
人推結雲髮高挿金簪身着挾袖戰袍而袍上畫石

竹花之着鳳尾靴腰懸龍泉劍天然艶色若浥露之
海棠花非從軍之木蘭必偷盒之紅線也繼而言曰
妾本楊州人也世爲大唐之民幼失父母從一女子
爲其弟子其女子劍術神妙教弟子三人即秦海月
金綵虹沈裊烟〻〻即妾也學劍術三年能傳變化
之術乘長風逐飛電瞬息之頃行千餘里矣三人釼
術別無高下而師或欲報仇或欲殺惡人則必遣綵虹海
月而獨不使妾〻問吾三人共事師傅同受明教而
弟子則獨未報師傅之恩豈問妾才拙不足任師傅
使令乎師曰爾非我流也他日當得正道終有成就

今若共此兩人殺害人命則豈不有損於汝之心行
乎是以不遣也妾又問曰若然則妾學得劍術將向
用乎師曰汝之前世之緣在於大唐國而其人大貴
人也汝在外國遍迫無便吾所以教汝劍術者欲使
汝回此小皮得逢貴人汝他日當入百萬軍中得成
好緣於戎馬之間矣今春師又謂妾曰大唐天子使
大將軍征伐吐蕃贊普搖募刺客欲害唐將汝須趁
此下山往于吐蕃國與諸劍客較長短之術一以救
唐將之禍一以結前身之緣妾奉師命之蕃國自摘
城門所掛之榜贊普召妾而入使與先到衆刺客較

才甚危時能割十餘人稚髻贊普大喜遣妾而言曰待汝献唐將之首封汝爲貴妃今逢尚書師傅之言驗矣願自此承奉履綦恭侍左右相公其果肯諾乎尚書大喜曰娘子既饒賓死之命且欲以身而事之此恩何可盡報白首偕老是職志矣曰與同寢以擒劒之色代花燭之光以刀斗之響替琴瑟之聲伏波營中月影正流玉門關外春色已回戎幕中一片豪興殊甚不愈於羅幃錦屏之中矣是後尚書晨昏沉溺不見將士至三日矣裊烟曰軍中非婦女可居之處兵氣恐不揚矣乃欲辭故尚書曰仙娘非世上紅

拶兒所可比也方術畫奇詐運妙策教我而破賊矣
娘何棄敝耶裊烟曰以相公之神武蕩殘賊之巢窟
在纖手間耳何忍以煩相公之憂哉妾之此來雖仍
師命亦及承辭矣敢見師傅姑居山中徐待相公回
軍當敬拜於京城矣尚書曰然娘子去後贊普更遣
他刺客將何以備之裊烟曰刺客雖多皆非裊烟之
敵手者知妾敢順於相公則他人安敢來乎手探腰
間出一顆珠曰此珠名妙兒玩即贊普權髻上所繫
者也相公命使者送此珠使贊普知妾無復敢之意
也尚書又問此外更無可教者乎裊烟曰前路必過

盤蜿谷而此谷無可飮之水相公須愼之鑿井飮三
軍則好矣尚書又欲問許烏衣炯一躍騰空不可復見
矣尚書會將士語烏衣炯之事皆曰元帥洪福如天神
武帽敵想有神人來助矣

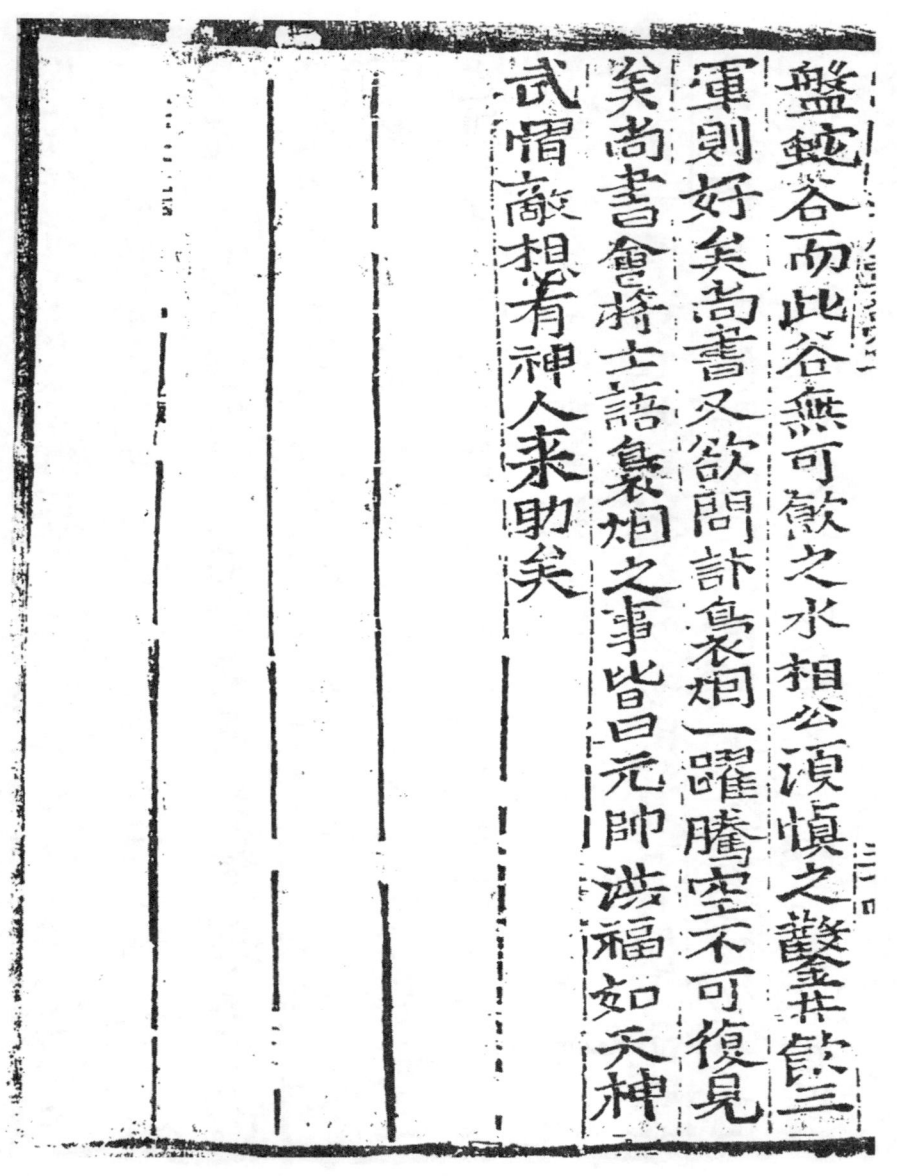

九雲夢卷之四

白龍潭楊郎破陰兵 洞庭湖龍君宴嬌客

尚書卽發使遣妙仙玩於此蕃遂行到大山之下峽
路甚窄纔容一馬攀壁緣澗魚貫而進過數百里
始得稍廣之處設寨立營歇馬休軍軍士勞頓渴甚
求水不得見山下有大澤爭飮其水飮畢遍身皆青語
言不通戰掉欲死奄奄就盡尚書親自往見其水色
沉碧深不可測寒氣凜慄似秋霜始悟曰是必裊
烟所謂盤蛇谷也督餘軍鑿井衆軍發鑿數百餘井高
可十丈而無一滂水之處尚書大以爲悶方欲移營

移陣於他处矣鞞鼓之聲忽自山後而來雷聲殷地岩谷皆應賊兵據其險阻以絕歸路官軍進退俱碍飢渴且甚尚書方在營中思退敵之計而終無善策悶惱之久神氣頗困倚卓而少眠忽有异香遍滿營中女童兩人進立於尚書之前容狀奇异非仙則鬼告於尚書曰吾娘子欲告一言於貴人願貴人無惜一枉於陋穢之地尚書問曰娘子是何人在何处荅曰吾娘子即洞庭龍君小女也近日暫離宮中來寓於此矣尚書曰龍神所在即水府也我人世人也將以何術致身乎女童曰神馬已繫於門外貴人暫一

則自當至矣本府不遠何難之有乎尚書隨女童出
榛門從者數十人衣服殊制仪形不常扶尚書上馬
馬行如流飛塵不起於蹄下矣俄頃入水中宮闕宏
麗如王者之居守門之卒皆魚頭鰕鬚矣女童數人
自内開門出導尚書於堂上殿中有白玉交椅南向
而設侍女請尚書坐其上鋪錦繡步障於階砌之下
即入於内殿未幾侍女十餘人引一箇女子從左邊
月廊抵殿前姿態之媚服餙之華俱不可形言侍女
一人至前請曰洞庭龍王之女請謁於楊元帥參尚
書驚欲避之两侍女挾持使不下座龍女向前四拜

琳瑯嘉饗菩茶馥郁射人尚書請上參龍女辭遜不敢談
小席而坐尚書曰揚少游塵世賤品娘子水府靈神
禮貌何太恭也龍女答曰妾即洞庭龍王末女凌波
也妾之始生也父王朝於上界逢張真人卜妾之命
真人揲蓍曰此娘子前身即仙女也因罪謫降爲王
之女而畢竟復得人形爲人間貴人之姬妾享富貴
榮華之樂悉耳目心志之娛終皈佛家永爲大禪矣
吾龍神爲水族之宗而以幻人之形爲大榮至於仙佛
尤所欽戴也妾之伯兄初爲涇水龍宮之婦夫妻反
目兩家失和再適於柳真君九族尊之一家敬之而

妾則將得正果一身榮貴必在於仙凡之上也父王
自南真人之言愛妾之情一倍隆篤宮中大小侍妾
如待天上真仙及稍長南海龍王之子五賢聞妾略
有姿色求婚於父王吾洞庭即南海之管下故父王
不敢峻斥親往南海諭以張真人之言強拒不從則
南海之王爲其驕悍之子反以父王爲惑於誕說肆
然唱責求婚益急妾自知若在父母膝下則辱必及
身遠離父母抽身逃遁披荊棘開窟宅自蟄胡地苦
送歲月而南海之逼益甚矣父母但曰女子不願歟
身遠走終欲不棄何之於衆惟彼狂童數妾孤弱自

卒軍兵欲逼賤妾妾之至寃苦節感極天地潛潭之水居然變化冷如寒氷暗如地獄他國之兵一不能輕入故妾賴此全完尚保危命矣今日之幸邀貴人臨此陋處者不惟欲訴衷情且今王師長露旣久汲路莫通井泉不出掘土鑿地亦云勞止雖遍一山而穿萬丈水一不可得而力不可支矣此水本名淸水潭水性甚美自妾來居其味苦惡飮之者生病故改稱曰白龍潭也今貴人來此賤妾得所何羡乎銀瓶之上井陰谷之生春乎妾旣托命於貴人許身於貴人則貴人之憂卽妾之憂也豈敢一不效愚智而助軍功乎

自此之後水味之甘當如旧日士卒皆牛飲自無害
矣病水之卒亦當自瘳矣尚書曰今聞娘子之言两
人之緣天已定之神亦知之月老之約歸可卜矣娘
子之意亦如我否奄女曰妾之陋質雖已許之侍
郎君不可者三一則不告父母也二則幻形變質而
後方可以侍貴人也今不可以鱗甲之腥鬣亂之儷以
累貴人之床席也三則南海龍子每送邏卒於此暗暗
詢探不可激其怒而挑其禍以起一塲風波也貴人
須早啓陣中鼇霆殲賊得逐六飜奏凱還京則妾當
寒裳涉溱從貴人於甲第之中也 尚書曰娘子之言

雖羙我思之娘之來此不但守志而亦父王欲使留
待少游之來而即從之也今日之相會豈非父王之
命乎且娘子神明之後靈異之性也出入人神之間
無所往而不可則豈以鱗鬣爲嫌乎少游雖不才奉
天子之明命將百萬之旗兵飛廉爲之道乎先海若爲
之殿後其視南海小兒如蚊虻螻蟻而已若不自
量妄欲相逼則不過汚我宝劒而已今夜何幸邂逅
相逢則良辰豈可虛度佳期何忍孤負遂携龍女而
就枕交會之歡非夢則眞日未明一聲疾雷鏗鏘
之簸却本是宮殿奄忽驚覺而起宮女報急曰大

禍出矣南海太子駆無數雪兵来陣山下請身揚元
師決雌雄矣尚書大怒曰狂童何敢乃甫拂袂而起
跳出水邉南海兵已圍白竜潭喊聲大震陣雲四起
所謂太子者躍馬出陣而大叱曰爾為何人而掠人
之妻乎誓不與共立天地間也尚書立馬大笑曰洞
庭竜女身少游有三生宿縁印天宮之所簿真人之
所知也我不過順天命也奉天教也公麼蠢鼡何無
礼若是耶仍麾兵督戦太子大怒命千萬種水族鯉
提督鼈參軍鼓氣奮勇騰跳而出尚書一麾而斬之
乱白玉鞭一揮之百萬遊卒各脊發蹴踏不敎時敗

鱗殘甲已滿地矣太子身被數鎗不能變化終爲唐
軍所擒縛致麾下尚書大悅擊金收軍門卒報曰白
龍潭娘子親詣軍前進賀元帥仍犒軍卒尚書使
人邀入龍女進賀尚書之全勝以千石酒萬頭牛大
饗三軍士卒鼓腹而歌蹈足而舞輕銳之氣百倍矣
揚元帥與龍女同坐捽入南海太子厲聲責之曰我
奉行天命征伐四夷百鬼千神莫不從命汝小兒不
知天命敢抗大軍是自促鱗鯢之誅也我有一介寶
劍即魏徵承相斬涇河龍王之利器也當斬汝頭以
壯軍威而汝鎮定南海博施雨澤有功於萬民是以赦

之自今勉悛旧惡幸勿得罪於娘子也仍命使出太
子屏息戢身鼠竄而走忽有祥光瑞氣自東南而
至矣紫霞殷蔥畵彤雲明滅旌旗節鉞自太空繽紛
而下紫衣使者趨而進曰洞庭龍王知揚元帥破南海
之兵救公主之急極欲躬謝於壁門之前而職業有
守不敢擅離故方設大宴於凝碧殿奉邀元帥〻〻
暫屈焉大王亦令小臣陪貴主同歸矣尙書曰敵軍
雖退壁壘尙存且洞庭在萬里之外往返之間日月
累矣將兵之人何敢遠出使者曰已具一車駕以八
龍半日之內當去來矣

揚元帥偷開叩禪扉 公主微服訪閨秀
楊尚書與龍女登車灵風吹輪轉上層空未知去天
餘幾尺也距地隔幾里也而但見白雲如盖平覆世
界而已漸漸低下至于洞庭龍王遠出迎之執賓主
之禮展翁婿之情揖上層殿設宴饗之執酌而謝曰
寡人德薄而勢孤不能使一女安其所矣今元帥奮
神威親擒驕童甚厚誼而救小女欲報之德天高地厚
尚書曰莫非大王威令所及何謝之有至酒酣龍王
命奏衆樂樂律融融之间有條節而與俗樂異矣壯士
千人列立於殿左右手持劍戟揮擊大鼓而進美女

六佾着芙蓉之衣振明月之珮飄拂耦杜雙雙對舞
真壯觀也尚書問曰此舞未知何曲也竜王荅曰本
府旧無此曲寡人長女嫁爲涇河王太子之妻因柳
生傳書知其遭牧羊之困寡人弟錢塘君与涇河王
大戰大破其軍率女子而來宮中之人爲作此舞号
曰錢塘破陣樂或稱貴主行宮樂有時奏之於宮中
之宴矣今元帥破南海太子使我父女相會與錢塘
故事頗相似矣故改其名曰元帥破軍樂也尚書又
問曰柳先生今何在耶未可相見耶王曰柳郞今爲瀛
洲仙官方在職府何可來耶酒過九巡尚書告辭曰

軍中多事不可久留是可恨也惟願使娘子毋失後
期也龍王曰當如約矣出送於府門之外有山突兀秀
出五峯高入於雲宵尚書便有游覽之興問於龍王
曰此山何名少游歷遍天下而惟未見此山及華山
也龍王曰元帥未聞此山之名乎即南岳衡山奇且
異也尚書曰何以則今日可登此山乎龍王曰日勢猶
未晚矣雖暫玩而歸亦未暮矣尚書即上車已在衡
山之下矣推乃竹杖訪石逕經一丘度一壑山益高境
轉幽景物爽羅不可應接所謂千岩競秀萬壑爭
流者真善形容也尚書枉節騁矚緬思自集乃歎息

日積苦兵間艱情勢艸此身坐緣何太重耶安得功
成身退超家物外之人也俄聞石磬之聲出於林端尚
書曰蘭若迸不遠叉涉絕巘上高頂有一寺家閣深
邃法侶全無惟老僧跌坐蒲團方誦經談法眉長而
綠骨清而癯可知年紀之高矣見尚書至卓閣刹下堂
迎之曰山野之人聾聵不知大元帥之來未能迎候
於山門請相公恕之今番非元帥來之日須上家
禮佛而去尚書即詣佛前焚香展拜方下家忽然足
驚覺身在營中倚卓而坐東方微明矣尚書異之而
於諸將曰公等亦有夢乎答曰小的等皆夢陪

元帥身神兵冑卒大戰而破之鶴云將而歎此宗論詞
之吉兆也尚書備說夢中之事身諸將往見白龍潭
碎鱗鋪地流血成川尚書持酒酌水先嘗因飲病卒即
快愈矣驗於軍及戰馬臨水快啜歡動天地賊聞之
大懼欲奪觀而降矣尚書出師之後捷書相續上
嘉之一日朝太后稱揚少游之功曰少游郭汾陽後一人
待其還來即拜丞相以酬不世之勳而但御妹婚事
尚未牢定彼若回心從命則大善若又堅執則功臣不
可罪矣其志不可奪矣處治之道實難得當是
可悶也太后曰我聞鄭家女子誠美且與少游曾

已相見少游豈肯弃之吾意則乘少游出外之日
下詔於鄭家與他人結婚則少游之望絶矣君命
何可不從乎上久不仰荅默然而出時蘭陽公主
在太后之側乃告於太后曰娘娘之教大違於事体
鄭女之婚姻不婚自是其家之事豈朝廷所可指揮
者乎太后曰此即汝之重事国之大礼我欲與汝相
議爾尚書楊少游風彩文章非獨卓出於朝紳之列
曾以洞簫一曲卜汝秦樓之縁决不可弃楊家而求
他人矣少游本與鄭家情分不泛彼此亦不可背矣
是事極其難処少游還軍之後先行汝之婚礼使少

游欲娶鄭女爲妾則少游可無辞矣第未知汝意以
是趦趄耳公主對曰小女一生不識妬忌爲甚事也
鄭女何可忌乎但楊尚書初旣納聘後以爲妾非礼
也鄭司徒累代宰相国朝大族以其女子爲人姬妾
不亦寃乎此亦不可也太后曰然則汝意欲何以処
之乎公主曰国法諸侯三夫人也楊尚書成功还朝
則大可爲王小不失爲侯聘両夫人宗非僭也當此
之時亦許娶鄭女則何如太后曰是則不可女子勢
均体敵則可爲夫人固無所妨女兒先帝之愛女今
上之寵妹身固重矣位亦尊矣豈可與閭閻小女子

斉肩而事人乎公主曰小女亦知身地之尊重而古
之聖帝明王尊賢敬士忘身愛德以萬乘而友匹夫
者小女聞鄭氏女子容皃節行雖古今烈女不及也
誠如是言身後并肩亦小女之幸也非小女之辱也
但傳聞易爽虛宗難副小女欲目其爲親見鄭氏其
容皃才德果出於小女之右則小女屈身仰事若所
見不如所聞則爲妾爲僕惟娘々意大后歎曰好
才忌色女子常情吾女見愛人之才若己之有敬人
之德如渴求飲其爲母者豈無嘉悅之心哉吾欲一
見鄭女明日當下詔於鄭家矣公主曰雖有娘々之命

鄭女必稱病不來然則宰相家女兒不可資致容令
付於道觀尼院預知鄭女焚香之日則一者逢着恐
不難矣太后是之即使小黃門向於近處寺觀亞樊
院尼姑曰鄭司徒家本行佛事於吾寺而其小姐元
不往來於寺觀三日前小姐侍婢楊尚書小室賈孺
人奉小姐之命以介願之文納於佛前而去願黃門
賫去此文復命太后娘〻如何黃門還來以此奏進
太后曰苟如是則見鄭女之面難矣與公主同覽其
祝文曰
弟子鄭氏瓊貝謹使婢子春雲齋沐頓首敬告于

諸佛前弟子瓊貞罪惡甚重業障未除生爲女子之身且無兄弟之樂頃既受幣於楊家將欲終身於楊門矣楊郎被謫於錦嶺君命至此弟子已與楊家絶矣但恨天意人事自相乖戾薄命之人更無所望而身雖未許心既有屬則至今二三其德非義之所敢出也姑欲依存於怙恃膝下以送未盡之日月矣因此命途之崎嶇幸得一身之淸閑故乃敢薦誠於佛前以告弟子之心誠伏願僉佛聖之靈燭祈懇之忱垂悲慈之念使弟子老父母俱享遐筭壽與天齊令弟子身無疾病災殃以

盡衣彩矣雀之歡則父母身後誓歸空門斷俗
緣服戒行齋心誦經潔躬礼佛以報諸佛之厚恩
矣侍婢賈春雲本与瓊貝亦有因果名雖奴主宗
則朋友曾以主人之命為楊家之妾矣事與心違
佳緣莫保永辞楊家復歸主人死生苦樂誓言不異
同伏乞諸佛俯憐吾兩人之心事世世生生俾免為
女子之身消前生之罪過贈後世之福禄使之還
生於善地長享逍遙快活之樂
公主見畢愀然曰因一人之婚事誤兩人之身世恐
有大害於陰德矣太后聽之默然此時鄭小姐侍其

父母婉容愉色無一毫慨恨之色而崔夫人每見小
姐輒有悲傷之念春雲侍小姐以翰墨雜技强爲排
遣之地而潛消暗削日漸憔悴將成膏肓之疾小姐
上念父母下憐春雲心緒搖搖不能自安而人不
能知矣小姐欲慰母親之意使婢僕求技樂之人
玩好之物時時奉進以誤其耳目矣一日女童一人
來賣繡簇二軸春雲取而見之一則花間孔雀一則竹
林鷓鴣手品絕妙工如七襄春雲敬歎留其人以其
簇子進於夫人及小姐曰小姐每賛春雲之刺繡矣
試覩此簇其才品何如耶不出於仙女機上必成於鬼

神手中也小姐展看於夫人座前驚謂曰今之人必無此巧而染線尚新非旧物也惟其何人有此才也使春雲向其出処於女童〻〻答曰此繡即吾家小姐所自為也小姐方在寓中急有用処不擇金銀錢幣而欲賣之矣春雲問曰汝小姐誰家娘子且因何事旅留客中耶答曰小姐李通判妹氏也通判陪夫人往浙東任所而小姐病不從姑留於内舅張别駕宅矣别駕宅中适有些故借寓於此路迤左臙脂店謝三娘家以待浙東車馬之來矣春雲以其言入告小姐以釵釧首飾不惜優其価而買之高掛中堂盡日

愛玩嗟美不已此後女童因緣出入於鄭府與府中婢
僕相交矣鄭小姐謂春雲曰李家女子手才如此必
非常人也吾欲使侍婢隨往女童求見李小姐容皃
矣仍送伶俐婢子問家族家本無內外李小姐知鄭
府婢子饋酒食而送之婢子还告曰李小姐艷麗婥
婷與我小姐二而一者矣春雲不信曰以其手線而
見之則李小姐決非貴鈍之質而汝何爲過宗之言
也此世界上謂有如我小姐者吾宗疑之婢子曰賈
孺人疑吾言乎更遣他人而見之則可知吾言之不
妄也春雲又私送一人矣還曰恠哉〻〻此小姐即

玉京仙娥昨日之言果宲矣賈孺人又以吾言爲可
疑此後一者親見如何春雲曰前後之言皆誕矣
何無兩目也相與大笑而罷過數日臙脂店謝三
娘來鄭府入謁於夫人曰近者李通判宅娘子賃居
小人之家其娘子有皃有才宲老妪初見竊仰小姐
芳名每欲一見請敎而有不敢者以小人獲私於夫
人使之仰禀夫人招小姐以此意言之小姐曰小
女之身與他人有異不欲擧此面目與人相對而
但聞李小姐爲人一如其錦繡之妙小女亦欲一洗
昏眵矣謝三娘喜而歸翌日李小姐送其婢子先通

踵門之意 月曉李小姐乘香帳小玉轎率丫鬟數人
至鄭府鄭小姐邀見於寢房賓主分東西而坐織
女爲月宮之賓上元與瑶池之宴争光彩相射滿堂
照耀彼此皆大驚鄭小姐曰頃緣婢輩聞玉趾臨於
近地而嶔崎之人亦絶人事問候之礼尚此闕如矣今
姐〻惠然辱臨既感且傷敬謝之意何以口舌盡也
李小姐答曰小妹僻陋之人也四親早背慈母偏愛
平生無所学之事無可取之才也常自嗟惋曰男子
迹遍四海交結良朋有切磋之益有規警之道而女
子惟家內婢僕之外無可相接之人敎過於何處賓

疑於何人乎自恨爲閨閫中兒女子矣恭聞姐〻以班
昭之文章兼孟光之德行身不出於中門名已徹於
九重妾以是自忘資品之陋劣願接聖德之光輝矣
今蒙姐〻不弃足償小妾之至願矣鄭小姐曰姐〻
俯教之言卽小妹方寸間所素畜積者也閨中之身
蹤跡有碍耳目多蔽本不知滄海之水巫山之雲志
氣之隘見識之偏固其宜也何足怪也此賢荊山之
玉一理光而耻衒老蚌之珠粜彩而自珍然如小妹
者自視缺然何敢當盛奬也因進茶果穩吐閑談李
小姐曰似聞府中有賈孺人者可得見乎鄭小姐曰渠亦

欲一拜於姐姐矣招春雲謂李小姐起身迎之春雲
驚歎曰前日兩人之言果信矣天旣生我小姐又出
李小姐不自意飛燕玉環並世而出也李小姐亦自
度曰飽聞賈女之名矣其人過其名也楊尙書之眷
愛不亦宜乎當與秦中書幷駈若使春娘見秦氏則
豈不欲尹夫人之泣乎奴主兩人有如此之色有如
此之才楊尙書豈肎相捨乎李小姐與春雲吐心談
話款曲之情與鄭小姐一也李小姐告辭曰日已三
竿矣不得穩陪淸談可恨小妹寓舍只隔一路當偷
閑更進以請餘敎矣鄭小姐曰猥荷榮臨仍受盛誨

小妹當進謝堂下而小妹処身異於他人不敢出户
庭一貴之地惟姐〻寬其罪而恕其情焉兩人臨別
惟黯然而已鄭小姐謂春雲曰宝釼雖埋於獄中而
光射斗牛老蜃雖潜於海底而氣成樓臺李小姐同
在一城而吾輩未嘗有聞誠可恠也春雲曰賤妾之
心募有一事可疑楊尚書每言華州秦御使女子見
面於樓上得詩於店中身結秦晋之約而因秦家之
遭禍終致乖張矣仍稱秦女絶世之色輒愀然歎歎
而妾亦見楊柳詞則誠才女也此女子無乃莊其姓
名締結小姐欲成前日之縁乎小姐曰秦氏之美吾

亦因宅路聞之似身此女子相近而彼遭家禍没入
掖庭何能得至於此乎入見夫人称李小姐不容口
夫人曰吾亦欲一請而見之矣數日後使侍婢請小
姐一枉李小姐欣然承命又至鄭府夫人出迎於堂
中李小姐以子侄礼見於夫人夫人大愛款接曰頃
日小姐為訪小女過垂厚眷老身良用感謝而其時
病未能相接至今慚歎李小姐伏以對曰小侄景慕
姐姐如天仙惟恐賤弃矣尊姑一逢小侄便以兄弟之
誼待之夫人特賜顏色以子侄之例畜之小侄於此
宗未知措躬之処也小侄欲終身出入於門下事夫

人如事慈母矣夫人稱不敢者再三矣鄭小姐與李
小姐侍坐夫人至半日仍請李小姐歸其寢房與春
雲昇足而坐嬌聲嫩語呢呢相酬氣已合矣情益密矣
評騭文章講論婦德殊不覺日影已在窓西矣

兩美人携手同車　長信宮七步成詩

李小姐去後夫人謂小姐及春雲曰鄭崔兩門宗族
甚多我至百千人矣吾自少時見美色多矣皆不及
李小姐遠矣誠與女兒相上下矣兩美相從結爲兄
弟則好也小姐以春雲所傳秦氏事告曰春雲終不
能無殺而小女所見與春雲異李小姐姿色之外氣

像之飄逸威儀之端重與閭閻士夫家女子絕異秦
氏雖有才氣何敢比之於此乎以妾所聞言之蘭陽
公主見如其心才如其德或恐李小姐氣像與蘭陽
不遠夫人曰公主吾亦不見未可懸度而雖居尊位
得盛名安知其必與李娘同乎小姐曰李小姐蹤
迹寀有可疑者後日當使春雲往審之矣明日鄭小
姐與春雲方議是事李小姐婢子到鄭府傳語曰
吾小姐適得浙東順啟之船將以明日作行故今日
當到府中告別於夫人及小姐矣小姐方掃軒而待
之小頃李小姐至入見夫人及鄭小姐兩小姐別意

忽〻難緒依〻如作兄之別愛弟蕩子之送美人也
李小姐起而再拜乃敬告曰小侄別母離兄已周一
期歸意如矢不可復姐而但以夫人之恩德姐〻之情
分心如素絲欲解復結矣小侄茲有一言欲懇於姐
〻而恐姐〻〻不許先告於夫人仍趨超不介夫人曰娘子所欲請
者何事李小姐曰小侄為先親方繡南海大師畫像
才已訖工而家兄方在任所小侄身是女子尚未求
文人之贊將使前工歸虛甚可惜也欲得姐〻〻製句
語製行筆而繡幅頗廣卷帙有妨且恐褻慢不敢取
來不得已暫邀姐〻乞得筆劃製一以完小女為親之

孝一以慰遠路相別之情而未知姐〻之意不敢直
請敢以稟懇仰瀆於夫人矣夫人顧小姐曰汝雖於至親之
家本不來往而顧念此娘子所請蓋出於為親之至
誠況娘子僑居距此密邇一婁妾亦去似非難事小姐
初則似有持難之色黯然內悟曰李小姐行色甚忙
春雲不可送矣吾乘此機會往探其迹則不亦好乎、
乃告於夫人曰李小姐所請若係亦關之事則宗難
奉副而孝親之誠人皆有之小姐之言向可不從乎
但欲得日昏而去矣李小姐大喜起謝曰日若曛黑
則持葦似難姐〻若以有煩道路為嫌小妹所乘之

轎雖甚狹僅足容兩人之身也與我同乘而去無妨而
還亦如何耶小姐荅曰姐〻之教甚合矣李小姐
拜辭夫人退與春雲執手而別與鄭小姐同乘一轎
鄭府侍婢數人從小姐之後矣鄭小姐來見李小姐
寢室所排件物不甚繁多而品皆精妙所進飮食雖
甚簡略而無非珍味鄭小姐留眼見之皆可疑也李
小姐久不出乞文之言而日色着〻暮矣鄭小姐向
曰觀音畫像奉置於何処耶小妹亟欲禮拜李小姐曰
當即使姐〻奉玩矣語畢車馬之聲喧聒於門外
旗幟之色掩映於道上鄭家侍婢驚惶入告曰一陳

軍馬急圍此家娘子〻〻何以爲之鄭小姐旣已知
機自若而坐李小姐曰姐〻安心小妹非別人也蘭
陽公主蕭和卽小妹職號名邀致姐〻乃太后娘
〻之命也鄭小姐避席對曰僻巷微末小女雖無
知識亦知天人骨格與常人自殊而貴主降臨宲于
萬夢寐外事也旣失謁躐之禮又多逋慢之罪伏願
貴主坐死之公主未及對侍女告曰自三殿遣薛尚
宮王尚宮和尚宮向安於貴主矣公主謂鄭小姐曰
姐〻少留於此乃出坐於堂上三人以次而入禮謁
畢伏奏曰王主離宮已累日矣太后娘〻思想正

玏萬歲爺爺皇后娘娘使婢子亦問候且今日即玉
主還宮之期也車馬仗杖已盡來待而皇上命趙太監
護行矣三向宮又告曰太后娘娘有詔曰玉主與鄭
子同輦而來矣公主留三人於外入謂鄭小姐曰多
少說話當從容穩展而太后娘娘欲見姐姐方臨軒而待之姐
姐毋庸苦辭與小妹同入趍今日朝見鄭小姐知不可免
對曰妾已知玉主之春妾而閭家女兒未嘗現謁於至尊
惟恐禮見之有傷以是惶恸矣公主曰太后娘娘欲見娘
子之心何異於小妹之愛姐姐乎姐姐勿疑也鄭小姐曰
惟貴主先行妾當留家以此意言於老母蹋後而進

美公主曰太后娘〻已有詔命使小妹身姐〻同車而辭意極其
懇至姐〻勿固讓也小姐曰賤妾乎山微也何敢身貴主同輩乎
公主曰呂尚渭川漁父文王共車侯嬴夷門監者信陵
執轡苟敬尊賢何可挾貴姐 侯伯盛門大臣女子何嫌乎
與小妹同乘而執謙何太過耶遂携乃手同輦小姐使
侍婢一人歸告於夫人一人隨入於宮中公主身小
姐同行入東華門歷重〻門至於門外下車公主
謂王尚宮曰尚宮陪鄭小姐少待於此矣尚宮曰以
太后娘〻之命已設鄭小姐首幕次矣公主喜而留之
入謁於太后原來太后初則本無好意於鄭氏矣公

主以微服寓於鄭家近処媒一幅之繡簇鄭氏之文
心旣歌服情又綢繆且知楊尙書之終不背棄相
愛相約結爲兄弟將欲共一室而事一人數以書告
讓於太后以回其意太后於是大悟許以公主及鄭
氏爲兩夫人於少游而必欲親見其容見使公主設詐
而卒來矣鄭小姐少憩於幕中矣宮女兩人自内來
奉衣函而出傳太后之命曰鄭小姐以大臣之女受
宰相之幣而猶着処子之服不可以平服朝於我也
特賜一品命婦章服故妾亦奉詔而來惟小姐着之
鄭氏再拜曰臣妾以処子之身何敢具命婦服色乎

臣妾所著雖簡褻亦當著之於父母之前者也太后
娘々即萬民之父母請以見父母之衣服入朝於娘
々也宮女入告太后大嘉之即引見鄭氏隨宮女入
前殿左右宮嬪登見嘖舌曰吾以為嬌艷惟吾貴主
而已豈料復有鄭小姐乎小姐如禮畢宮人引之上殿
太后賜坐下教曰頃者因女兒婚事詔收楊家禮幣
此所以遵国法別公私也非寡人勒奪而女兒讓予
曰使人為新婚而背旧約非王者所以正人倫之道
也且願與汝各有躰共事少游子已与帝相議快從女
兒之美意將待楊少游還朝使之復送禮幣以為

一体夫人此恩春古亦無今亦無前不見後不見也
特令使宗知之矣鄭氏起荅曰聖恩隆重寔出望外
非臣妾粉糜所能上報也但臣妾是人臣之女豈敢
与貴主同其列而齊其位乎臣妾設欲從命父母以
死固爭必不奉詔也太后曰爾之避遜雖可嘉鄭門
累世侯伯司徒先朝老臣朝家礼待本來自別人臣
分義不必膠守也小姐對曰臣子之順受君命如萬
物之自隨其時陞以爲侍女降以爲婢僕又敢違忤
天命而楊少游亦何安於心乎必不從也至妾本無
兄弟父母亦已衰耗臣妾至願惟在於竭誠供養

以畢餘生而已太后曰惟爾孝親之誠处子之道可
謂至矣而何可使一物不得其所乎況爾百美具全
一疵難求楊少游豈肯甘心於弃汝乎且女兒身楊
少游以洞簫之一曲驗百年之宿縁天之所定人不可
廢而楊少游一代豪傑萬古才子娶兩箇夫人何不
可之有寡人本有兩女子而蘭陽之兄十岁而夭予
每念蘭陽之孤子矣予今見汝其皃其才不讓蘭陽
予亦如見亡女矣予欲以汝爲养女言之於帝定汝
位号一則所以表予愛女之情也二則所以成蘭陽
與汝之志也三則使汝与蘭陽同歸於楊少游則無

許多難便之事也汝意今則如何小姐稽首曰聖敎
又至於此臣妾恐損福而死也惟望卽收成命以安
臣妾太后曰予與帝相議卽勘定矣汝無多執也召
公主出見鄭小姐公主具章服備威儀與鄭小姐對
坐太后笑曰女兒與鄭小姐願爲兄弟矣今爲兄
弟可謂難兄難弟矣汝意更無憾乎仍以取鄭氏
爲養女之意諭之公主大悅起謝曰娘〻處分盡美明
矣小女得成寤寐之願此心快樂何可盡達太后待
鄭氏尤款與論古之文章太后曰曾仍蘭陽聞汝有
咏絮之才矣今宮中無事春日多閑毋惜一吟以助

予歡古人有七步成章者汝可傚乎小姐對曰旣聞
命矣敢不尋鴉以博一笑乎太后擇宮中捷步者文
於殿前欲出題而試之公主奏曰不可使鄭氏痛賦
小女亦欲與鄭氏共試之太后亦喜曰女兒之意亦
妙矣但必得清新之題然後詩思自出矣方浪獨古
詩矣時當暮春碧桃花盛於欄外忽有喜鵲來鳴
枝上太后指彩鵲而言曰予方定汝輩之婚而彼鵲
報喜於枝頭此吉兆也以碧桃花上聞喜鵲爲題各
賦七言絶句一首而詩中必捭入定婚之意使宮女
各排文房四友兩人執筆宮女已發步而意恐或未及

成詩睨視兩人揮筆而亂跕稍緩矣兩人筆勢風飄
雨驟一時寫進宮女才轉互奏矣太后旣覽鄭氏
詩曰
紫禁春光醉碧桃何來好鳥語咬咬樓頭御妓
傳新曲南國天華與鵲巢
公主之詩曰
春深宮掖百花繁靈鵲飛來報喜言銀漢作
橋須努力一時齊渡兩天孫
太后咏歎曰予之兩女兒卽女中之青蓮子建也朝
廷若取女進士當分占壯元探花矣以兩詩迭示於

公主及小姐兩人各自歎服矣公主告於太后曰小
女雖着成篇其詩意趣不能思之姐姐之詩曲盡精
妙非小女所及也太后曰鸞女兒之詩頗銳妹可
愛也

九雲夢卷之五

揚少游夢遊天門　賈春雲巧傳玉語

此時天子進候於太后〻〻使蘭陽與鄭氏避于挾室迎帝謂曰予爲蘭陽婚事使忤楊家之聘而終有傷於風化與鄭氏并爲夫人則鄭家不敢當矣使鄭氏爲妾則亦近於强奪矣今日予召見鄭女〻〻美且才足與蘭陽爲兄弟也以此予旣以鄭女爲養女欲與同歸於楊家此事果如何也上大悅賀曰此盛德事也可謂與天地同大矣自古深仁厚澤未有及娘〻者也太后即召鄭氏進謁於帝〻〻命之上殿告

於太后曰鄭氏女子已爲御妹尚著平服何也太后
曰以詔命未下固辭章服矣上謂女中書曰取鸞鳳
紋紅錦縀一軸而來秦彩鳳擎而進上秉筆欲書稟
於太后曰鄭氏既封公主當賜國姓矣太后曰吾亦有此
意而但聞鄭司徒夫妻年既衰老無他子女予不
忍老臣無得姓之人仍其本姓亦曲軫之意也上以
御筆大書曰奉太后聖旨以養女鄭氏封爲英陽公
主踏兩宮之寶以賜鄭氏使宮女擎公主冠服著
鄭氏〻〻下處謝恩上使與蘭陽公主定其座次鄭
氏於公主長一歲而不敢坐其上太后曰英陽今則

即我女兄在上弟在下礼也兄弟之间何可餙讓小姐稽顙曰今日坐次即他日行列何可不謹於其始乎蘭陽曰春秋時趙襄之妻即晋文公之女也讓位於先娶之正室況姐々小妹之兄也又何疑乎鄭氏讓之頗久太后命之以年齒定坐此後宮中皆以英陽公主稱之太后以兩人之詩示之於上々亦嗟賞曰兩詩皆妙而英陽之詩引周詩之意皈德於后妃大得体也太后曰帝言是也上又曰娘々愛英陽至此宗国朝所未有也臣亦有仰請者矣乃以秦中書前後之事數奏曰彼之情勢殊甚惻隱其父雖以罪死

其祖先皆本朝臣子欲曲収其情以爲御妹從嫁之
媵娘〻幸察而頷之太后顧兩公主蘭陽曰秦氏曾以
此事言於小女矣小女與秦女情分旣切不欲相離
雖微聖教小臣亦有是心矣太后召秦彩鳳下教曰
兒女與汝有死生相随之意故特使汝爲楊尚書賸
侍汝之至願畢矣此後須更竭誠悃以報公主之恩
秦氏感泣淚潄〻下矣謝恩後太后又下教曰兩女
婚事予旣快定而忽有喜鵲來報吉兆予令兩女已
作喜鵲之詩矣汝亦得依皈之所可與同其慶作其詩
也秦氏承命即製進其詩曰

喜鵲查查繞紫宮鳳仙花上起春風安巢不待
南飛去三五星稀正在東
太后與帝同看喜雖咏雪之蔡女瞠乎下矣詩中
亦引周詩能守嫡妾之分此所以爲美也蘭陽公主
日喜鵲詩詩料本來不多且小女兩人既已先作後
來者無可下手處也曹孟德所謂繞三匝無枝可棲
者本非言語取用最難也此詩雖雜引孟德子美之
詩及周詩之句合成一句而天然渾然不見斧鑿之
痕三家文字有若爲秦氏今日事而作也太后曰古
來女子中能詩者惟班姬蔡女卓文君謝道韞四人

而已今才女三人同會一席可謂盛矣蘭陽曰英
陽姐〻侍婢賈春雲詩才亦奇矣時日將暮上啟
外家兩公主同退宿於寢旁翌曉鷄鳴初鄭氏入
朝於太后請啟曰小女入宮之時父母必驚懼矣今日
欲歸見父母以娘〻恩澤小女榮寵誇詡於門欄家族
伏願娘〻許之太后曰女兒何可輕離大內 予身可
徒夫人亦有相議事矣即下教於鄭府使崔夫人入
朝鄭司徒夫妻因小姐使婢子密通驚慮初弛感意
方深矣忽承詔旨忙入內叅太后引接曰予今來令
愛不但欲見其兒盖為蘭陽婚事矣一接丰容心乎

愛矣遂爲养女兒於蘭陽意者寡人前生之女子今
世誕生於夫人家矣英陽旣爲公主則富加之以国
姓而予念夫人無子不改其姓惟夫人領我至情崔
夫人受恩感激叩頭曰臣妾賤得一女愛之如至及
其婚事一誤礼幣不送老臣魂骨俱碎惟願速死不
見其可憐之形矣貴主累枉於蓬蓽之下屈其尊体
下交賤息仍與偕爲入宮禁使被廣世之恩寵豈棠於
朽木水於涸魚惟當竭髓殫力以效報荅之悃而
臣妾夫年老病深心長髮短旣不能奔走職事以賁
微勞妾亦鄙謝竊恐身兒爲隣亦未由追逐宮

娥白脈掖庭掃洒之役丘山之恩將何以仰報乎惟
有千行感淚河傾雨瀉而已乃起而拜伏而泣遽袖
已奄鍾矣太后爲之嗟嘆又曰英陽已爲吾女夫人
更不可挐去矣崔氏俯伏奏曰臣妾何敢辛啟於
家中並俱母女不得團聚稱誦如天之德是可足也
太后笑曰不越乎行禮之前也惟夫人勿憂也成婚
之後蘭陽亦札於夫人矣夫人視蘭陽亦加寡人之視
英陽也仍召蘭陽與夫人相見夫人重謝前日之褻慢
太后曰聞夫人左右有才女賈春雲可得見乎夫人即召
春雲入朝於簾下太后曰美人也更進之前曰聞蘭

陽之言汝曽夢江淹之錦可能爲寡人賦予春雲
奏曰臣妾何敢唐突於天威之前乎然試欲聞題矣
太后以三人詩下之曰汝能爲此語予春雲求筆硯一
揮而製進其詩曰
報喜微誠穢自知虞庭幸逐鳳凰儀春樓春
色花千樹三繞寧無借一枝
太后覽之轉示兩公主曰吾聞賈女雖才而豈料其
品之至斯也蘭陽曰此詩以鵲自比其身以鳳凰比姐〻得
体矣下句疑小女不許相容欲借一枝之棲而集古
人之詩採詩人之意鎔成一絶思妙意精真善竊

孤白裘手也古語云飛鳥依人〻自憐之賈女之謂
也仍令春雲退身秦氏接顔公主曰此女中書即華
陰秦家女子與春娘同居偕老之人也春雲答曰此
無乃作楊柳詞之秦娘子乎秦氏驚問曰娘子仍何
人而聞楊柳詞乎春雲曰楊尚書每思娘子輒誦
此詩妾亦獲聞之矣秦氏感愴曰楊尚書不忘妾
矣春娘曰娘子何為此言也尚書以楊柳詞蔵之於
身見之而流涕咏之則嗟嘆娘子殊不知尚書之情
何耶秦氏曰尚書若有旧情則妾雖不見尚書而
死無所恨矣仍言紈〻扇詩首末春娘曰妾身上釗乂

指環皆其日所得也宫人忽來報曰鄭司徒夫人將
還啟矣兩公主復入侍坐太后謂崔夫人曰楊少游
未絶當還前日禮幣自當復入於夫人之門而復受
既退之幣頗涉苟且况英陽是吾女兩女婚禮欲并
行於一日夫人許否崔氏伏地曰臣妾何敢自專惟
娘娘命矣太后笑曰楊尚書爲英陽三被朝命予亦
欲一瞞之矣諺曰凶言反吉待尚書來瞞言鄭小姐
因病不幸曾見尚書疏中一句曰身鄭女相見合巹
之日欲見尚書能解田面否也崔氏承命辭啟小
姐拜送於殿門之外召春雲密授瞞了尚書之謀春

雲曰妾爲仙爲鬼欺尚書者多矣至再至三亦六
囊乎小姐曰非我也太后有詔也春雲含笑而去此
時楊尚書以白龍潭水飮將士氣無前皆願一戰尚
書指授方略一鼓直進贊普才受鳥衣烟所送之珠知
唐兵已過盤蛇谷大惧方設諸壘而降吐蕃諸將生
縛贊普至唐營而降楊元帥更整軍容入其都城
禁止侵掠撫安百姓登崑崙山立石頌大唐威德遂
振旅奏凱將向京師至真州正當仲秋也山川蕭瑟
天地搖落寒花釀感斷鴈流哀令人有羈旅之
悲矣元帥夜入客館懷抱甚惡遥夜漫漫不能假寐

心下自想曰一別桑榆三閱春秋堂中鶴髮想非
旧日而扶護疾恙可托何人定省晨昏可期何時嗚劒
之志雖展於今日列昇之恭不及於親闈子職虧矣
人道廢矣此古人所以悲風樹之不停望太行而感
興者也況數年奔走內事無主鄭家親私難保
無往所謂不如意者十常八九者此也今我位登千
里之地平百萬衆之賊其功亦不為小矣天子必用
封建之典以酬驅馳之勞我若述其職愿陳其誠
懇請許鄭家之婚則我有允諾之望矣念及於
此心事小寬乃就枕而睡一夢遽遽飛上天門九重

七宝宮闕丹碧煌〻五彩雲霞光影翳〻侍女兩
人来謂尚書曰鄭小姐奉請尚書矣尚書從侍女兩
入廣庭弘敞仙花爛熳仙女三人並坐於白玉樓上
其服色如后妃而雙眉秀清兩眸流彩望〻如碧玉
明珠倚疊交暎也方裮曲禰手奏瓊琹見尚書至
離座而迎分席而坐上席仙女先問曰尚書別後無
恙否尚書定睛詳見認是昔〻論曲之鄭小姐也
驚愕欣倒欲語未語仙女曰今則我已別人間來遊
天上緬悵疇曩如隔兩塵君子雖見妾之父母難
聞妾之音耗矣仍指在傍兩仙女曰此即織女仙君

彼乃戴香玉女與君子有前世之緣願君子毋念
妾身與此兩人先結好約則妾亦有所托矣尚書
望見兩仙女坐末席者面目雖慣而不能記也少
焉鼓角各鳴蝴蝶忽散乃一夢也仍想夢中說話
皆非吉兆乃撫心自歎曰鄭娘子必死矣不然也我
夢何其不吉耶又自解曰有思者有夢或因相思之
切而有此夢耶桂蟾月之薦杜鍊師之媒未必非月
老之指而双劍未合九原遽屬則所謂天者不可必也理
者不可諶也反凶爲吉或者我夢之謂乎久之前軍
至京師天子親臨渭橋以迎之楊元帥着鳳翅紫金

盔穿黃金鎖子甲乘千里大宛馬以御賜白旄黃
鉞竜鳳旗幟擁前簇後排左列右鑼鼓響於盔車上
著在陣前西底三十六道君長各執琛賫之物隨其後軍
威之盛近古所無覩光之人弥亘百里旻之日長安城
中虛無人矣元帥下馬叩頭拜謁上親扶而起慰其
遠役之勞奬其大功之遂即下詔於朝廷依郭汾陽
故事裂土封王以從賞典尙書曰露誠力辞終不受命上
重違其志下恩旨以楊少游爲大丞相封魏国公
食邑三萬户其餘賞賜不可勝記楊丞相隨法駕入闕
祗肅天恩上即命設太平宴以賑私禺之恩詔畫其象

負於棋攅閣承相自闕下來鄭司徒家鄭家门族
皆會外堂迎拜承相各自献賀承相先問司徒及
夫人安否鄭十三答曰叔父叔母身雖撑保面目
遭妹氏之喪哀傷過節疾病頻作氣力比前歲頓
減未能出迎於外堂望承相身小身同入內堂如向
承相悴聞是說如癡如狂不能遽问過食頃乃问
曰岳丈遭何人之喪耶鄭十三曰叔父本無男子只有一女右
天道無知於斯台境見傷依處胥極乎承相入見慎勿出悲慽
之言承相大驚大慽言才入耳沉淚已湿錦袍矣鄭生
慰之曰承相婚媾之約雖同於金石私门不幸大事

三九 [illegible]

已誤望承相思惟義理勉自排遣承相拭淚而謝之
身鄭生入謁於司徒夫婦惟欣賀而已不及小姐之夭
慽承相曰小婿幸賴国家之威灵猥受封建之濫賞
方欲納官陳懇以畄天聰得成疇昔之約矣朝露先
晞春色已謝烏得無存沒之感乎司徒曰彭殤皆
命哀樂有數天實為之言之何益今日即一家慶會
之日不必為悲楚之言也鄭十三數目承相〻〻止其
言辭䀌園中春雲迎謁於階下承相見春雲如見
小姐心切悲悵餘淚又汪然數行下春雲跪而慰
之曰老爺〻〻今日豈老爺悲傷之日乎伏望寬

心收淚俯聽妾言吾娘子本以天仙暫時謫下故
上天之日謂賤妾曰汝自絶楊尚書而復從我矣今
我已弃塵界汝其更歸於楊尚書左右尚書若
早晩還歸如念妾而悲懷汝須以妾意傳之曰私幣
已還則便是行路人也況有前日聽琴之嫌子思念過度悲
哀逾制則是慢君命而循私情貽累德於已亡之人可
不愼哉且或酹奠墳前或弔哭靈筵則是待我以無行
之女子豈無憾於地下乎且曰皇上必待尚書之還復
議公主之婚吾聞關雎之威德合爲君子之配匹及
順受君命毋陷罪戾是我之望也承相聞言益

功愴然曰小姐遺命雖如此我何能無悲懷耶況
小姐臨終眷念少游也如此我雖十死而報小姐恩
德難矣仍說眞州夢事春雲下淚曰小姐必在玉皇
香案前矣丞相千秋萬歲後豈無會合之期幸愼
勿過哀以傷貴体丞相曰此外小姐又有何言乎春
雲曰雖有自言不可以春雲之口仰達矣丞相曰言
無淺深汝其悉陳春雲曰小姐又謂妾曰我與春
雲卽一身尙書若不忘我視春雲如吾而終始勿棄則
我雖入地如親受尙書之恩也丞相尤悲曰我何忍
棄春娘乎況小姐有付托之命我雖以織女爲妻

以寵妃爲妾誓言不負春娘也
合巹席蘭陽相諱名　獻壽宴鴻月双擅場
明日天子召見楊丞相下敎曰頃者爲御妹婚事
太后特下懿旨朕心亦不平矣今聞鄭女已死而御妹
婚事待卿還朝盖久矣卿雖思念鄭女死者已矣
卿方少年堂上有大夫人則甘毳之供不可自當况且
大丞相官府女君不可無矣魏国公家廟亞獻不可
闕矣朕已作丞相府及公主宮以待醮禮之日御妹
之婚今亦不可許乎丞相叩頭奏曰臣前後拒逆之
罪寔合斧鉞之誅而聖敎荐下玉音春温臣誠感殞

不知死所前日之累抗叩歎有所拘於人倫而不獲已也今則鄭女已亡矣臣詎敢有他意乎但門戶寒微才術空踈恐不合於駙馬之尊位也上大悅即下詔於欽天舘使擇吉日太史以秋九月望日奏之只隔數十日矣上下敎於承相曰前日則婚事在於可否間故不言於卿矣朕有妹兩人皆賢淑非凡骨也雖欲更求如卿者何處可得乎以是朕恭承太后之詔欲以兩妹下嫁於卿矣承相忽憶眞州客館之夢大异於心伏地奏曰臣自被椒掖之嫌欲避無路欲走無地未得置身之所常切致寇之惧今陛下欲使

兩公主共事一人之身此則自有人国家以来所未
聞者也臣何敢承當乎上曰卿之勳業足爲国朝第一
彝鍾不足銘其功也茅土不足償其勞也此朕所以〻
兩妹事之且御妹兩人友愛之情皆出於天立則相偎
坐則相依每願至老死不相離此太后娘〻之意也
卿不可辭也且宮人秦氏世家士族也有姿色能文
章御妹視如手足待以腹心欲以爲媵於下嫁之日故
先使卿知之矣承相又起謝曰鄭小姐爲公主在於
宮中日月多矣事太后以孝以至誠與蘭陽及秦氏
情若同氣敬愛深至太后盖愛之婚期既迫從容告

於太后曰當初以蘭陽定次之日冒居上座凉薄宿
越而一向固辭似外於娘娘之恩眷鼓罷勉從之而
本非我意也今皎楊家蘭陽若辭第一位則豈不可
惟望娘娘及聖上參其情禮正其位次使我分獲安
家法不紊蘭陽曰姐姐之德性才學皆小女之師也姐
姐雖在鄭門小女當如趙衰之讓位既為兄弟之後
豈有尊卑之分乎小女雖為苐二夫人自不失帝女
之尊貴而若恭居上元之位則娘娘之養育姐姐之意
果安在哉姐姐又欲讓於小女則小女不願為楊家
婦也太后問於上上曰御妹之讓出於中懇未聞自

古帝王家貴主有此事也一願娘〻嘉其謙德成其美
意也太后曰帝言是也乃下敎以英陽公主封魏國公
左夫人以蘭陽公主封右夫人以秦氏夲大夫之女封
爲淑人自古公主婚禮行於闕門之外官府矣是日
太后特令行禮於大內至吉日丞相以蟒袍玉帶身兩
公主成禮威儀之盛禮貌之偉不須道也禮畢入座
秦淑人亦以禮納拜於承相仍侍公主承相賜之座
三位上仙齊會一席光揺五雲影聯千门承相雙眸
乱纈九䰟超忽只疑身在於黑甜鄉也是夜與英陽
公主聯衾早起问寢於太后太后賜宴白皇上及皇后

亦入侍太后終夕罄歡是夕又與蕭陽公主并枕寢
三日往于秦淑人之房淑人視承相輒潸然垂淚承
相驚問曰今日笑則可泣則不可淑人之淚抑有思
乎蓋氏對曰不記小妾可知承相之已忘妾也承相
小頃乃悟就執玉手而謂曰君得非華陰秦氏乎彩鳳
無語轉咽并不出口承相曰吾以娘子爲已作泉下之
人矣果在宮中也華州相失娘家慘禍余欲無言娘
豈欲听自客店避亂之後何嘗一日不思吾娘子
而只知其死不知其生今日之得遂舊約寔是吾願
之所未及亦豈娘子之所期乎即自囊裡出示秦

氏之詞秦氏亦揮帳中奉呈丞相之詩兩人楊柳詞
依係若相和之日也各把彩牋摧腸叩心而已秦氏承
相催知以楊柳詞共結旧日之約而不知以紈扇詩得
成今日之縁也遂開小篋出画扇示丞相仍備陳其
事曰此皆太后娘〻及萬歲爺〻公主娘〻之洪恩
盛德也丞相曰其時避兵於藍田山還尚店人則或云
娘子沒入於掖庭或云爲孥於遠邑或云亦不免凶
禍雖未知的報更無可望不得已求婚於他家而每
過華山渭水之間身如失侶之鴈心若中鉤之魚皇
恩所及雖身會合尋有不安於心者店中初約豈

以小星相期而終使娘子屈於此位慚愧何言秦氏
曰妾之薄命妾亦自知敎曾送亂媼於客店也郎若
取室則自願爲小室矣今居貴主之副位榮也幸
也妾若怨恨則天必厭之是夜舊誼新情比前而倍
尤親密矣明日丞相與蘭陽公主會滎陽公主房
中閑坐傳盃英陽低聲招侍女請秦氏丞相聞其聲
音中心自動悽黯之色忽上於面蓋曾入鄭府對小
姐彈琴聞其評曲之聲音與容貌尤慣矣此日聞英
陽之聲如自鄭小姐口中出也既聞其聲又見其面
聲亦鄭小姐也貌亦鄭小姐也丞相暗想曰世上果

有非兄弟非親戚而臭味相類者也吾約鄭氏之婚也意
欲同生而同死矣今我已結伉俪之樂而鄭氏孤魂
托於何處耶 我欲遠嫌既未一酹於其墳又孤一哭
於其殯吾負鄭娘多矣存於中者形於外双泪汪
〻欲滴鄭氏以水鏡之心豈不知其悵抱間事乎乃
整襟而問曰妾聞之主辱臣死主憂臣辱女子之事
君子如臣之事君今相公臨觴忽惻〻不樂敢問其
故丞相謝曰小生心事嘗不諱於貴主矣少游曾從
鄭家見其女子矣貴主聲音容貌恰似鄭氏女故
觸目興思悲形於色遂令貴主有疑貴主勿恠也

英陽聽訖顏頗微赤忽起入内房久不出使侍女請
之侍女亦不出蘭陽曰姐〻太后娘〻所寵愛也性
品頗驕傲不如妾之殘劣也相公悦鄭女於姐〻姐
〻以此有未妥之心承相即使秦氏謝罪曰少游被
酒因醉妄言貴主若出來則少游當如晉文公請自
囚矣秦氏又而出來無所傳之言承相曰貴主有何語
秦氏曰貴主怒氣方峻言頗過中賤妾不敢傳矣承
相曰貴主過中之言非淑人之德也須細傳之秦氏曰
英陽公主有教曰妾雖殘劣即太后娘〻之寵女鄭
女雖奇不過爲閭閻間賤微女子札曰式路馬此非馬

之敬也敬君父之所乘也君父之馬尚且敬之況君
父所嬌之女乎相公若敬君父而尊朝廷也固不可
以妾比之於鄭女況且鄭氏曾不顧念自矜其色身
相公接言語論琴曲則不可謂持身有禮也其濫可
知矣自傷婚事之蹉跎身致幽鬱之疾病終至夭折
於青春亦不可謂多福之人也其命最奇矣相公何曾
比余於是乎昔曾之秋胡以黃金戲採桑之女其妻
即赴水而死妾何可以羞顏對相公乎不顧為妾行
人之妻也且相公記其顏面於已死之後下其聲音
於久別之餘此及挑琴於卓文之堂偷香於賈氏之

室其行之污近於秋胡妾雖不能效古人之撻木自
此誓不出閨门之外終身而死矣蘭陽性質柔順
不與我同帷願相公与蘭陽偕老承相大怒於心曰天
下妾有以女子而恃勢如英陽者乎果知爲駙馬之
苦也謂蘭陽曰我与鄭女相遇自有曲折矣今英陽
反以淫行加之於我無擯而但辱及於旣骨之人是
可歎也蘭陽曰妾當入去開諭姐〻矣即回身而入
至日暮亦不肯出來灯燭已張於房闥矣蘭陽使侍
婢傳語曰妾游說百端姐〻終不回心妾當初与姐
〻結約死生不相離苦樂及相同以矢言告之於天地

神祇姐々若終老於深宮則妾亦終老於深宮姐々
若不近於相公則妾亦不近於相公望相公就淑人
之房穩度今夜承相怒瞻撐膓堅忍不泄而虛帷
冷屛亦甚無聊斜倚寢床直視秦氏々々即秉燭
道承相故寢房燒龍香於金爐展錦衾於象床
謂承相曰妾雖不敏嘗聞君子之風礼云妾御不敢
當夕今兩公主娘々皆入內參妾何敢陪相公而經
此夜乎惟相公安寢當退去矣即雍容步去承相
以挽執爲苦雖不留止而是夜景色頓冷淡矣遂
垂幌就枕反側不安自語曰此輩結倘袂謀侮丈

夫我豈有哀乞於彼哉我昔在鄭家花園晝則身
鄭十三大醉於酒樓夜則與春娘對歸飮酒無一日
不閙無一事不快矣今爲三日駙馬已受制於人乎
心甚煩惱手拓紗窓河影流天月色滿庭乃更履
而出巡簷散歩遙望英陽公主寢房繡戶鈴瓏銀
釭焜明承相暗語曰夜已深矣宮人何至今不寐乎
英陽怒我而入送我於此或者已歸於寢室乎恐出
跫音屛趾輕歩潜進窓外則兩公主談笑之響音情
陸之辞出於外矣暗從欄傍而窺之則秦淑人坐
兩公主之前身一女子對博局祝紅呼白其女不轉

身挑灯正是賈春雲也元來春雲欲觀光於公主
大禮入來宮中已累日而藏身掩跡不見丞相故丞
相不知其來矣丞相驚訝曰春雲何至於此耶必
公主欲見而招來也秦氏忽改局設馬而言曰無
賭物殊覺無味當與春娘爭賭矣春雲曰春雲卒
賤妾也勝則一器酒肴亦幸矣淑人長在貴主之
側視彩錦如麤織以珍羞爲藜藿欲使春雲以何
物爲賭乎彩鳳曰吾不勝則吾一身所佩之香囊首
之飾從春雲所求而與之娘子不勝從我請也是事
於娘子固無所費也春雲曰所欲請者何事所欲

聞者何語彩鳳曰我頃聞兩位貴主私語春娘爲仙爲鬼以欺承相云而我未得其詳娘子頁則以異事晳爲古談而說予我也春雲乃推局向英陽公主而言曰小姐小姐小姐乎日受春雲可謂至矣何以爲此可笑之說悉陳於公主淑人亦既聞之宮中有耳之人孰不知之春雲自此以何面目立乎彩鳳曰春娘子吾公主何以爲春娘子之小姐乎英陽貴主即吾夫承相夫人魏国公文君年齒雖少爵位已高豈可復爲春娘子之小姐乎春雲曰十年之口一朝難變争花鬪卉宛如昨日公主夫人吾不畏也仍戲之而笑蘭陽

公主問於英陽曰春雲語尾小妹亦未及聞之丞相其
果見欺於春雲乎英陽曰相公之見欺於春雲者多
矣無薪之突烟豈生乎但欲見其恇怯之狀矣寡其頑太
甚不知惡鬼古所謂好色之人色中餓鬼者果非誣
也鬼之餓者豈知鬼之可惡乎一座皆大笑丞相方知
英陽公主之爲鄭小姐也如逢地中之人徒切驚倒
之心欲直入閨窓突入而旋止曰彼欲瞞我〻亦瞞彼矣
乃潛歇於秦氏之房披衾穩宿天明秦氏出來問於
侍女曰相公已起否侍女對曰未也秦氏久立於帳外
朝旭滿窓旦饍將進而丞相不起時有呻吟之聲秦氏

進問曰承相有不安節乎承相忽睜目直視有若不見人者且徙〻作譫言秦氏問曰承相何爲此譫語耶承相慌亂錯莫者久忽問曰汝誰也秦氏曰承相不知妾乎妾即秦淑人也承相曰秦淑人誰也秦氏不荅以手撫承相之項曰頭部頗温可知相公有不平之候矣然一夜之間疾向疾也承相曰吾身鄭女遠夜相語於夢中我之氣候安得平穩乎秦氏更問其詳承相不荅翻身轉臥秦氏切悶使侍女奢于兩公主曰承相有疾速臨診視英陽曰昨日飲酒之人今豈病乎不過欲使吾輩出頭也而已秦氏忙

入告曰丞相神氣恍惚見人不知猶向暗裡頻吐狂
言奏於聖上召太醫治之如何太后聞之召公主責之
曰汝輩之瞞戲丞相亦已過矣而聞其疾重不即出
見是何事也是何事也急出問病々勢若重促召太
醫中術業最妙者而治之英陽不得已身蘭陽
詣丞相寢所留堂上先使蘭陽及秦氏入見丞相見
蘭陽或搖双手或瞋兩瞳仞若不相識者始作喉間
之辯曰吾命將盡矣要身英陽相決英陽何往而不
來乎蘭陽曰相公何為此言乎丞相曰去夜似夢非夢
間鄭氏來我而言曰相公何負約耶仍盛怒呵責

以真珠一掬身我〻受而呑之此凶徵也閉目則鄭女
壓我之身開眸則鄭女立我之前此鄭女怨我之負
信而奪我之脩期也我何能生乎命在晌刻間矣欲見
英陽者盖此也言未已又作昏困澌盡之形回面向壁又
作胡乱之說蘭陽見此狀止不得不動而夏憂慮亦起
出言於英陽曰承相之病似出於憂疑非姐〻不可醫
矣仍言病狀英陽且信且疑踟躕不入蘭陽携手同
入承相猶作譫語而無非向鄭氏之說也蘭陽高聲
曰相公相公英陽姐〻來矣開目而見之承相乍擧頭頻
揮手有欲起之狀秦氏就身扶起坐於床上承相向兩

公主丙言曰少游備家與數尹兩位貴上結親方欲同
室而同穴矣有若拉戚而去者將不得久留矣英陽曰
相公識理之人也何爲浮誕之言也鄭氏設有殘魂餘
魄九重邃百神護衛渠何能入乎承相曰鄭女方在
吾傍何以曰不敢入乎蘭陽曰古人見盃中弓影而有
成疾者恐承相之病亦以弓而爲蛇也承相不答但搖
手而已英陽見其病勢轉劇不敢終諱乃進坐曰承
相只念死鄭氏而不欲見生鄭氏乎相公苟欲見之妾即
鄭氏瓊貝也承相佯若不信曰是何言也鄭司徒只有
一女而死已久矣死鄭女既在吾之身过則死鄭女之

外豈有生鄭女乎不死則生不生則死人之常也人之
身或謂之死或謂之生則死者爲眞鄭氏乎生者爲眞
鄭氏乎生固眞也死則妄也死固眞也生則誕也皇
之言吾不信也蘭陽曰吾太后娘〻以鄭氏爲養女封
爲英陽公主身妾同事相公英陽姐〻即當日聽
琴之鄭小姐也不然姐〻何以身鄭氏無毫髮爽
也承相不答微作呻吟之聲忽昂首作氣而言我
在鄭家之時鄭小姐婢子春雲使喚於我矣今有一
言欲問於春雲〻〻亦何在乎吾欲見之耳蘭陽曰
春雲爲謁英陽姐〻入宮中耳春雲亦憂承相
之疾來候英陽自外卽入謁曰相公貴体少康乎承

相曰春雲獨留餘皆出而公主及淑人退立於欄頭
承相即起梳洗整其衣冠使春雲請三人春雲含笑
而出謂兩公主及秦淑人曰相公邀之矣四人同入承相
戴華陽巾著宮錦袍執白玉如意倚案席而坐
氣像如春風之浩蕩精神如秋水之瑩徹文彩非似
病起之人矣鄭夫人方悟見賣微笑低頭更不問病
蘭陽問曰相公之氣今則如何丞相正色曰少游見
近來風俗甚怪婦女從倚欺瞞家夫少游忝在大臣
之列每求規正之術而未得其道憂勞成病昔疾今
愈不足以煩公主慮也蘭陽及秦氏惟微笑而不答

鄭夫人曰是事非妾亦所知相公如欲醫疾仰稟
于太后娘〻丞相心不勝驚始乃大笑曰吾异若合
卜後生之相逢矣今日我在夢中而亦不知夢耶鄭
氏曰此莫非太后娘〻子視之仁皇上陛下并育之恩
蘭陽公主〻之德惟鏤骨銘心而已豈口吻所可容謝哉
仍細陳顛末丞相謝於公主曰公主盛德宗簡象上
之嘖未覩者也少游宗無酬報之路惟期益加敬服之
誠不替鍾鼓之樂也公主〻稱謝曰此蓋姐〻徽懿柔德
感回天心妾何有哉時太后招宮人問病狀乃知托
病之由大笑曰我固疑之矣乃召見丞相與公主亦

在坐矣太后問曰聞丞相身旣死之鄭女續已絕之
佳緣不可無一言賀也丞相俯伏對曰聖恩身造化
同大臣雖摩頂旋踵瀝膽露肝難報其萬一矣太后
曰吾直戲耳豈可忌也是日上受群臣朝賀於正衙
群臣奏曰近者景星出甘露降黃河清年穀登三
鎭節度納地而朝吐蕃强胡革心而降此皆盛德所
致也上謙讓歸功於群臣〻〻又奏曰丞相楊少游近
作銅龍樓上驕客吹玉簫而調鳳凰久不下於秦樓
玉堂公務殆將闕矣上大笑曰太后娘〻連日引見
此少游所以不敢出也朕近當面諭使之就職矣 明

曰楊承相就朝堂理国政遂上疏請假欲將母而棄其官曰
承相魏国公駙馬都尉臣楊少游頓首頓首百拜上言
于皇帝陛下伏以臣即楚地編户之民也生事不
過數頃學業止於一經而老母在堂菽水不繼欲
嘗升斗之禄以備甘毳之供不揣寸分猥蒙鄉貢
方臣之羈覆赴京老母臨行送之曰門户殘矣家
業敗矣堂構之責十口之命皆付於汝之一身汝
其力学決科以顯父母是吾望也而禄仕太暴則
躁競之刺與官職太驟則負乘之患生汝其戒之
臣敢受母訓銘在心肝而濫以幼少之年 幸值切

名之會立朝數年名位揚赫金馬玉堂世稱華貴而
臣既冒據黃麻紫誥必頌金才而臣又添叨奉綸南
討强藩屈膝受命西征函酋束手臣本白面一書生
也是豈臣能立一策辦一謀而致此哉莫非皇威所
及諸將效死而陛下乃反獎其微勞褒以重爵臣心
之愧惕惶感有不可論而老母之所戒躁競之刺盈累之患
不幸當之矣至於錦裔紗簡老非閭巷賤身所敢
當者而聖命勤摯訓誥恩荐加臣逃遁不得冒沒承順
豈不足以辱國家而羞當世乎嗚呼老母之所期於
臣者約不過守寸廩而已臣之所望於國者本不

外於一官而已今臣居將相之位挾公侯之富奔走
王事不遑將母臣偃處丹碧之室而臣母則僅掩
茅茨臣坐享方丈之食而臣母則不免麤糲居
處飮食母子絶異是以貴富處身而以貧賤
待母人倫斁矣子職隳矣況臣母年齡已高疾
病沉篤無他子女可以扶護者而山川遼濶信使
阻絶消息亦不能以時相通不待陟岵望雲而
肝膓已寸斷無餘矣今幸国家無事官府多暇
伏乞陛下諒臣危迫之情察臣終養之願特許數
月之暇使之歸省先墓將歸老母母子同居歌詠

聖德得以盡瀝涓埃之誠則臣謹當彌竭
移孝之忠誓報陛下之恩矣伏乞陛下矜憫焉
上覽之歎曰孝哉楊少游也特賜黃金千斤綵
帛八百疋以爲老母壽且令發輦母尚過返承相入闕
祗肅拜辭於太后太后賜賚金帛倍蓰於皇上恩
典矣退身兩公主及秦賈兩娘相別行到天津鴻月
兩妓因府尹是通已來待於客館承相笑謂兩妓曰
吾之此行乃私行非王命也兩娘何以知之鴻月曰
大承相魏国公駙馬都尉之行深山窮谷亦皆奔
走聳耳動喪妾亦雖蟄於山林寂寞之地豈無耳目

亭況府君老爺敬待妾亦亞於相公〻〻之來不敢
不報昨年相公奉使過此妾亦尚有萬丈之光輝今
相公位益崇而名益著臣妾之榮亦轉加百層矣
聞相公娶兩公主爲女君未知兩位公主能容妾
身否承相曰兩公主一則乃聖天子御妹一則乃鄭
司徒女子太后取鄭氏爲養女而卽桂娘所薦也
鄭氏與桂娘有汲引之恩且與公主俱有及人之仁
容物之德豈非兩娘之福乎鴻月相顧而賀承相
與兩人經夜行到故鄕初以十六歲書生雖親遠
遊及其來覲擁大承相之軒車韡魏国公之印綬

重之以駟馬之富貴四年間所成就者何如耶八
謁於母夫人柳氏執其手而拊其背曰汝眞吾兒楊
少游耶吾不能信也當昔誦六甲賦五言之時豈
知有今日榮華也喜極而淚下也承相把立名成功之
終始娶室卜妾之顚末悉告無餘柳夫人曰汝父
親每以汝爲大吾門者惜不令汝父親見之也承相
省祖先丘墓以賞賜金帛爲大夫人設大宴獻壽
請宗族故旧隣里燕飮十日陪大夫人登程諸路方
伯列邑守宰輜輧護行光彩輝暎於一方矣過洛
陽分付本州招鴻月兩妓還報曰兩娘子同向京師

已有日矣承相頻以交違爲悵訣至皇城奉大夫人
於承相府中詰閤肅謝兩宮引見賜賚金緞綵
段十車俾爲大夫人壽請滿朝公卿設三日大酺以娛
之承相擇吉日陪大夫人移入於御賜新第園林
臺沼亭榭宮宇下皇居一亦鄭夫人蘭陽公主行
新婦之禮秦淑人賈孺人亦備禮謁見幣物之盛
禮貌之恭足令大夫人歎和氣發歡心也承相旣承
壽親之命以恩賜之物又設大宴三日兩宮賜梨苑
之樂移御廚之饌賓客傾朝廷矣承相具彩服身
兩公主高擎玉盃以次獻壽柳夫人甚悅宴未罷閽

入八告門外有兩女子納名於六夫人及承相座下
矣承相曰必鴻月兩姬也以此意告於大夫人郎招入
兩妓叩頭拜謁於階前公賓皆曰洛陽桂蟾月河北
狄驚鴻標名久矣果絶艶非揚相國風流何能致此也承
相命兩妓各奏其藝鴻月一時齊起曳珠履登瓊筵
拂藕腸之輕衫飄石榴之彩裙對舞霓裳羽衣之曲
落花飛絮撩乱於春風雲影雪色明滅於錦帳漢
宮飛燕再坐於都尉宮中金谷綠珠却立於魏公堂
上柳夫人兩公主以錦繡綵帛賞賜兩人秦淑人身
蟾月旧相識也話旧論情一喜一悲鄭夫人手把一

相別勸桂娘以酬薦進之恩柳夫人謂承祖曰汝輩進謝於鶴月而忘我從妹子不可謂不背本者也承祖曰少子今日之樂皆鍊師之德也况母親旣入京師雖微下教固欲奉請矣即送人於紫清觀請妥慰云杜鍊師入蜀三年尚未返矣柳夫人甚悵悵焉

九雲夢卷之六

樂遊園會獵鬪春色　油碧車詔搖占風光

鴻月入揚府之後承相侍人日益多矣各定其居処正堂曰慶福堂大夫人居之慶福之前曰燕喜堂左夫人英陽公主処之慶福之西曰鳳簫宮右夫人蘭陽公主処之燕喜之前凝香閣清和樓承相処之時々設宴於此其前太史堂〻礼賢堂承相接賓客聽公事之処也鳳簫宮以南尋興院即淑人秦彩鳳之室也燕喜堂以東迎春閣即孺人賈春雲之房也清和樓清和樓東西皆有小樓綠窓朱欄蔽虧掩暎周回作

行閣以樓於淸和樓凝香閣東曰賞花樓西曰望月樓桂
妖而娘各占其一樓宮中樂妓八百人皆天下有色有
才者也分作東西部左部四百人桂蟾月主之右部
四百人狄驚鴻主之敎以歌舞課以管絃每月會淸
和閣較兩部之才承相陪大夫人率兩公主親臨亦
考以賞罰勝者以三盃酒賞之頭插彩花一枝以爲
光榮負者以一盃冷水罰之以墨筆畫一點於額上
以愧其心以此衆妓之才日漸精熟魏府越宮女樂
爲天下最雖梨園弟子不及於兩部矣一日兩公主率
諸娘陪大夫人而 入相待一封書自外府而入授蘭陽

公主曰此即越王之書也公主展看其書曰
春日清和丞相鈞体蔓福可者国家多事公私無
暇樂游原上不見駐馬之人昆明池頭無復泛舟
之戲遂令歌舞之地便作蓬蒿之場長安父老
每説祖宗朝繁華古事往々有流涕者殊非太平之
氣像也今賴皇上盛聖丞相偉功四海寧謐百姓
安乐復開元天寶間乐事即今日其會也況春色
未暮天氣方和芳花嫩柳能使人心駘蕩美景賞
心俱在此時矣願与丞相會於乐遊原上或观獵
或听乐補張昇平盛事丞相若有意於此即約日

相報使寡人隨處幸甚

公主見畢謂承相曰相公知越王之意乎承相曰肯何深意不過欲賞花柳之景也此固遊閑公子風流事也公子曰相公猶未盡知也此王所好者惟美色風樂其宮中絶色佳人非一二而近間所得寵姬即武昌名妓王燕也越宮美人自見王燕魂喪魄褫以無鹽嫫母自処可知其才貌見獨步於一代也越王見聞吾宮中多美人欲效王愷石崇之抑軋也承相答我果從見矣公主先獲越王意也鄭夫人曰此雖一時遊戱之事亦必見屈於人也目鴻月而謂之曰軍兵雖

養之十年用之在一朝玆事勝負都在於兩敎師掌
握中矣汝輩須努力焉蟾月對曰賤妾恐不可敵也
越國風亦擅於一國武昌玉燕鳴於九州越王爲下既
有如此之風亦又有如此之美色此天下之強敵也
妾亦以偏師小卒紀律不明旗鼓不整恐未及交鋒
便生倒戈之心也妾亦之見笑不足關念而只恐貽
羞於吾府中也丞相曰我身蟾娘初遇於洛陽也蟾
娘称有青樓三絶色而玉燕亦在其中必此人也然青
樓絶色只有三人而今我已得伏龍鳳雛何畏項羽
之一范增乎公主曰越王姬妾中美色非獨一玉燕也

蟾月曰越宮中粉其腮而臙其頰者無非公山草木也
有走而已吾何敢當我顚娘之尙策於狄娘妾本素
膽弱聞此言便覺歌喉自澀恐不能唱曲也驚鴻憤
然曰蟾娘子此果真說話耶吾兩人橫行於関東七十
餘州擅名之妓樂無不聽之鳴世之美色無不見之
此膝未曾屈也何可遽讓於王燕乎世有傾城傾国之
漢宮夫人爲雲爲雨之楚臺神女亦有一毫自擧之
心不然彼王燕何足憚哉蟾月曰鴻娘尔言何其太
容易耶吾輩曽在関東所絲者大則太守方伯之
宴小則豪士俠客之會未遇強敵固其宜也今越

王爲下生長於大内萬玉叢中眼目甚高評論太峻
所謂觀太山而泛滄海者也豆垤之微涓流之細豈
入於眼孔乎此以孫吳而爲敵与賁育而鬪乃非庸
將孺子所抗也況王燕即帷幄中張子房也能決
勝於千里之外何可輕之今鴻娘徒爲趙括之大談
吾見其必敗也仍告承相曰狄娘有自多之心妾請
言狄娘之短处狄娘之初從相公盜騎燕王千里馬
自稱河北少年欺相公於邯鄲道上使鴻娘尚有嫌
姸嫋娜之態則相公豈以男子知之乎且承恩於相
公之日乘夜之昏假妾之身此所謂因人成事者也

今對賤妾有此誇大之言不亦可笑乎驚鴻答曰信
乎人心之不可測也賤妾之來從相公也亂言之如月娥
姮娥今乃毀之如不直一錢者此不過承相待妾過
於蟾娘故蟾娘欲專相公之寵有此妬忌之言也蟾
娘及諸娘子皆大笑鄭夫人曰狄娘之纖弱非不足也
自是承相一雙眸子不能清明之證也鴻娘名価不必溢而
低也然蟾娘之言蓋是確論女子以男服欺人者必乏
女子之姿態也男子以女粧瞞人者必欠丈夫之氣骨
也皆因其不足處而逞其詐也承相大笑曰夫人此
言蓋弄我也夫人一雙眸子亦不清明能卞琴曲而

不能卞男子此有耳而無目也七竅無一則其可謂
全人乎夫人雖譏此身之殘劣見我凌烟閣畫像者
皆稱形体之壯威風之猛矣一座又大笑蟾月曰方
務勁敵對陣豈可徒爲戲談不可全恃吾兩人賈孺
人亦同往如何越王非外人淑人亦何嫌之有秦氏
曰桂狄兩娘若入於女進士場中當效一寸之力矣
歌舞之場安用妾哉此所謂驅市人而戰也桂娘必
不能成功也春雲曰春雲雖無歌舞之才惟妾一身
貽笑於人則不過爲妾身之羞豈不欲觀光於盛
會哉妾若隨去則人必指笑曰彼乃大丞相魏國公

之妾也鄭夫人及公主之媵也然則此貽笑於相公也
貽憂於兩嫡也春雲決不可從矣公主曰豈以春娘之
去而相公被笑於人我亦因君而有憂乎春雲曰平
鋪彩錦之步障高褰白雲之帳而人皆曰楊丞相寵
妾賈孺人來矣騈肩疊武爭先縱觀及其移步登筵
乃蓬頭垢面也然則人皆大驚大叱以爲楊丞相有鄭
都子之病也此非貽笑於相公乎至於越王殿下平生未
嘗見累織之物見妾必嘔逆而氣不平矣此罪
貽憂於娘娘乎公主曰甚矣春娘之謙也春娘昔者
以人而爲鬼今欲以西施而爲無鹽春娘之言無定

可信也乃問於承相曰令書以何日爲期乎承相曰
約以明日會矣鴻月大驚曰兩部教坊猶未下令
勢已急矣可奈何哉即召頭妓兩言曰明日承相身
越王約會於樂遊原兩部諸妓須持樂器餙新粧明
曉陪承相行矣八百妓女一時聞令皆理容履着靴
曉習樂爲明日計矣翌曉天明承相早起着戎服靴
弧矢乘雪色千里崇山馬休獵士三千人擁向城南
𩥅月驚鴻彫金鏤玉綴花裁葉各率部妓結束隨
行並乘五花之馬跨金鞍踏銀鐙橫拖珊瑚之鞭輕
攬貫珠之轡跟隨承相之後八百紅粧皆乘駿騎擁

鴻月左右而去中路逢越王〻〻軍容支系足身承
相之行并駕矣越王身承相并轡而行問於承相曰
承相所騎之馬何国之種也承相曰出於大宛国也
大王之馬亦似宛種也越王曰然此馬之名千里浮
雲驄去年秋陪天子獵於上林天廐萬馬皆追風
逸足而無追及於此者即今張騎馬之桃花驄李將
軍之烏騅馬皆稱龍種而比此馬皆駑駘也承相
去年討叢臣時深險之水斷截之壁人不能着足而
此馬如踏平地未嘗一蹶少游之成功寔賴此馬之
力杜子美所謂身入一心成大功者非耶少游班師之

後爵品驟崇職務亦閒穩乘平轎緩行坦途人身
馬俱欲生病矣請勞大王揮鞭一馳較健馬之扶步
試旧將之餘勇越王大喜曰亦吾意也遂分付於侍
者使兩家賓客及妾亦敢待於幕次正欲秉轡策馬
矣適有大鹿為獵軍所逐掠過越王之前王使馬前
壯士射之於是众矢齊發皆不能中大王怒躍馬而
出以一矢射其左脅而殪之众軍皆呼千歲承相稱之
曰大王神弓無異汝陽王也王曰小技何足稱乎我欲見
承相射法亦可試否言未訖天鵝一雙適自雲間飛
來諸軍皆曰此禽最難射也宜用海東青也承相

笑曰汝姑勿敎印抽箭翻身仰射中鵠左旨而墜於馬
前越王大贊曰承相妙手今之春由己也兩人遂渾鞭一
哨而馬各出星流電邁神行兒闪瞬息之間已涉
大野而登高丘矣樓臺并立周覽山川領畧風景
仍論射法劍術娓娓不止侍者始追及以所獲蒼鹿
白鵝盛銀盤而進之兩人下馬披草而坐拔所佩寶刀
割肉炙啗互勸深盃遙見紅袍兩官飛鞋而來一隊
從人隨其後盖自城中而出也一人疾走而告曰兩丞宣
醞矣越王徃候幕中兩人盥酌御賜黃封美酒以勸
兩人仍授龍鳳彩箋一封兩人盥手跪伏而見以大覽

郊原爲題而賦進矣兩人頓首四拜各賦四韻一首
付黃門而進之丞相詩曰
晨驅壯士出郊坰劍若秋蓮矢若星帳裡群
娥天下白馬前雙鵰海東青恩分玉甌爭含感
醉挾金刀自割腥仍憶去年西塞外大荒風雪獵王庭
越王詩曰
蹀蹀飛龍閃電過御鞍鳴鼓立平坡流星勢疾纖
蒼鹿明月形開落白鵝殺氣能教豪興發聖恩
留帶醉顏酡汝陽神射君休說爭似今朝得雋多
黃門拜辭而啓於是兩家賓客以次列坐庖人進饌

釘餖生香駝駱之峰揺揺之辰出於翠釜南越之荔支
永嘉之甘柑相溢於玉盤王母瑤池之宴人會見者漢武栢
梁之會事已古矣不必強後而比之人間之珍品異羞
蔑有加於此者女樂數千三匝四圍羅綺成帷環珮
如雷一束纖腰爭妬垂楊之枝百隊嬌容欲奪烟
花之色豪家絲哀竹沸曲江之水冽唱繁音動終
南之山酒半越王謂承相曰小生過蒙承相厚眷高
區區微誠無以自效携來小妾數人欲睹承相一歡
請召至於前或歌或舞獻壽承相何如承相謝曰
少游何敢与大王寵姬相對辛妾侍烟娅之誼敢

有偕越之計矣少游侍妾數人亦有爲觀盛會
而来者少游亦欲呼来使身大王侍妾各奏長技以
助餘興王曰承相之教亦好矣於是蟾月驚鴻及越宮
四美人承命而至叩頭於帳前承相曰昔者寧王畜一美人
名曰芙蓉太白恳於寧王只聞其聲不得見其面今
少游能見四仙之面所得比太白十陪矣彼四美人姓名
云何四人起而對曰妾等卽金陵杜雲仙陳留少蔡
兒武昌萬玉燕長安胡英ᄒ也承相謂越王曰少游曽
以布衣遊於兩京尙聞王燕娘子之盛名如天上人
今見其面宗過其名矣越王亦聞知蟾月兩人姓名

乃曰此兩人天下之所共推者而今者皆入於承
相之府可謂得其主矣未知承相得此兩人於何
時乎承相對曰桂氏少游赴京之日適至洛陽宴示
自從之狄女曾入於燕王之宮少游奉使燕国也
狄女抽身隨我追及於復路之日矣越王拍掌笑曰狄娘
子之俠氣非楊家紫衣者所比也然狄娘子從相公之
日相公旣是翰林且受王節則鸞鳳之瑞人皆易見
桂娘子昔當相公之窮困能知今日之富貴所謂
識宰相於塵埃者也尤亦奇也未知承相何以得逢於
客路乎承相笑曰少游追念其時之事誠可咍也下

士窮儒一驢一童間關遠路為飢火所迫過飲村店
之濁醪行過天津橋上適見洛陽才子數十人大張
娼樂於樓上飲酒賦詩少游以弊衣破巾詣其座上
蟾月亦在其中雖諸生奴僕未有如少游之藏弊者而
醉興方濃不知慚愧拾掇荒蕪之詞不知其詩意何如
句格何如而桂娘拈出其詩於衆篇之中歌而咏之
蓋座中初約諸人所作若入於桂娘之歌者則當讓
与桂娘於其人故不敢与少游相爭此亦緣也越王
大笑曰承相為兩塲壯元吾以為天地間快樂之事
是事之快高出於壯元上也其詩必少妙也可得聞歟

承相曰醉中卒爾之作何能記之王謂蟾月曰承相雖已忘之娘或記誦否蟾月曰賤妾尚能記之未知以紙筆寫呈乎以歌曲奏之乎王尤喜曰若無聞娘子之玉聲則尤悅矣蟾月就前以遏雲之聲歌以奏之滿座皆爲之動容王大加稱賞曰承相之詩才蟾月之絶色清歌足爲三絶也其三詩所謂花枝羞殺玉人粧未吐纖歌口已香者能盡出蟾娘當時之白退步也近世之蘇句歸章抽黃批白者安敢窺其藩籬乎遂滿酌金鍾以賞鴻月兩人出越王宮四美人送舞交歌獻壽賓主直其天生敵手少無差高

況玉燕與鴻月齊名其餘三人雖不及於玉燕亦
不遠矣王頗自慰喜而已醉甚止宴與賓客出竟花
帳外見武士擊刺奔突之狀王曰美女騎射亦豈可
觀故吾宮中精熟弓馬者有數十人矣承相府中
美人亦必有自北方來者下令調發使之射雉逐兎
以助一塲歡笑如何承相大喜命揀能爲弓馬者
數十人使與越宮娥賭勝驚鴻起告曰雖不習操弦
亦慣見他人之馳射今日欲暫試之矣承相喜則解給所
珮函弓驚鴻執弓而立謂諸美人曰雖不能中願諸娘勿
笑也乃飛上於駿馬馳突於帳前適有赤雉自草

開騰上驚鴻下轉纖腰執弓鳴絃五色彩羽倏落於
馬前承相越王擊掌大噱驚鴻轉身還馳下於帳外
穩步就座諸美人皆稱賀曰吾輩盡廢十年工夫矣
蟾月內念曰吾毋人雖不讓於越宮妓乃四人吾
則一雙孤單甚矣恨不拉春娘而來也歌舞雖非春
娘之所長其艶色美談豈不能壓倒雲仙輩乎咄咄
不已矣忽騁瞻則兩美人自野外驅油壁車轉行於
綠陰芳草之上稍稍前進矣俄到帳門之外守門者
自越宮來乎從狄府至乎御者曰此車上兩娘即
楊承相小室適有些故初未偕來矣門卒入告於承

相ㄷㄷ曰是必春雲欲覩光而來行色何其太簡耶
即翁召入兩娘子捲珠箔自車中而出在前者沈裊
烟在後者宛是夢中所見之洞庭龍女也兩人俱進
承相座下叩頭拜謁承相指越王而言曰此越王爰
丶也汝輩以礼謁之兩人礼畢承相賜座與鴻月
同坐承相謂王曰彼兩人征伐西蕃時所得也近因
多事未及率來必聞少游與大王同樂欲覩盛會而
至矣王更見兩人其色與鴻月鴈行而縹緲之態超
越之氣似加一節矣王大異之越宮美人亦皆顏如
灰色矣王问曰兩娘何姓名也何地人耶一人對曰

小妾烏衣娼姓沈氏西涼州人也一人又對曰小妾凌
波姓白氏曽居蕭湘之間不幸遭亂避地西过今從
相公而来耳王曰両娘子殊非地上人也能解管絃
否烏衣娼對曰小妾塞外賤妾未嘗聞絲竹之聲将以
何技以娯大王乎但児時多事浪学劍舞而此乃軍
中之戲恐非貴人所可見也王大喜謂承相曰玄宗
朝公孫大娘劍舞鳴於天下其後此曲遂絶不傳於
世我每咏杜子美詩而恨不及一快覩也此娘子能
解劍舞快莫甚焉与承相各解贈所珮之劍烏衣娼捲
袖解帶舞一曲於金壺之上倏闪悼燿縱横頓挫

紅粧白刃炫幻一色若三月飛雪乱洒於桃花叢上俄而舞袖轉急劒鋒愈疾霜雪之色忽滿帳中梟嬝一身不復見矣忽有一丈青虹橫亘天衢颯颯寒飇自動於樽俎之間座上皆骨冷而髮竦梟烟欲盡所學之術恐驚動越王乃罷舞擲劒再拜而退王乃嘆神謂梟烟曰世人劒舞何能臻此神妙之境我聞仙多能劒術娘子得非其人乎梟烟曰西方風俗好以兵器作戲故妾童稚之年雖或學習豈有仙人之奇術乎王曰我還宮中當擇諸姬中便捷善舞者而送之望娘子勿憚教授之勞梟烟拜而受命王又問於凌波曰娘

子有何才乎凌波對曰妾家近在湘水之上卽皇英
所遊之処也有時乎天高夜靜風清月白則寶琵之
聲尚在於雲霄間故妾昔見時效其聲音自彈自樂
而已而恐不合於貴人之耳也王曰雖因古人詩句
知湘妃之能彈琵琶而未聞其曲流傳於世人也娘子若能傳
得此曲唱歌俗樂何足聆乎凌波自袖中出二十五絃輒彈
一曲哀怨清切水落三峽鳴号長天四座忽凄然下淚
已而千林自振秋聲乍動花上病葉紛紛交墜越王大异之
曰吾不信人間曲律能回天地造化之柄娘若人間之人則何能使
發育之春爲秋數榮之葉自零也俗人亦可學此曲歟凌波曰

妾雖傳古曲之糟粕而已有何神妙之術而不可學乎萬王

燕告於王曰妾雖不才以平日所習之來試奏召蓮曲矣斜

抱秦箏進於帝前以纖葱拂絃能奏二十五絃之聲連指

之法清高流動殊可聽也承相及鴻月兩人亟稱之越王甚悦

駙馬罰飲金屈巵　聖主恩借翡翠徵宮

是日來遊原之宴娼妓兩人來至助歡王及承相與

雖有餘而野日將夕矣乃罷宴兩家各以金銀綵段

為纏頭之資量珠以斗堆錦如阜越王身承相帶月色

而敀入城門鍾聲聞矣兩家女樂爭途後先珮聲如

水香氣擁街遺簪墮珠盡入於馬蹄雲鬟翠羽之聲

聞於暗塵之外長安士女聚觀如堵百歲老翁垂
涙而言曰我昔髮未㧾時見玄宗皇帝幸華淸宮其
威儀如此不啚吾死之日復見太平景像也此時兩公
主与秦晋兩娘陪大夫人正待承相之还承相上堂引
沈裊烟白凌波現於大夫人及兩公主鄭夫人曰承相
每言得賴兩娘子急難之恩幸成数千里拓土之
功故吾每以曽未見爲恨矣兩娘之来何太晩耶烟
波對曰妾亦遠方鄕闇之人也雖蒙承相一顧之恩
惟恐兩夫人不虗一席之地未敢即躡於门下矣須人
京師得聞於行路則皆稱兩公主有关雎喬木之德

化被跣賤恩覃上下云哉方欲冒僭進謁之際適値
承相覩縱之時叨叅盛事獲承下詢妾亦之幸也公
主笑謂承相曰今日宮中花色正滿相公必自說風
流而此皆吾兄弟之功也相公知之乎承相大笑曰
俗云貴人喜亂言非妄也彼兩人新到宮中大畏公
主威風有此謟言公主乃欲為功耶一座譁然大笑
秦賈兩娘子問於蟾月兩人曰今日宴席勝負如何
鶯鴻荅曰蟾娘笑妾大言矣妾以一言使越宮奪氣
諸葛孔明以尺舸入江東掉三寸之舌說利害之機
周公瑾魯子敬輩惟口呿喘息而不敢吐平原君入

楚定於十九人皆碌碌無成事使趙重於九鼎六
呂者非毛先生一人之功乎妾志大故言亦大之言
亦必有宗也尙於蟾娘則可知妾言之非妄也蟾月
曰鴻娘弓馬之才不可謂不妙而用於風流陣則雖
或可稱置於矢石場則安能馳一步而行一矢乎越
宮蓄氣所以服新到兩娘子仙兒仙才也何足爲鴻
娘之功乎我有一言當向鴻娘說也春秋之時賈夫
人見甚醜陋天下所共嗤也娶妻三年其妻未曾一笑
與妻出郊適射獲一雉其妻始笑之鴻娘之射雉或與
賈夫人同乎驚鴻曰以賈夫人之醜見能因弓馬之才

睹得其妻之笑若使有才有色而且能射雉則尤豈不
使人愛敬乎蟾月笑曰鴻娘之自誇逾往而愈甚
此無非承相寵愛之過而驕其心也承相笑曰我
固知蟾娘之多才而不知有經術也今復兼春秋之
癖也蟾月曰妾閑時或涉獵經史而豈曰能之翌日
承相入朝於上太后召見承相及越王兩公主已會
在座矣太后謂越王曰吾見昨日与承相以春色相
較孰勝孰負越王奏曰駙馬完福非人所爭但承相
如此之福在女子亦爲福乎不爲福乎娘〻以此問
于承相〻〻奏曰越王謂不勝於臣者正如李白

見崔顥詩而奪其氣也於公主爲福不爲福臣非公
主不能自知問于公主太后笑顧兩公主々々對曰
夫婦一身榮辱苦樂不宜異同丈夫有福則女子亦
有福也丈夫無福則女子亦無福也承相之所樂小
女亦同樂而已越王曰妹氏之言雖好非肺腑之言
也自古駙馬未有如承相之放蕩者此由於紀綱之
不吅也願娘々下少貸於有司問輕朝廷蔑國法之
罪太后大笑曰駙馬誠有罪矣若欲以法治之則其
爲老身及兒女之憂不淺故不得不屈公法而循私
情矣越王復奏曰雖然承相之罪不可輕赦請推問

於御前觀其妾媵而處之可也太后大笑越王代

草問目有曰

自前古爲駙馬者不敢畜姬妾者非風流之不

足也非衣食之不贍也盖所以敬君父也尊国体

也况蘭陽両公主以位則寡人之女也以行則姬

姒之德也駙馬楊少游不思敬奉之道徒懷狂蕩

之心栖心於粉黛之窟游意於綺羅之叢獨取美

色甚於飢渴朝求於東暮取於西眼窮燕趙之色

耳飫鄭衛之声蟻屯於其臺榭蜂鬧於房闥両公

主雖以樛木之德不生妒忌之心在少游敬謹之道

妄敢乃爾驕佚自恣之罪不可不懲毋隱直
招以俟處分
丞相乃下亥伏地免冠待罪越王出立於欄外高
聲讀罰目丞相聽訖納拱其辭曰
小臣楊少游猥蒙兩殿之盛眷驟跻三台之崇
班則榮已極矣而公主秉塞淵之德有琴瑟之
和則願已足矣而童心尚存豪氣不除過耽聲
妓之樂略聚歌舞之女此無非小臣扭於富貴溢
於盛滿不知自撿之失而臣竊伏見國家令甲爲
駙馬者設有婢妾若婚娶前所得自有分揀之

道小臣雖有府中侍妾淑人秦氏皇上所命宜不
在指論之列小妾賈氏臣曽在鄭家花園時使
令於前者也小妾桂狄沈白四个女或來及釋葛
時所卜或奉命外国時所從而皆在婚禮以前至
若并畜於府中盖從公主之命也非小臣所敢擅
者也論以国制断以王法宜無可論之罪聖教
至此惶恐遑晩
太后覧畢大笑曰多畜姫妾不害為大夫風度容有
可怒而過妒盃酌疾病可憲推考可也越王復奏曰
駙馬府中不亨姫妾少游雖 讀於公主在其自処之

道宗有萬〻不可者更以此推尙可也丞相着急乃
叩頭謝罪太后又笑曰楊郎眞社稷臣也我豈以女
婿待之仍命整冠上殿越王又奏曰少游功大雖難
加罪国法亦叩不可全釋宜用酒罰太后笑而許之
宮女擎進白玉小盃越王曰丞相酒量本來如鯨罷名
亦重安用小盃自擇能容一斗金屈巵滿酌清冽酒
而授之丞相酒戶雖寬連飮數斗安得不醉乎乃
叩頭奏曰牽牛過眷織女被譴聘岳少游以畜妾於
家中被岳母之罰爲天王家女婿誠難矣臣大醉請
退去矣仍欲起而仆之太后大笑命宮女扶送於殿

門之外謂兩公主曰丞相爲酒所困氣必不平汝亦
即隨去公主承命即隨丞相而去大夫人張燭堂上
方待丞相見丞相大醉問曰前日雖有宣醞之命不
曾一醉矣何今過醉耶丞相以醉眼怒視公主久而
荅曰公主兄越王詬訐於太后勒成小子之罪小子
雖善爲說辭董得清脫越王必欲加罪拖於太后
罰以毒酒小子若無酒量幾乎死矣此雖越王含憾於
樂原之見屈必欲報復而亦蘭陽猜我娼妾太多乃
生妬忌之心身其兄挾謀而必欲困我也平日仁厚
之心不可恃矣伏望母親以一盃酒罰蘭陽爲小子

雪憤柳夫人曰蘭陽之罪本不分明且不能飮一勺
之酒汝欲使我罰之以茶代酒可也承相曰小子必
欲以酒罰之柳夫人笑曰公主若不飮罰酒則醉容
之心必不解矣使侍女送罰酒於蘭陽公主執盃欲
飮承相忽然生疑欲奪其盃而嘗之蘭陽急投於席
上承相以指濡盞底餘瀝吮而嘗之乃沙糖汁也承
相曰太后娘娘若以沙糖水罰小子則母親亦當以
沙糖水罰蘭陽而小子所飮者酒也蘭陽豈得獨飮
沙糖水乎招侍女曰持酒罇而來自酌一盃而送之
公主不得已盡飮承相又告於夫人曰勸太后而罰

臣者雖蘭陽鄭氏亦與其謀故在太后座前見兒子
受困目蘭陽而笑之其心不可測矣願母親又罰鄭
氏夫人大笑又以罰盃送於鄭氏〻〻離座而飮夫
入曰太后娘〻罰少游因少游姬妾而今公主兩人皆
飮罰酒姬妾亦安得晏然乎承相曰越王樂原之會
盖為鬪色而鴻月烟波以小擊衆以弱敵强一戰摘
勳先奏捷書致令越王悵感仍使小子受罰此四人
可罰也柳夫人曰勝戰者亦有罰乎醉客之言可笑
即招四人各罰一盃四人飮畢鴻月兩人跪奏於柳
夫人曰太后娘〻之罰承相寔責姬妾之多非為乐

遊原之勝也彼炯波而入尚未奉承相袵席而妾妾
同飮罰酒不亦寃枉乎賈孺人奉觴於承相如彼之
久受恩於承相如彼之專而且一不叅於原之會猶免
此罰下情皆甚苑抑矣柳夫人曰汝輩之言是也以一
大盃罰春雲春娘各笑而飮此時諸人皆飮罰杯
座中頗覺紛紜蘭陽公主被困於酒不堪其苦而惟
秦淑人端坐座隅不言不笑承相曰秦氏猶醒亦笑
醉客之顚狂亦不可不罰滿酌一盃而傳之秦氏亦
笑而飮柳夫人問於公主曰公主素不飮酒〻後之氣
何如答曰頭疼正苦矣柳夫人使秦氏扶歸寢房仍

使春雲酌酒而來把酒而言曰吾之兩婦女中之聖
也吾每恐損福矣少游酗酒使在至今公主不言太
后娘〻若聞之則必過慮矣老身不能教誨兒子有
此妄乳老身亦不可謂無罪吾以此盃自罰矣盡飲
之承相惶恐跪告曰母親因兒子狂悖有此自罰之
教兒子之罪豈當咎而止哉使鸞鴻滿酌一大碗而
來親甚而跪曰少游不從母親之教令未免貽憂
於母親謹飲罰酒矣盡吸大醉不能定坐而欲向
凝香閣以手指之大夫人使春雲扶而往之春雲
曰賤妾不敢陪往矣桂娘子狄娘子妬小妾有寵

矣仍囑蟾月兩娘使之扶去蟾月曰春娘因吾
一言而不去妾尤有嫌矣鸞鴻笑而扶携承相而去
諸人乃散承相以炯波兩人性愛山水花園中有一
畝芳潭清若江湖池中有彩閣名映蛾樓使凌波居
之池之南有假山尖峰嶄玉重疊積鉄老松陰密
瘦竹影踈中有一亭名曰氷雪軒使裊烟居之諸夫
人及衆娘子游花同之時則兩人為山中主人矣諸
人從容謂凌波曰娘子神通變化可得一覩乎凌波
對曰此賤妾前身之事妾乘天地之運借造化之力
盡脫前身幻受人形所奪鱗甲堆積如山雀亦為蛤

二十三

之後豈有兩翼可以翱翔乎諸夫人曰理固然矣鳥衣炯雖時時舞劒於大夫人及承相兩公主之前以供一時之玩而亦不肯頻舞曰當時蟾借劒術以濟承相而殺伐之戲元非常時所可見也此後而夫人六娘子相得之樂如魚川泳而鳥雲飛相隨相依如篪如塤承相恩情彼此均一此雖諸夫人聖德能致一家之和而蓋當初九人在南岳時其所願如此故也一日兩公主相議曰古之人姊妹諸人婚嫁於一国之内或有為人妻者或有為人妾者而今吾二妻六妾義逾骨肉情同姊妹其中或有從外国而來者豈非天之所

命乎身姓之不同位次之不齊有不足拘也當結爲
兄弟以娣妹稱之可也以此意言於六娘子ㄷㄷ皆力
辭而春雲鴻月托落ㄷ不應鄭夫人曰劉閔張三人
君臣也終不齊兄弟之義我與春娘自是閨中管
鮑之交也爲兄爲弟何不可之有世尊之妻本家之
女尊卑絶矣貞淫別矣同爲大釋之弟子終得上乘
之正果厥初微賤何関於畢境之成就而玉主遂與
六娘子詣宮中所藏觀音畫像之前焚香展拜作
誓文而告之其文曰
維年月日弟子鄭氏瓊貝蕭和李氏彩鳳秦氏

春雲賈氏蟾月桂氏驚鴻狄氏白衣炯沈氏凌波白氏越宥齋沐謹序于南海大師之前世之人或有以四海之人而為兄弟者何則以其氣味之合也或有以天倫之親而為路人者何則以其情志之乖也弟子八人亦始雖各生於南北散處於東西而及長同事一人同居一室氣相合也義相孚也比之於物一枝之花為風雨所撼或落於宮殿或飄於閨閣或墜於陌上或飛於山中或隨溪流而達於江湖然言其本則同一根也惟其同根也故花本無心之物而其始也同開於枝其終也同飲於地人之所同受

三乙集八 二十五

者亦一氣而已則氣之散也豈不同歸於一處乎古
今遼闊而生幷一時四海廣大而居同一室豈非
前生之宿緣人生之幸會是以弟子等八人同約同
盟結爲兄弟一吉一凶一生一死必欲之相隨而
不相離也八人中苟有懷異心而背矣言者則天必
殛之神必忌之伏望大師降福消灾以佑妾等使
百年之後同歸於極樂世界幸甚
兩夫人以妹子呼之此後六娘子雖自守名分不敢
以兄弟稱呼而恩愛愈密八人皆各有子女兩夫人
及春雲蟾月自衣烟鸞鴻生男子彩鳳凌波皆生女而

未嘗見產育之慘此亦與凡人殊時天下昇平民安
物阜畫堂之上無一事可覩畫者承相出則陪天子
遊獵於上苑入則奉大夫人讌樂於北堂戱々舞袖任
它光陰之流邁嘈々急絃催却春秋之代謝承相躡
沙堤而執勻衡者已累十年享萬鍾之富盡三牲之
養泰極否至天道之恒與盡悲來人事之常也柳夫
人以天年終壽九十九矣承相哀毀逾禮幾乎滅性
而哀責之遣中使勉諭節哀以王后禮葬之鄭司
徒夫妻亦得上壽而終承相悲悼之情不下於鄭夫人
承相六男二女皆有父母標致玉樹芝蘭并耀於门

三山亭六八

欄葶一子名大卿鄭夫人出也爲吏部尚書其次曰
次卿狄氏出也爲京兆尹次曰舜卿賈氏出也爲御
史中丞次曰季卿蘭陽公主出也爲兵部侍郎次曰
互卿桂氏出也爲翰林學士次曰致卿沈氏出也年十
五勇力絶倫智略如神上大愛之爲金吾上將軍將
京營軍十萬宿衛宮禁長女名傳丹蔡氏出也爲
越王子瑯琊王妃次女名永樂白氏出也爲皇太子妾
淩封婕妤楊丞相以一介書生遇知己之主値有爲之時
武定禍亂文致太平功名富貴与郭汾陽齊名而
汾陽六十方爲上將小將二十出爲大將入爲丞相久

居昇位協贊国政過於汾陽二十四考上得君心下協
人望坐享豊享豫大之樂誠歷千古絶百代而所未
覩也丞相自以盛滿可戒大名難居乃上疏乞退其疏曰
臣某謹頓首百拜上言于皇帝陛下臣竊伏以人臣
之落地而願者不過曰將相也曰公侯也官至將相公
侯則無餘願矣父母之爲子而祝者不過曰功名也
曰富貴也身致功名富貴則無餘望矣然則將相
公侯之榮功名富貴之樂豈非人心之所艶慕而時
俗之所傾奪者乎人所同艶而不知盛滿之戒時
所共爭而未免滅頂之禍此廣受所以決勇退之

之忘也因貪所以遭傾覆之災也將相公侯雖可榮
而孰如知足之嚴之榮也功名富貴雖可務而孰如
全身保家之策哉臣才湔能薄而躐取高位功淺
望薄而久玷要路貴已極於人臣榮亦及於父母
臣之始願亦不敢萬一於此人豈以是而期臣哉
況猥以疎逖聯結椒掖視遇異於群臣恩賚出於
格外以藜莧之腸肚而飫錦繡之味以叨蓬蒿之
踪跡而処沁水之園上以貽聖主之辱下而垂賤
臣之分臣豈敢自安於食息乎早欲斂迹避榮
柾仍辞恩以僭越濫冒之罪自謝於天地神明而

碰恩隆重未效涓埃之報且臣筋力尙堪驅策之勞
故臣不得不瀝懇蹲居遲回不去冀效一分報酬之
誠而即退守丘園以畢餘生今殊遇未答而年齡倏
高微悃莫展而鬢髮先衰形如病木不秋而自枯心如
晉井不汲而自渴雖欲復效犬馬之力報山岳之德其
勢末由矣今天下賴陛下神聖西羌平服兵革不用
萬民又安桴鼓不驚天休滋至年穀屢登庶幾登三
代大同熙皡之治矣雖令臣久留輦轂之下日月居
廟堂之上不過奉朝請而費廩粟坐聽康衢擊
壤之歌而已尙何有經理猷爲之事乎噫君臣猶父

子也父母之心雖不肖不才之子在於膝下則言之
出於門外則思之臣伏想陛下必以臣爲簪履舊物
經幄老臣不忍其一朝退去而嗚呼人子之思父母何
異於父母之愛其子也臣荷陛下眷注之寵既至矣
沐陛下生成之澤亦深矣一毫一毛莫非造化陶鑄之
功則臣亦豈欲遠辭天陛退伏丘壑便訣堯舜之聖
哉第已盈之器不可使濫已泛之駕不可復策伏乞
陛下諒臣不堪任事容不顧居尊特許巷畝松
楸以保殘齡俾免亢龍之悔當歌詠聖德感激洪
私以啚面結草之報矣

姚丈 所上疏文連丈

上覽其疏乃以手書賜批曰
卿勳業溢於鍾鼎德澤被於生靈學術足以亮治
威望足以鎭國卿即國家之柱石寡躬之股肱也
昔太公召公並躋百歲而尚輔周室能致至理今
卿旣非禮經所謂致仕之年則卿雖謝事徑退朕
不可許矣況張壁彊李有仙骨鄴侯老猶不衰松
栢傲霜雪而猶勁蒲柳值秋風而先零此其性質
之堅脆不同也卿自有松栢之操何憂蒲柳之
衰乎朕觀卿風彩猶新不減於玉堂草詔之日精
力尚旺不讓於渭橋討賊之時卿雖稱老朕固不

信須回箕山之高節以贊唐虞之至治是朕之望也
承相以前世佛门高弟且受藍田山道人秘訣多有
修鍊之功故春秋雖高容顔不衰時人皆以仙人擬
之是以詔書中及之此後承相又上疏求退甚懇上
引見曰卿辭一至於此朕豈不能勉副以成卿五湖
高節乎但卿若就所封之国非徒国家大事無可相
議者況今皇太后驪馭上賓長秋已空朕何忍與英
陽及蘭陽相離也城南四十里有離宮即翠微宮也
昔玄宗避暑之処也此宮窈而深僻而曠可合晩年
優遊故特 賜卿使之居処矣即 下詔加封承相魏国

令爵太史又加賞封五千户姑收承相印綬

二 楊承相登高望遠 真上人返奉還元

承相乜感聖恩叩頭祇謝與翠微家卽移接於翠微
宮此宮在終南山中樓臺之壯麗景致之奇絶卽
蓬萊仙境也王維学士詩曰仙居未必能勝此何事吹簫
向碧空以此一句可占其絶勝矣承相空其正寢奉
安詔旨及御製詩文其餘樓閣臺榭而公主諸娘子
分居承相日身兩夫人六娘子臨水弄月入谷尋梅
過雲壁則賦詩而寫之坐松陰則橫琴而彈之晩年
清累之朴令人艶羨承相就閒謝客亦已累年矣仲秋既

望即承相辟日諸子女設宴獻壽至十餘日繁華景色不可言也宴罷諸子女各散其家俄而蜀秋佳節已迫矣蜀花經暮芳菜萸黄岳宗正當登高之時也翠微宮西畔有高台登臨則八百里秦川如掌樣見也承相最愛其台是日與兩夫人六娘子登其上頭挿一枝黄菊以賞秋景相對暢飲而已返照倒射於昆明雲影低垂於廣野秋色燦爛如屏沾函承相手把玉簫自吹一曲其聲嗚嗚咽咽如怨如訴如泣如思若荊卿渡易水與高漸離擊筑相和伯王在帳中與虞美人唱歌怨別諸美人悲思盈襟慘怛不樂兩夫人問曰

承相早成功名久享富貴一世所羨近古所罕當此
佳辰風景正美菊英泛觴玉人滿座此亦人生之樂
事而簫聲甚哀使人堪涕今日之簫聲非旧日之
聞何也承相乃援玉簫徙倚欄頭乘手指明月而言
北望則平郊四廣頹嶺斜立夕照殘影明滅於荒草
之澗者即秦始皇阿房宮也西望則悲風悄林暮
雲冪山者漢武帝茂陵也東望則粉牆徐繞於
青山朱甍隱映於碧空且有明月自來自去玉欄干
頭更無人倚者即玄宗皇帝与太真同遊之華清宮
也噫此三君皆千古英雄以四海爲宮庭以億兆爲

臣妾雄豪意氣軒輊宇宙直欲挽三光而閱千歲
矣而今安在哉少游以河東一布衣恩承聖主位致
將相且身諸娘子相遇厚意深情至老益密非前生
未了之緣必不及於是也男女以緣而會緣盡而
散乃天理之常也吾輩一散之後高臺自頹曲池且
堙今日歌舞榭便作衰草寒烟必有樵童牧兒
悲歌暗歎往來而相謂曰此乃楊承相身諸娘子所遊
之處大丞相富貴風流諸娘子玉容花態已寂寞矣人生
到此則豈不如一瞬之頃乎天下有三道曰儒道曰仙
道曰佛道三道之中惟佛最高儒道成全明倫紀貴富

業留名於身後而已仙道近誕自古求之者甚多而
終無所驗秦皇漢武及玄宗皇帝可鑑也吾自致仕
来此每夜着睡則夢中必參禅於蒲團之上此必身佛
家有緣也我將效張子房從赤松子弃家求道越南
海尋觀音上義皇礼文殊得不生不滅之道欲超塵世
之苦海但寡君輩半生相從而未幾將作遠別故悲
愴之心必自形於簫聲之中也諸娘子前身皆南岳
仙女且塵緣將盡於此時也及聞丞相之言自有感
動之心各言曰相公繁華之中乃有是心豈非天之所啓乎
妾等姊妹八人當共処深閨朝夕礼佛以待相公之还

而相公令行必値明師而遇良朋得聞大道矣伏望
得道之後必先敎妾亦承相大喜曰吾九人之心旣
相合矣尚何事之可慮乎我當以明日作行矣諸娘
子曰妾亦當各奉一盃以餞承相矣方命侍女洗盞
更酌發節之辞忽出於欄外石逕諸人皆曰何許人敢
來於是処乎而已有一衲胡僧至前庬眉長碧
眼波明形皃動静甚异矣上高臺身承相相對坐曰
山野之人謁於大承相矣承相已知非俗僧忙起荅
禮曰師傳來從何処乎胡僧笑曰承相不解平生故
人乎曾聞貴人善忘果是也承相熟視之一似是旧

面而猶不分明矣忽大悟顧諸夫人而言曰少游曾
伐吐蕃時夢參洞庭龍王之宴歸路暫上於南岳
見老和尚跏趺於法座與衆弟子亦講佛經矣師傅
無乃夢中所見之和尚乎胡僧拍掌大笑曰是矣是矣
然只記夢中之一見不記十年之同處誰謂楊丞相
聰明高拜問曰性真入洞滋味果如何耶性真叩頭
流涕曰性真已大覺矣弟子無狀操心不正自作之
孽誰怨誰咎宜處缺陷之世界永受輪回之殃而
師傅喚起一夜之夢能悟性真之心師傅大恩雖閱
千萬劫而不可報也大師曰汝乘興而去興盡而來

我有何干身之事乎且汝曰弟子夢入間輪回之事
且汝以夢身入世分而二之也汝夢猶未覺也莊周
夢爲蝴蝶々々又衰爲莊周々々之夢爲蝴蝶耶
蝴蝶之夢爲莊周耶終不能下之孰知何事之爲
夢何事之爲眞耶今汝以性眞爲汝身以夢爲汝身
之夢則汝亦以身身分謂非一物也性眞少游孰是
分也孰非分也性眞曰弟子昏暗不能卞夢非眞也眞
非分也望師傅設法使弟子覺之大師曰我當說金剛
經大法以悟汝心而當有暫來弟子汝姑待之言未
畢守門道人入告曰昨日所來衛夫人座下仙女八人又

到請謁於大師矣大師命召之八仙女詣大師之前合掌叩頭
曰弟子亦雖侍衛夫人左右而宗無所學未制妄念情慾
乍動重譴隨至塵土一夢無人喚醒幸蒙師傅慈悲親往
挈來而昨往衛夫人宮中攉謝前日之罪旋辞夫人永皈佛门
伏乞師傅快赦旧愆特垂明教大師曰仙女之意雖美然佛
法深遠亦不可猝学非大德量大介願則道不能成矣
惟仙女自量而処之八仙女即退滌灑面之臙粉脱適
身之綺縠取金剪刀自剃綠雲之髮復入告曰弟子
亦既已變形誓不慢師傅之教訓矣大師曰善哉善哉
汝亦八人也至誠如此寧不感動遂引上法座講說

經文真經有白毫光射世界天花下如亂雨亦語說法將畢乃誦四句之偈性真及八尼姑皆頓悟卒性六淨寂滅之道六師見性真戒行純熟乃會大衆而言曰我本為傳道遠入中国今既得傳法之人我今行矣以袈裟及一鉢淨瓶錫杖金剛經一卷給性真遂向西天而去是後性真率蓮花道場大衆大宣敎化仙与龍神人与鬼物尊重性真如六觀大師八尼皆師事性真深得菩薩大得畢境皆皈於極樂世界嗚呼異哉

崇禎後三度癸亥

정규복

1927년 서울 출생
아호 石軒

성균관대학교 국어국문학과 졸업
고려대학교 대학원 문학석사・문학박사
國立臺灣師範大學 中文硏究所 修學
프랑스 College de France와 파리 7대학 초빙교수
계명대학교 국어국문학과 교수
고려대학교 국어국문학과 교수

현재 고려대학교 명예교수
중국 연변대학 명예교수
東方文學比較硏究會 명예회장

저서
구운몽 연구, 고려대학교 출판부, 1974.
구운몽 원전의 연구, 일지사, 1977.
한중문학비교의 연구, 고려대학교 출판부, 1987.
한국고전문학의 원전비평적 연구, 고려대학교 민족문화연구원, 1992.
한국고소설사의 연구, 한국연구원, 1992.
한국문학과 중국문학(증보판), 국학자료원, 2001.

산문집
인생송가, 나남, 1982.
생명의 畏敬, 국학자료원, 2001.
찰나와 영겁, 국학자료원, 2003.
바람 따라 물 흐르듯, 좋은수필사, 2009.

석헌 정규복 총서 7

구운몽 자료 집성 2

2010년 2월 25일 초판 1쇄 펴냄

엮은이 정규복
발행인 김흥국
발행처 도서출판 보고사

등록 1990년 12월 13일 제6-0429호
주소 서울특별시 성북구 보문동7가 11번지 2층
전화 922-5120~1(편집), 922-2246(영업)
팩스 922-6990
메일 kanapub3@chol.com
http://www.bogosabooks.co.kr

ISBN 978-89-8433-757-2
978-89-8433-750-3 (전8권)

정가 35,000원